日本人の目玉

福田和也

筑摩書房

目次

日本人の目玉

本書は一九九八年五月二十五日、新潮社より刊行された。

放哉の道、虚子の道と道

私は、長い間日本の批評文を読まないでいた。

高等学校の頃、フランスの先端思想などが流行になり、彼らに追随した日本の書き手の著作を読んだ事があった。だが、自分なりの興味の対象を西欧文学に見つけると、関心を持てなくなった。

それ以降、かなり長い間、私は日本人の文芸に対する考え方に――古典に対してを除けば――興味を持たずにいた。

思いがけず日本語で文章を書くようになって、否応なく私は日本の批評と出会い、出会って戦《おのの》きに近い気持を抱いた。

明治以来の批評文から、西欧の思考と等価であると称する現役の批評家まで、寸分変わらない姿をしているように、私には思われた。そして誰もがその姿に馴染みつつ、その気味悪さについて語らないのが異様に思えた。それはみな、他では見られない姿をしているというのに。

といって、私が云う日本の批評文の不気味な姿とはどのようなものなのか、という事は簡単には云えない。

ただ私が示してみたいのは、歴史的な文脈や、あるいは海外の思潮との影響関係、理論構成のパターンといった物事と離れた、それらの意匠を引き入れ、活用し、変形してみせる以前の、発想や視線に先立つ、呼吸や視線そのもの、より明確にいえば、見る事以前に在ってしまう、現れてしまう目玉にかかわる何事か、である。

理屈や整合性が姿を現す前に、事態をきめてしまう何ものか。ある物を拾い、捨てる、あるいは生かし、殺す判断。文芸批評に於いて、それは殊に明確に現れているが、おそらく日本人のあらゆる生活に於いて同様の息吹が働いている。

この目玉は、長い時間の中で育まれてきたものであるし、その性格は日本人の生きた時間総《すべ》てに拘わるだろう。それでは余りに広範なものになるし、近代日本の批評文という私の出発に対して重すぎる。これから、近代において日本人が言葉で表した事物を対象にして、日本人の目玉を考えたい。

∴

正岡子規が始めた俳諧の革新から考えてみたい。彼が試みた革新の性格は当然の事ながら彼が俳諧に対して行っていた「批評」と拘わるのだが、その批評意識に始まった明治の俳句の展開は、日本の文芸のみならず、世界文学の中でも、極めて特異な運動となった。

私が、その特異さに気づかされたのは、二年程前河東碧梧桐《かわひがしへきごとう》の書を時間つぶしのために入った四日市の古道具屋で見た時だった。

その店は窓際に伊万里の輸出用醬油瓶とか、型ガラスが並べてあり、呼んでも応答がないので土間に踏み込んで行くと、錫の茶托が無造作に積まれた違い棚の傍らに、茶掛が何本か掛け放しになっていた。名古屋辺の宗匠や大徳寺の坊主の一期云々とか和敬何々といった無害な文句に交じって、碧梧桐の軸が掛かっていた。

そこに現れていた文字は、私がそれまで抱いてきた書道の観念と入れ合わなかった。また字という、常に馴染み、親しんでいるものを、あるいはその中で解ったり間違ったりしながら生きてきた了解を、脅かしていた。

線を引く、点を打つといった振舞いが、忘れられていた。同時に野蛮人の作業でもないと解った。おそらくこの墨跡は、字とは何かと云う、常人の頭に浮かばない一事を何処迄も考えてしまった者の異常な仕業であろう。機械的理解や、表現の中で忘れられている「字」という物を突きつけ、「字」が物であり、書くべき物であり、刻み込む物であり、読む物であり、語る物であり、人の意識に打ち込まれ、揺り動かし、支配し、苛み、殺す、獰猛で異様な代物である事を示していた。

その上になお異常だったのは、そこに書かれていた句が、一向に面白くない、書体に釣り合うとは到底思えない、つまらない句である事だった。

橋畔旗亭岩も掃く日の落葉哉　碧

絖本《こうほん》に置かれた字は、一向に安全ではない。

橋の「木」の部分は両側のハライが奇形的に短く、縦線は肥大しつつ若干屈曲し、横線はハライの上に両生類の眼球のように突き出ている。「喬」の部分は、地滑りのように偏から脱落し、「夭」の所は崩落の傷跡のように引き擦られ、「冂」は上から平べったく圧《お》し潰されて、鋼塊のように「口」が露出する。

だが、にも拘わらず、まぎれもなくそれは「橋」という「字」であって、神話的な象形の始めを想わせる文字でもあった。

このような字を書かせるような感覚が、俳句革新の渦中から生まれたことは理解できる。だがまたその「革新」は俳句自体でなく、圧倒的に書体に重く反映している。

俳句の革新運動とは何だったのだろう。どのような動機から始められ、如何なる意図の許に遂行されていったか、と私は考えざるを得なくなった。

河東碧梧桐の書体は、明治中頃の支那趣味の高揚を背景としている。碧梧桐自身、自ら六朝《りくちょう》の碑拓に学んだと記している。

楊守敬《ようしゅけい》らの来日による書道界での六朝風の流行等、歴史的、客観的事情から碧梧桐の書法や意識を分析する事は出来るし、正当だ。だが、碧梧桐の文字は、書道の歴史や文脈、その美意識によって要約し抽象するような解釈を拒んでいる。

その掛軸を見た時、瞬間的に思い出したのは、F・ガタリ＝G・ドゥルーズが『アンティ・エディップ』で引用している、H・ミショーの『精神の大試練』に現れるテーブルである。それは分裂症のトラック運転手が、「ゆっくりと完全主義」的に作り上げた、「次々に付け足されていくテーブル」だった。

その運転手は先《ま》ず脚を立て、台枠を組み、そこに上板を載せると、さらに板の上に脚を立て、刻み模様を加え、更にいびつな枠を釘付けにし、復《ま》た板を足し、その上に脚を立てた。運転手はテーブルに「小さな切れっぱしを次から次に然るべき場に置き、むだにつけ加え、補足に補足をつける」過程を止める事をせず、また止める事も出来なかった。それは日に日にテーブルとは想像もつかない代物になって行き、どんどん逸脱し、にも拘わらず芸術的オブジェと云うよりも、誰かが必要のために作ろうとした家具と感じられる物だった。だがまた如何なる用途、置き場所とも適合し得ないという事も一目で解った。

この机の本質を、ガタリ＝ドゥルーズは、製作行為の終わりの無さに帰している。このテーブルにおいては、「テーブル」という観念に比して「製作」という行為が余りに巨大であり、広範なのだ。もとより彼は複雑な物を作ろうとしていたのではなく、ごく単純かつ几帳面にテーブルを作るという作業を進めていた。ただ、その作業はテーブルの完成という枠に止まらず、どこまでも、物理的な制限を越えて続けられたのである。

碧梧桐の書は、このテーブルに似ている。

河東碧梧桐の書は、俳諧の革新運動と表裏一体となって変質した。碧梧桐は、子規没後、新しい俳句の展開を求めて全国行脚に出て半年、津軽海峡を越え、函館、釧路を経て根室に暫く落ち着いた明治四十年三月十日、文や句が難解奇怪であるという批判に対して「日本」紙上で読者に応えた時に、自らの書を見てくれ、と云った。「卑俗繊細」に陥る事を避ける為に、好んで「桔屈聱牙《きっくつぜいが》」を取る事に於いて「志す所は一のみ。書と句との差別を見ざるなり。即ち好んで古にして大、奇にして雅ならんことを欲す」（『三千里』）。

疋田寛吉氏は、句風の変遷と共に、書体を変化させるという碧梧桐の戦略のダイナミズムを指摘している。当時の句作者の間では、碧梧桐の句風の変化と共にその書体が大きな話題になっていた。碧梧桐に師事する句作者は、挙《こぞ》って六朝風の書を真似し、嫌う者は六朝の碑帖すら忌んだと云う。

碧梧桐は、発句の新境地の表現として、書を追求していた。だが書風の変化は、明らかに句風の変化と釣り合っていない。どちらかと云えばこれらの「文字」の方に、行脚に行脚を重ねて懸命に継続された句作の終わりの無さが、旅程により否応無く分泌した何物かが、堆積しているようにも思える。

種々の句作に関する理論を提出し、脚に上板を接ぐように加え、重ねる変遷の中で、書体は、相対的に解り易い俳句を措いて一身に異様さを引き受けている。河東碧梧桐の書は、何よりも彼の革新の終わりの無さを体現している。

∴

変り続けるのだ、と河東碧梧桐はその総ての俳論で云う。変り、変り尽くし、果ての果てまで行くのだ、と。

碧梧桐に拠るならば、子規の始めた俳句革新運動は、「明治の発明」では無い。子規の事業は、何か明確な実体のある「発明」を土台とした態の試みではない。

彼の見方からすれば、俳句の世界で手段、趣味の「新舊抔《など》は盡きぬ論議」であって、いくら工夫した積もりでも、古句が疾《と》うに発明した趣向を反復している場合が少なくない。

例えば子規が「新趣味」の規範とした与謝蕪村の中に見いだした、「主観客観の合の子のやうな句」は、既に向井去来《きょらい》等元禄の俳人たちが試みていたものだ。

故に俳諧の革新に於いて重要なのは、新しい手法や趣向の「発明」ではない。「発明」の新しさの追求ではなく、絶え間ない「変化」により常に句風を新鮮に保つ事、永遠の革命状態にあらしめる事が、「革新」なのである。「観察の根柢」を、「構想」を、「取材や用語」を、「趣味」を変化させ、変動に晒し、間断なく新機軸を旧趣味の座へ追いやり、棄て去る事。

碧梧桐が正岡子規に抱いていた最大の憤懣は、子規が明治の俳諧を「今日の進歩は殆ど極端の進歩」と見做して、「最早此上の程度に迄複雑ならしめ明瞭ならしむる事能《あた》はざるべき」と断じた事だった（「新俳諧趣味」明治四十二年）。

子規を嘲笑うように、碧梧桐は次々と新奇な議論を展開し、俳趣味の変化を続けて見せた。「新傾向論」、「季題趣味」、「接社会論」、「人格化論」、「無中心論」、「直接的表現論」、「長句論短句論」……

河東碧梧桐の行程は自ずと以下のような問いを生む。一体革新とはどんな営為なのか。旧来の視界を断ち切り、馴れ親しんだ現在を切り裂く理論とは、一体何なのか。その担い手、当事者は如何なる生き方を強いられるのか。

∴

大瀬東二氏はその放哉論、『尾崎放哉の詩とその生涯』において、隠遁、清貧、求道者等と云った、月並な放哉観を批判している。夭折や自殺に帰結した破滅的人生を送った梶井基次郎、葛西善蔵、有島武郎、芥川龍之介らの小説家と同世代である放哉もまた、「この時代の暗い不安に悩まされた知識人の一人」として考えるべきである、と。

ただ放哉が作家ではなく「口語調の自由律と呼ばれる一行詩を自己表現に選んだため」に、俳人として扱われ、「隠者というわけのわからぬ箱の中に入れ」られ、「遁世、隠遁、無用の者、放下とかわけのわからぬ言葉」に閉じ込められている。

荻原井泉水《おぎわらせいせんすい》や唐木順三らの放哉に対する「月並」俳諧じみた見方への、大瀬氏の批判は正当であるが、しかしまた放哉を「暗い不安に悩まされた知識人」として扱う事は、別の月並に「閉じ込める」事になる。また芥川と放哉を「知識人」として同列においてしまえば、放哉が俳句を選んだ事が、恣意的になってしまう。

だが放哉にとって、「俳句」というジャンルの選択は必然的なものであり、選り好み出来るようなものではなかった。放哉に「不安」があったとすれば、その不安はただ時代精神というよりも、放哉が俳句から、それも俳句革新運動の極としての自由律俳句によってより深刻に、引き出し、引き出されてしまったものである。自由律だけが、放哉を人生のあらゆる「月並」から脱却させ、脱落させ、彼が求めていた底の底の確実な何物かへと導いて行く事が出来るように思われ、実際彼はそこに踏み込み、一句作る度に抜き差しならない道に踏み入っていったのである。

その点からすれば、何かを引き出し直面するために俳句を作った放哉と、常に彼方に向かって行った碧梧桐にとって、句作の持つ意味は異なっていた。それは放哉が人口に膾炙する句を数多く残し、碧梧桐には子規在世時を除いて殆ど取るべき句が無いからではない。この違いを敢えて一言で云えば「宿命」、宿命との対面という事になるだろう。

河東碧梧桐には、「宿命」という感覚がなかった。『三千里』、『続三千里』といった俳句の新傾向を求めての旅とその記録が異様なのは、このようにまで追求した俳句が碧梧桐にとって何なのか、あるいはそのような俳句への追求から彼が一体何を得たのか、全く解らない事である。

芭蕉の『奥の細道』を始めとする俳諧の紀行文には、出発に際して抱負や目的が明かにされている。だが『三千里』には何も表示されない。「明治三十九年八月六日。曇。両国停車場発の汽車に乗つて昼過稲毛《いなげ》に下車、すぐ海気《かいき》館《かん》に入った。風がないのでむし暑い。遠浅に出て蜊《あさり》を掘ったり、蟹にはさまれたりして汐の上げて来るのも知らずにゐた」。出発から完全に写生に終始している。旅の意図の如きものが示されるのは、前に引用した北海道に至ってである。柳田國男は敬意を込めて、未だ文明開化の波に洗い尽くされていない日本全国を写生した『三千里』を民俗学の先駆といったが、どちらかと云うとその記述は唯々旅程を、その旅の途中を、あくまで終わりを迎えないという事だけのために書き続けているように思われる。

『三千里』の序に碧梧桐は云う。「三千里は予が旅中唯一の事業なりき。然れども究極の目的にはあらず」。だが一体、目的などあったのだろうか。

　確かに、新しい俳句の道を求めるという目的は、碧梧桐自身はもとより新聞の編集部から門人朋輩に至るまで意識されていただろう。だがその目的に比して、経路は余りに遠大過ぎた。そのためにいつしか「目的」は消滅してしまい、「三千里は短時日なれ共、一面俳句の歴史を意味す」という「推移変化」だけが残る。

　碧梧桐は生涯に於いて、俳句書法に限らず、一カ所に留まる事がなかった。俳人としてのみでなく、書家としても中村不折《ふせつ》と共に「龍眠」を率いて一派をなし、また鋭い社会コラムには定評があり、鳥居素仙《そせん》が大正日日新聞を創刊した時社会部長として招聘された。美術批評家としても、富田渓仙《けいせん》を発掘する等の功績があり、漱石が鍾愛した事で有名な南画家蔵沢《ぞうたく》の研究も残している。

　何次にも及ぶ全国行脚、支那・東南アジア行、ヨーロッパ旅行、モンゴル周遊。上京、上洛、帰省、招聘、退社、結成、脱退……碧梧桐は何事かを思いつき、議論をけしかけ、人をつのり、それらの動きが実体を伴い始めると、直ぐに何処かに去ってしまう。出発の予告と帰還の噂で俳壇を賑わすだけで、ライバルや弟子たちに手もなく主導権を奪われ、最後まで失敗から何一つ学ばずに再々新企画を考案し、展開し、失った。

新趣向を求めての第二次全国行脚で、碧梧桐は明治四十二年十一月五日但馬城崎《きのさき》で漸《よう》く新しい才能と巡りあう。岡山県玉島町の中塚一碧楼《いっぺきろう》である。

碧梧桐は興奮の裡に、二十日間を一碧楼とともに過ごし、一碧楼を「思想上の一戦争」を戦っている俳句世界の「天才」と認めて、選句欄を連日一碧楼の作で埋めた。

我は島の王の心や落葉踏む
死期明らかなり山茶花の咲き誇る
墓所近み堤太しや夕時雨

前記の「橋畔」の句が同じ折の碧梧桐の作である事を考えれば、一碧楼と邂逅して「蓋《けだ》し俳句の革命漸く緒に就くを思」ったのも無理はない。

だが二十三歳の一碧楼は、掛け値無しの天才であった。

碧梧桐は、翌明治四十三年、岡山玉島の一碧楼の生家を訪れ句会を連日催した後に、かねて計画していた岡山市での俳句大会に臨んだ。ところが当日になって、碧梧桐の「日本及日本人」での「選」が不当である事を口実に、一碧楼は「自選」を要求して玉島俳人に反乱を起こさせ、大会を中止に追い込んだ。

碧梧桐は、この俳壇全体を震撼させた事件の僅か四年後に、芸者を足抜けさせて上京し窮迫していた一碧楼と、和解している。行商等をして辛うじて糊口をしのいでいた一碧楼の陋屋《ろうおく》にわざわざ足を運んで手を差し伸べ、生活を援助し俳壇復帰を計らっただけでなく、俳誌「海紅」の創刊に際しては編集を担当させて給与を支給した。しかも徐々に「海紅」の主導権が一碧楼に移ってくると、自ら一碧楼への譲渡を宣言する文章を草して、離脱してしまうのだ。

このような行動が、碧梧桐の才能に払う敬意の深い誠実さや、底抜けの人の好さに由来するものである事は云うまでもない。だがまたそれ以上の不思議も感じる。

碧梧桐は、明治四十三年に、高浜虚子に手紙を送って俳壇復帰を促している。

以前、「ホトトギス」の文芸誌化を批判した碧梧桐に対して、小説、写生文を主体とするから俳句読者が消滅しても構わない、と高言した虚子は、漱石の朝日新聞入社の後、部数が激減し苦境にあった。おそらく虚子は碧梧桐が促さなくても俳壇に戻っただろうが、それにしてもわざわざ不倶戴天のライバルの窮地に手を差し伸べる心性は、その後の虚子の隆盛と碧梧桐の衰亡を考えれば皮肉とさえ云えない。

これらのエピソードは、碧梧桐の気高さを証明するものであるが、同時に矢張り深刻な欠如も、感じる。

碧梧桐は如何なる意味に於いても、句作に、あるいは人生に宿命を見なかった。自らの行き方を振り返って、脅えを感じる事がなかった。昭和四年、漸く新傾向の旅が終りに近づきつつある頃、碧梧桐は『新興俳句への道』の冒頭に書いている。「今日私達の主張してゐる、といふより詩に對して持つている希求は、今までいろ〳〵に論理をこねまはしてゐた徑路を振り返つて見ると、一番平凡な、わかり易い、恐らく誰でもが、そんなことなら疾くに知つてゐる、と感ぜらるゝ樂な場處に還つて來たやうな氣がします」。

旅への恬淡《てんたん》とした態度は、彼が勇者であった事を必ずしも意味しはしない。あるいは彼は、自分が自分であり、其処から逃れる事は出来ず自分として死んで行くという「宿命」と直面する「勇気」に欠けていたのではないか。「宿命」を表現し、直面する場面を待ち望み、ついにその時を逃れつづけていたのではないか。

といって私は、尾崎放哉が、常に宿命と面座していたと考えている訳ではない。放哉は、平坦にかつ一元的に問いと直面するべく、生活を単純化して行った求道者ではなかった。一般的な生活と一般的な幸福を望み、またそれを実現出来る能力を持っているはずだった。にも拘わらず放哉にはその生活が適《かな》わなかった。帝国大学の法学部を卒業し、東洋生命(現朝日生命)に勤め、勤務態度はやや奔放だったものの黎明期の生命保険業界で相応の働きをし、十一年勤続した。

次いで朝鮮火災海上の支配人に就任し、一年で退社している。その後放哉は、満州に短期間滞在してから、内地に還り妻と別れ一燈園での托鉢生活に入り、知恩院、須磨寺、常高寺、龍岸寺に寺男として住み、小豆島の西光寺南郷庵で死去した。朝鮮火災を辞めてから三年である。この点から見ても彼を隠遁者と見るのは誤っている。彼にはいかなる「隠遁者」としての、生きるべき方途も基盤も、手管もなかった。例えば後の新興俳句の西東《さいとう》三鬼などは、隠者ながら旺盛な生活を送っていた。隠者には隠者としての生活があり、放哉は生活も持っていなかった。

　何故放哉は、会社勤めが全う出来なかったのか。身近な友人を保証人にした借金や、病的な酒乱といった事情が、穏当な社会生活を阻んだ事は確かだろう。では何故放哉は借金を嵩ませ、厄介な飲酒を止める事ができなかったのか。単純に破滅型とか、厭世癖と云って済ます事は出来ない。放哉には、隠遁生活が存立しえなかったように、家庭生活も存立させえない、何物かがあった。

　放哉研究家達は、青年期の失恋体験を指摘し、また社会との不調和を指摘する。放哉自身も退社の原因を自分の「正直」と社会の「個人主義」との対立に求めている。「小生ノ身辺、常ニ、口ニハ甘イ事ヲ云ヘ共、小生ヲ機会毎ニ突キ落シテ自己上達ノ途ヲ計ラント云フ、個人主義ノ我利〳〵連中ニテ充満サレ、十一ケ年間ノ辛抱モ遂ニ不平ノ連續ニテ、酒ニ不平ヲ紛ラシ、遂ニ辭職スルニ至ル。其ノ時小生、最早社會ニ身ヲ置クノ愚ヲ知リ、小生ノ如キ正直ノ馬鹿者ハ社會ト離レテ孤獨ヲ守ルニ如カズト決心セシナリ」（佐藤呉天子宛、大正十三年十二月十五日）。

ここで放哉が述べているのは、寺男をしている「帝大出の元保険会社社員」に向けられる好奇の目に迎合した、月並な「言い訳」にすぎない。この通りに考えていたとしたら、放哉は余りに甘えている。

勿論放哉は「甘え」ていただろう。一燈園以降の放哉の生活は、他者への「甘え」によって支えられていた。托鉢にはじまり、庵の世話、炭代、薬代、そして身辺の雑事に至るまで人の世話を求めないものはなかった。

だがそれは既に社会生活から脱落した生活であり、また言い分である。少なくとも朝鮮時代までは、放哉はなんとか世間と折り合おうと努力してきたのだし、自分の「正直」を言い訳にして、脱俗など出来ない事位弁《わきま》えていた。「小生佛性を抱いて半分の覇氣か、邪氣か、を有し、兩者の統一に成功するを得ず、遂に『俗人化』に滿足して、只今當地に有之候。將來は『俗人化』の『洗錬』に努力致すべきかに存じ居り申候」。「なんとか、かんとか云つても矢張り死ぬ迄は働かねばならぬものと見えます。（中略）毎日、愉快に仕事をして居ります。毎日、白い服を衣た鮮人に、たくさん逢ふのも嬉しく、青天の多いのもうれしく感じます。御らんの通り（營業案内で）、會社の事業はこれからで有りまして、小生ノ后半生を打ち込んでかゝりました支配人としてイクラか自由な計畫が出來ますから、ウンと腰をするゑてヤル考で居ります」（荻原井泉水宛、大正十一年六月一日、十一月二十三日、京城発）。

改めて云わなければならないのは、放哉は平凡な生活を求めながら、生活を得る事が出来なかったという事である。放哉は、普通の生活を簡単に軽侮するような目を持ってはいなかった。「隠遁」した後にも書いている。「ソンナに羨ましがられる程の生活では決してありません。矢ツ張り女房があつて、小供があつて、父があつて母があつてこのマンネリズムの生活が第一等でせう」、「もう御帰宅でせう、ヤハリ、自分の『家』はよいでせうな、……スツカリ落付いて居られる事と思ふ」（飯尾星城子宛、大正十四年六月十日、十二月二十八日）。「矢ツ張り」「ヤハリ」と重ねて惜しんでいる何ものかを損なった原因と、俳句は深く係わっていた。一見破滅的に見える生き方を、死への欲求とか、社会不安などという言葉で解釈するべきではない。放哉は度々死を口にし、死を求めるような言葉を漏らしているが、それこそ「甘え」であろう。死を語り、実際死ぬ程弱ることで、放哉は周辺の関心を引き、生き延びようとした。だが生き延びられなかったのは、その「甘え」のためでなく、「甘え」を通して彼が恐る恐る、しかし碧梧桐よりは直接的に触れ、対面していた何物かのためだった。そのために放哉は「生活」と云う月並に耐えられず、折り合う事が出来ず、俳句に限らない、生活や思想、あるいはそれ以前の存在に関わる「革新」へと、脱落へと動いて行った。

そこに、河東碧梧桐と尾崎放哉共通の響きがあった。それこそ、近代俳句の、その核心にある写生と、あるいは写生を求める宿命に瞬いている力にほかならない。

∴

正岡子規が始め、河東碧梧桐らが受け継いだ「写生」論は、日本の自然主義はもとより、西欧のリアリズムとも異質なものである。子規らにとって「写生」は、現実の再現ではなかったし、もとより認識でもなかった。

高名な『病牀六尺』四十五「寫生といふ事は、」に於いて子規は、「畫の上にも詩歌の上」にも、未だに「理想といふ事を稱へる」人が少なくなく、「寫生の味を知らない人」が多いと指摘する。理想は一見「淺薄」でなく、深遠なようだが、理想とは「人間の考を表す」のであるから、「其の人間が非常な奇才でない」限りに於いては、「到底類似と陳腐」を免れない。

一方写生の場合、「天然を寫す」のであるから、「天然の趣味が變化」するだけ、「寫生文寫生畫の趣味も變化」し得る。その為に一見「理想」に比べて「淺薄」のように見えて、実は「深く味へば味はふ程變化が多く趣味が深い」のである。

子規は単純に趣味や変化の大小を比較しているのではない。絵画や文が構成される過程が問題になっている。

「理想」とは、頭の中の思念の表現である。「写生」は「天然」という他者との接触の中で、従来の思念を失い、新しい視界を獲得する過程である。

近代俳句の写生が、西欧的リアリズムと異質にならざるをえないのは、その目的が現実の認識などではなく、理想の破壊、あるいは解体であったためだ。

写生とは何よりもまず、認識の枠組の解体である。外界や他者を見つめる事で、ゲシュタルトの崩壊を味わう事。凝視による自己喪失。

写生とは、ほぼ日本語の誕生と同じ位古い起源をもち、固有のジャンルとして意識されるようになってからすでに五百年から二百年の時間がたっている短詩形の「革新」の方法論であるばかりでなく、日本人の物の見方の革命であり、日本人自身の革新の試みだった。

それゆえに俳句の「写生」は、常に範型として絵画を参照しつつ、絵画におけるリアリズムの導入とは全く違った意味を持っていた。中村不折が子規の写生論を指して「先生が文學上に唱へた寫生の議論は、必ずしも僕等の繪畫に於ける議論が影響したものとは思はれない」（「追懐断片」『子規言行録』）と語るのも尤《もっと》もな事だ。

正岡子規は革新の方法論を「写生」に求めるとともに、具体的な革新のイメージを「月並」の打破に置いた。「日本」紙上の「俳句問答」で、「新俳句と月並俳句」の句作上の差異を問われて、子規は以下のように答える。「第一、我は直接に感情に訴へんと欲し彼は往々智識に訴へんと欲す」。「第二、我は意匠の陳腐なるを嫌へども彼は意匠の陳腐を嫌ふこと我よりも少し、寧ろ彼は陳腐を好み新奇を嫌ふ傾向あり」。「第三、我は言語の懈弛《たるみ》を嫌ひ彼は言語の懈弛を嫌ふ事我よりも少し、寧ろ彼は懈弛を好み緊密を嫌ふ傾向あり」。「第四、我は音調の調和する限りに於て雅語俗語漢語洋語を嫌はず、彼れは洋語を排斥し、漢語は自己が用ゐなれたる狭き範圍を出づべからずとし雅語も多くは用ゐず」。「第五、我に俳諧の系統無く又流派無し、彼は俳諧の系統と流派とを有し且つ之あるが爲めに特種の光榮ありと自信せるが如し」等々。

　高浜虚子の回想によるならば、「月並」という言葉は、毎月、毎月句会を催して、決まり切った句を作る宗匠たちの作風を「月並」と正岡子規が呼んだ事にはじまった。上に列記した子規の「月並」観から窺える事は、子規が「月並」宗匠を、旧時代の因習や思想と切り離しがたい、封建的停滞その物と見做していた事である。「月並」への安住を許さず、常に新鮮な句作を提唱する事は、そのまま近代日本の建設同様に、封建の残滓を振り払い、尚止まらず新たな意匠を限りなく輸入し、捏造し続ける事であった。

　故に子規門下の「月並」に対する危機意識は極めて強くなった。『子規の回想』によれば、河東碧梧桐は明治三十四年三月「日本」に載った子規の「山吹やいくら折つても同じ枝」「山吹や何がさはつて散りはじめ」の二句が甚だしい「極印つきの月並」であると見倣して、病床の子規に「詰問的な蕪辞」を送りつけた。にもかかわらず子規が真面目に取りあわなかったので、枕元に迄膝詰め談判をしに行く。

碧梧桐は「いくら折つても同じ枝」が「山吹の枝を折る動作の具象化」ではなく、「動作を想像する抽象化」であり、句が表現しているのは、山吹の微細に湾曲した枝でもなく、またその生態でもなく、枝の感触でもない、「それらを裏面から想像せしめる或る觀念的なもの」であり、「さういふ抽象觀念以外、或る具象化したものを持たないのが、月並の常套手段」だと云う。

此処で「病勢の日に〳〵募る」子規に対して、河東碧梧桐が敢えて強談判に及んだのは、碧梧桐らしい子規への敬意の表現であると同時に、「ホトトギス」の成功、「写生文」の興隆を背景とした俳句の急激な大衆化による「模倣が模倣を生み、暗合が明合となる」類句の殺到に脅かされていたためだ。

写生の大衆化が進んでいる状況の下では、手法の停滞はそのまま月並化を意味した。子規への抗議の中で碧梧桐は、従来の月並論が、月並宗匠の句作という漠然とした規定である事を反省して、抽象と具象の関係、具象の観念化に月並の定義を求め、常に観念的枠組を壊す写生と対立させた。

俳諧の文芸としての最も甚だしい特徴は、莫大な作者を想定している点である。

西欧の詩文小説と異なって、俳句はアマチュアが主流の文芸であって、文学者が専有するものではない。そのために「俳句」の革新には、文芸流派の理論的展開とは比べものにならないエネルギィと枠組の大きさが必要になる。だがまた此の大衆状況が、写生を「明治の発明」から、終わり無き革新へと飛躍させた。

「解体」の新鮮さを味わう写生は、一つのパースペクティブを壊し、新しい視野を作っても、その視野に安住する事は出来ない。今日の写生は、明日の月並へと容赦なく古びて行く。常に既存の視野を解体する事が写生なのであり、昨日の写生を今日また解体する連鎖の持続が、俳句革新運動に外ならない。

碧梧桐の新傾向への旅程は、写生の本質に忠実であろうとしたために、かくも遥かになった。子規の写生論は、否応無く自らを踏み越え、月並として取り残す革新を要請するものだった。

だが何故子規は写生を唱えたのか。

確かに文明開化的な問題意識を汲み取る事は出来るだろう。文芸、特に伝統文芸を、「富国強兵」的に近代化しなければというような危機意識である。「代々の勅撰集の如き者が日本文學の城壁ならば實に頼み少なき城壁にと」といった、ナショナリスティックな意識から、二葉亭やなかんずく幸田露伴の『風流佛』に感動して本格的小説の執筆を目論むような近代的文学意識において、子規は俳句革新というアプローチを構想したのだろう。

しかしまた子規には、より直接的な動機というか、写生への欲求があった。子規は『病牀六尺』で繰り返し写生の快感を記している。「此ごろはモルヒネを飲んでから寫生をやるのが何よりの樂みとなつて居る。けふは相變らずの雨天に頭がもや〳〵してたまらん。朝はモルヒネを飲んで蝦夷菊《えぞぎく》を寫生した。一つの花は非常な失敗であつたが、次に畫いた花は稍《やや》成功してうれしかつた」。「或繪具と或繪具とを合せて草花を畫く、それでもまだ思ふやうな色が出ないと又他の繪具をなすつてみる。同じ赤い色でも少しづゝの色の違ひで趣きが違つて來る。いろ〳〵に工夫して少しくすんだ赤とか、少し黄色味を帯びた赤とかいふものを出すのが寫生の一つの樂みである。神様が草花を染める時も矢張こんなに工夫して樂んで居るのであらうか」。

写生からの陶酔は、子規の宿命が齎《もたら》した。

子規は、碧梧桐は勿論、尾崎放哉とすら比べようもなく、正面から自らの宿命、つまり迫る死に脅かされていた。死の恐怖と苦しみの渦中にあって、率直にもがき、泣き、叫ぶ事が、何よりも子規にとっての「写生」であった筈だ。

だが、しかし、宿命を見る事、自分の死を見るとは一体どういう事だろう。

人は、自らの宿命を見る事が出来るのだろうか。

いや、一体見るとは何の事だろう。人が目を見開いて、物を見るとは何なのだろう。

病床の子規にとって見る事は、唯一の「力」であり、「仕事」だった。

明治三十二年十二月に、子規庵にガラス戸が入り、子規はその喜びを翌一月の「ホトトギス」に記している。「去年の正月と今年の正月と自分に格別違ふた事も無いが。少し違ふたのは、からだの餘計に弱つたと思ふ事と、元日の密柑《(ママ)》の喰ひやうが少かつた事と、年賀のはがきが意外に澤山來た事と、病室の南側をガラス障子にした事と、位である。ガラス障子にしたのは寒氣を防ぐためが第一で、第二には居ながら外の景色を見るためであつた」。

子規はガラス戸から見える物を列記しつつ、戸外が見える事の喜びを語っているが、その感慨は同年三月に「日本」に寄せた歌「窓の外の蟲さへ見ゆるビードロのガラスの板は神業なるらし」に要約されている。

ガラス戸が新鮮だった時期に、子規は沢山の俳句、短歌を作っている。それらの作を見てよく分かる事は、子規にとって見る事、歓喜をもって見る事は、そのまま絵にする事である、という事だ。「ガラス窓に鳥籠見ゆる冬籠《ふゆごもり》」「ガラス窓に上野も見えて冬籠」「いたつきの閨《ねや》のガラス戸影透きて小松の枝に雀飛ぶ見ゆ」「病みこやす閨のガラスの窓の内に冬の日さしてさち草咲きぬ」「鏡なすガラス張窓影透きて上野の森に雪つもる見ゆ」。

これらの情景は、必ずしもガラスをフレームとして視野を定めている訳ではない。寧ろガラスから見える、見る事が出来るという可視性の興奮が、視界を切り取り、提示させている。視界をまず画面として構成する事が、子規において見る事であり、写生であった。だが必ずしも画面を作る事が、見る事の、或いは写生の終着点ではないのである。

明治三十二年、子規の病状は大分進み、腰に新しい病巣が出来て七転八倒の苦しみの裡に夏を過ごしたが、秋口になると病状が回復し、十一月半ばの朝、その年に入門した歌の弟子岡麓《おかふもと》の家を訪ねてみよう、という気になった。

岡は代々将軍家の典医を勤めた家柄で、麓自身、多田親愛に師事して古筆を倣う生活を送っていた。後年岡に師事した秋山加代氏に拠れば、格式に縛られた麓は、子規の許《もと》を訪れるにも手土産を持たずには行けなかったが、子規はその手土産に対して奔放に我が儘を云ったという。

春の七草を籠に植えたものを持っていった時には、大喜びで『病牀六尺』に書くかと思うと、子規の病状を慮ってはんぺんを持っていけば怒って、柔らかいものや、味の薄いものばかり食べているから都会人は女のようになるのだ、と罵られた（『山々の雨』）。

幾重にも張り巡らされた儀礼と配慮を通してしか他人と接する事が出来ない岡麓に対して、子規は生な感情をぶつける事で、硬さをほぐそうとしたようである。

だがそれ以上にこうした直接さが、子規の宿命を前にした他には選びようがない生き方であり、「生」を写すという意味での「写生」であった。それは限られた境遇の中で、限りなく自由であり、闊達であり生き生きとしている事にほかならない。

岡の家を訪ねる事にした子規は、俥に乗り、「笹の雪」の絹ごし豆腐を土産に本郷金助町の岡宅に着いた。岡家所蔵の画幅や、庭の樹木、麓が収集した古筆などを堪能した後に、麓の弟が描いた油絵を見せて貰う。

「主の弟の畫きたる油畫をいくつも見せらる。いと心ゆくさまなり。

　色厚く繪の具塗りたる油畫の空氣ある繪を我は喜ぶ」

ある時期から子規が洋画を鍾愛した事は改めて云うまでもないが、ここで子規を喜ばせている「空氣」とは何の事だろう。

子規が洋画、油絵について書いた文章は枚挙に暇がないが、同じ明治三十二年「病牀譫語」で洋画愛好に至る経緯を書いている。かつて子規は南画、日本画を愛し、洋画を排していた。いくらその上下、巧拙を画家連中に説かれても、納得出来なかったという。だがある時中村不折が、日本画と切り離して洋画だけを論じてくれた。

俄然子規は悟る。「退いて之を文學上我得る所の趣味と對照するに符節を合すが如し。而して後に洋畫を觀る、空氣充滿し物々生動す」。

子規にとって写生とは、この「空氣」を把み、あるいは空気の中に入って行き、その中で自在である事に外ならなかった。

∴

尾崎放哉に、

墓のうらに廻る

という句がある。人口に膾炙した句だが、この句は一体何を詠んでいるのだろう。彌生書房版全集の註解に井上三喜夫氏は書いている。「人は、墓地などに詣った時、何ということなしに墓のうらに廻ってみたりするものである。碑だったら、何か碑の由来などが記してあるが、墓のうらには殆ど何も無いだろう。それでも、とかく、何かあると思って廻ってみたりする人間の好奇心というものは、妙なものである——。と、放哉は、軽く揶揄しているのかも知れない」。

井上氏の読みは、過不足の無いものだ。

にもかかわらず、私には、この句がそういった情景を詠んでいるとは思われない。といっても、別の光景が私に彷彿とされ、井上氏の解釈が誤っている、等と云いたい訳でもない。

この光景やあの光景といった問題ではなく、この句を如何なる情景とも結びつける事が、私には出来ないのである。

もとより俳句という短詩は、背後の事情や風景、歴史風物等の膨大な情報を圧縮し、抽出する事で成立している。

その点で、最も俳句をして俳句たらしめているのが季語であろう。多様な事物を、四季の移り変わりに照応させる事で、季語は俳句の情報量を飛躍的に高めるとともに、既成作品との対比を容易にしている。俳句の短詩としての存立に、最も深く係わっているのが季語であり、故に碧梧桐も季語には解体の斧を控えた。放哉や種田山頭火の属した荻原井泉水の自由律派は、季語を放棄したが、井上氏の註解に見られるように、矢張り解釈においては句に詠まれた背景を復元するという手続きを取って居る。

その点で俳句が背後に情景を抱えており、その情景から解釈受容されるべきだという観念自体は寸分も揺らいでいない。

無論俳句や短歌だけでなく韻文については、洋の東西を問わずこのような読み方、解釈を加えるのが普通だろう。散文に比べて圧倒的に情報量の少ない韻文では当り前の事である。その中でも俳句は、その字数の少なさと歴史的蓄積の膨大さのために、凝縮性が際立って大きく見える。

だが放哉の句は、こうした背景と、あるいは様々な情景との照応と、別の処に立っているように思われる。勿論個々の場面、状況から生まれてきたのには違いないのだろうが、一度句として提出されると、照応関係が断たれてしまう。ただ句だけが、裸で向かって来る。

放哉は無名な作家ではない。書店の俳諧のコーナーに行けば、種田山頭火についての著作に次いで尾崎放哉の名前が目につく。一般の愛好家だけでなく専門家、研究者の間でも、中塚一碧楼、原石鼎《せきてい》と並ぶ第一流と目されているようだ。

私はその事が不思議に思われてならない。何処から放哉のような俳句作家が出てきたのか。そしてそれを認める公衆が生まれたのか。

そこに日本人の目玉の体験——近代俳句を作り選んできた——が生きているように思われる。

尾崎放哉の句は、矢張り碧梧桐の新傾向運動とその延長から生まれたものである。

前記した通り、碧梧桐とその周囲に居た大須賀乙字《おつじ》らの俳人たちが、離合集散しながら提起した議論、新機軸は枚挙に暇がない。その中で子規没後、初めてまとまった形で新傾向の理論を提起したのは、明治四十一年二月、伊藤左千夫らの根岸短歌会の機関誌「アカネ」に掲載された大須賀乙字の「俳句界の新傾向」である。

乙字は、相馬の漢詩人大須賀筠軒《いんけん》の息。父が新時代に適応出来ず、辛酸を嘗めた経験から、常々詩人にだけは絶対なるな、と母から訓戒を受けていたと云う。帝大文学部で、金田一京助、荻原井泉水らと机を並べ、石川啄木、折口信夫らと親交を持ち、広い視野から俳論を書いたが、偏狭かつ不羈な人柄で自ら「乙字死すれば俳句亡ぶ」と語り、後年罵言のために「海紅」の同人に殴打される不祥事を起こした。

碧梧桐もまた子規に「一たび外部の刺激に逢へば、脳漿忽《たちま》ち混亂して後は殆ど狂の如く愚の如し」（「文学」）と書かれた事があるような狼疾の一面があったが、乙字には手を焼いている。

だが碧梧桐の選句を「神の如し」と慕っていた時期に乙字が書いた「俳句界の新傾向」は、単に子規以降の俳風を整理しただけではなく、碧梧桐の異常なエネルギィと脚力に動かされていた新傾向運動が、「理論」という舞台へと上り、さらに支離滅裂な運動へと変質して行く契機を作ったものだ。

乙字は、子規在世時代の碧梧桐らの句、例えば高名な「赤い椿白い椿と落ちにけり」などは、「印象明瞭で、あたかも眼前に實物實體を見る如く」感ずる忠実な写生による「活現」の作であった、とする。だが『三千里』に出発して以降、克明な写生ではなく、輪郭を描き本体を彷彿とさせる「隠約暗示」の傾向に変った、「思はずもヒヨコ生れぬ冬薔薇」。

乙字の「暗示」という指摘は、当初碧梧桐らに、子規のように如何にも眼前に対象を置いているような直接的な描写から、より専門的で「詩人的直感力、經驗學問、句作上の労苦等に缺けた人には一寸解し難い」ような奇抜で無稽な発想や含意を求める意として理解されたが、次第に絵画的な表現そのものへの反省として把えられて行く。

明治四十三年、『続三千里』の行程で九州から四国へと渡り、故郷松山で蜜柑山を何げなく眺めた時の経験を、碧梧桐は書いている。当時の碧梧桐は日本国中を周りながら「人をして目を峙《そばだ》たしめる奇景、強く頭を刺戟する布置」を求めた「景色中毒」のような頭になっていたが、「其時までは不問に附してゐた、其山の青さと、何とも形容は出來ぬ其形と、蜜柑畑の赤く墾《ひら》かれた跡との配合が面白い關係にあると不圖思うた。山は草山であるけれども、重信川に面した外れには伐り殘つた松が疎らに立つてをる。それも其配合に對して、何の關係もないやうで、何となく景情を添へる。（中略）予は内心竊《ひそ》かに恐怖し且つ戰慄した。約二年來見馴れた山川、平凡尋常として捨てゝ顧みなかつた自然が、何が爲めに今かゝる默示を與へるのであらうか」（「新傾向の變遷」）。

碧梧桐はこの「默示」を、季題の抽象性により、風景を一つの中心の下に書く従来の写生を脱して、一点に集約しない句作をすること、つまり「無中心」として理論化する。「相撲乘せし便船のなど時化となり」。

この「無中心」という概念は、ある意味からすれば句作を人為的に構成する作為を排し、放り出されたままに現実を詠む事であるが、より本質的には、碧梧桐の示した作例に現れているように、画面そのものを離れる事であった。句作の意識が、一つの焦点を持つ画面を構成するという意識を抜け出す事によって、画像に捕らわれない自由を獲得する意図が「無中心」論にあり、それはまた新傾向運動が、子規的な「叙景」から離れるという方向に動き出した時から、必然的に辿りつかざるを得なかった地点だった。

「無中心」から振り返ってみると、「新傾向」の運動は、子規の語った「空氣」の方へ、画面から離れて流動し変化する自在な何物かへ、の移行だった事が分かる。

碧梧桐は四十三年の「無中心論」により、漸く新傾向運動が「コロンブスの亜米利加発見」の如く、目的地に足を踏み入れ、新大陸の富に接した事を喜んだ。

だが、ここが如何にも碧梧桐的なのだが、「無中心論」を公表した直後の玉島俳句大会で、前述したように一碧楼の造反に逢い、また東京では年初から碧梧桐への反発を強めていた大須賀乙字に、「中心」がなければ写生は出来ない、という至極真っ当な批判を加えられた。

「無中心論」は碧梧桐にとって、理論的変化の限界でもあった。俳句革新の主導権は、「無中心」以後、実作では一碧楼に、理論的には季題の廃止も厭わない荻原井泉水の『層雲』へと移っていく。

井泉水は、大正初頭以来の自由律運動において、季題の廃止と同時に、「五七五」という調子、あるいは過渡的に新傾向運動に於いて提唱されていた「五四三五」「五五三五」といった音律に拘らず、自由に詠み構成する事を提唱した。

井泉水の「自由律」の提起のほぼ同時期に、一碧楼も「俳句ではない」という文章で、「季語」も「十七字」にも自分の句作は縛られないし、俳壇から「俳句」でないという批判を浴びても、「一向に構わない」と公言している。

一見すると井泉水、一碧楼の議論は、子規以来の革新、即ち伝統破壊を徹底的に推し進めた結果のように見える。確かにある意味で「破壊」は最後の線に及んでいるが、総ての束縛が無くなったために、意識は逆転し、建設的な方向に向わざるを得なくなっている。「新傾向運動というものが行詰ったところに『自由律運動』というものが生起したのである。（中略）新傾向運動の中心である新傾向俳句というものは破調体であると見て差支えない。だが自由律俳句は破調ではない」（井泉水「自由律俳句の道」）。「自由律」というターム自体は、昭和期に入って生まれたらしいが、その本質は今一つの呼称である「内在律」の方が良く示しているかも知れない。ここで云う「律」とは「表現のリズム」（同右「自由律の発生」）である。

つまり子規から碧梧桐に至るまでの革新運動が、絵画を念頭に置いて構成や自在さを追求してきたとすれば、「無中心」論によって完全に画面が破綻し消滅した後、井泉水からは句作のイメージが音楽になる。

それは無論、音調を重視する事ではない。語調や音韻や響きを音楽的に整理し、美しく或いは調子を整える事ではない。情景や想起、或いは字配りなどを音楽的に構成する事、「内在」において音楽的に完結させることなのである。音楽とは「音」に拘るイメージでなく、構成原理に拘るイメージなのだ。

と同時にこの「音楽」は、まぎれもなく、子規が「写生」において目指した、解体と変化の完成ともいうべき境地である。

だが鋭敏な乙字に、「主張と作との似ても似つかぬ」と批判されている井泉水の実作は誠に振るわないもので、その貢献は純理論面に止まった。

そして、おそらく、真実の意味で、外の調べや情景に頼らない句作、「内在」する「俳句」の音楽を響かせ得たのは、尾崎放哉だけなのである。

だがしかし一体何が放哉にのみ、音楽を可能にさせたのか。

∴

水原秋桜子の『高浜虚子』を読んでいくと、虚子の不気味さに思わず目を瞠らせられる時がある。昭和二年の大晦日、秋桜子は池内たけしや高野素十《すじゅう》ら当時の「ホトトギス」の主要作者と共に鎌倉の虚子庵に招かれた、と云う。

門を入ると立札があって、趣のあるところに矢印をしておくから、注意して見ろと書いてある。「先生、今日は大分はしゃいでおいでですね」と秋桜子が、虚子の甥である池内たけしに云うと、「ふだんは黙りがちなのに、ときどき」と不安そうだ。

返り咲きした椿や渋柿の木、八手、朝鮮瓦、枯れた芭蕉等に矢印が付されており、さらに少し高くなった所に「第一形勝地《ママ》」という小札が立っている。

室内にも様々な品物を飾って、「宝物一」といった貼り紙がついている。子規から貰った明月和尚の書、蕪村の尺牘《せきとく》、芭蕉の絵（偽物という注あり）、太祇《たいぎ》の短冊等々。しかも

「虚子は書画も骨董も嫌いであった」ために、平福百穂《ひらふくひゃくすい》の絵のように表装もせずに、マクリのまま壁にピンで刺してある物すらあった。

貼り紙は虚子の得意業で、『子規居士と余』にも一挿話がある。虚子は青年期に碧梧桐と一緒に高等学校を転校しては罷《や》め、帰郷しては上京し、何の目的もないまま遊蕩や女義太夫に溺れ「半は懊惱し半は自棄しつゝ、唯本能に任せ快樂を追ふのに是れ急であ」り、郷党の朋輩に誘われて「格別の興味」も持てないまま俳句に携わっていた。

その内、突然子規に賞賛されたために斬新な俳句作家として有名になり、「世人が子規門下の高弟として余を遇する」事に呆気に取られつつ、この道で生きるしかないのかと考えて下宿の壁に「大文学者」と貼って、瘧《おこり》を患いながらそれを眺めた。

病に臥せりながら、自分の行く末を思い、「大文学者」という字を眺めている青年。その光景は勿論滑稽だが、またその諧謔の裡に浮かれたり、自らに酔ったりする部分が少しもない、醒めた、散文的な精神が動いている。『子規居士と余』で虚子は「大文学者」とは「大小説家」の事で、俳句の事ではないと書き、俳句に対して限定的な見方を示している。

虚子が、碧梧桐の新傾向は勿論、子規の革新運動にすら当初から批判的であり、「俳趣味は古典也」と語ってきた背景には、俳句ではなく小説こそが革新の事業であり、また自分が「大文学者」であるべき舞台だという意識があった、という解釈が一般的であるし、またそれはそれで正しいものだと思う。

　だが小説への意欲だけが虚子に、俳句への一種極めて限定的な見方を促したようにも思えない。というよりも、俳句の文芸としてのジャンル論以前、あるいは文学という営み以前の問題として、根本的に醒めた何物かを感じるのである。虚子は、新傾向との競争が終わり「ホトトギス」の俳壇支配が決定的になった昭和四年、俳句は「天下有用の学問事業」でなく、ただ「自然界」を詠うのみ、とする決定的な古典的俳論を講演「花鳥諷詠」で展開した。「吾等は天下無用の徒ではあるが、しかし祖先以來傳統的の趣味をうけ繼いで、花鳥風月に心を寄せてゐます。さうして日本の國家が、有用な學問事業に携はつてゐる人々の力によつて、世界にいよ〳〵地歩を占める時が來たならば、日本の文學もそれにつれて世界の文壇上に頭を擡げて行くに違ひない。さうして日本が一番えらくなる時が來たならば、他の國の人々は日本獨特の文學は何であるかといふことに特に氣をつけてくるに違ひない。その時分戯曲小説などの群つてゐる後の方から、不景氣な顔を出して、ここに花鳥諷詠の俳句といふやうなものがあります、と云ふやうに《ママ》ことになりはすまいか」。

　虚子が俳句を「天下無用」の事業と位置づけるのは、単に俳句を社会や政治から切り離された領域に限定し、その関係や責任から逃れるためだけではない。また「經世經國、經世濟民の文章」から身を逸らすためだけでもない。

　子規以来の俳句革新がはらんで来た変化や発展への飽くなき欲求や衝動、或いは同種の情熱を抱いた近代文学全体への、醒めた悪意の表明なのである。

「後の方から、不景氣な顔を出して」と云う口の利き方に、何とも絶妙な虚子の面目が窺えるが、この悪意は存外深刻なものを含んでいる、深い底から出たものではないか。

例えば高名な杉田久女《ひさじょ》の破門問題にしても、巷間云われるように久女の新興俳句への接近や、無軌道な振る舞いだけが原因だったとは、私には思えない。

虚子はおそらく久女の内に自分と同種の物を感じていた、或いは虚子の内にある何かに触れるものを、久女に感じていたのではないか。そのために自身をあれ程慕い、またその才幹を高く買っていた彼女を破門にし、精神的破綻にまで追いやったのではないか。

久女の死後、虚子が「ホトトギス」に発表した文章の中で、虚子が記した久女の奇行は、現在迄の研究で全くの虚偽である事が実証されている。

昭和十一年に虚子がヨーロッパから帰国した時の事である。まず見送りの時に久女がいつまでも蒸気のついた小船で虚子を追いかけてきた「氣違ひじみてゐる行動」を記した後虚子はこう書く。「フランスから歸る時分にも同じ航路を取つたが爲に又門司に立寄つた。其時は私は人々に擁せられて陸に上つてをつた。久女さんは私の船室を何度も訪れたさうで、機關長の上ノ畑楠窓氏に面會して、何故に私に逢はしてくれぬのかと言つて泣き叫んで手のつけられぬ樣子であつたといふ。其時久女さんが筆を執つて色紙に書いたものだといふものを楠窓氏は私に見せた。其は亂暴な字が書きなぐつてあつて一字も讀めなかつた」（「墓に詣り度いと思つてをる」）。増田連氏の考証によれば、虚子の乗船した箱根丸は、この時門司に寄港しなかったという。

だがこれらの虚偽を、一概に虚子の保身から出た虚偽と考えるのはどうかと思う。あるいは虚子による久女の追放を、「ホトトギス」の秩序を守り、また新興俳句の影響を抑制する政治的意図にのみ帰するべきではないのではないか。

虚子がライバルである長谷川かな女に肩入れするのを憎み、「虚子嫌ひかな女嫌ひ單帯」等というような句を詠んだ、久女の苛烈な句作への打ち込みを眺め、また鮮烈なその作を受けとっている裡に、虚子の眼前には狂ったようにボートで虚子を追ってくる、あるいは空っぽの船室に暴れ込む久女の姿が、あるいは乱れに乱れた色紙の筆跡が、実景として彷彿と現れたのではないか。

むしろ虚子の中に、久女の激しさに対応するような狂気があり、それを抑え排除するためにこそ、虚子は久女を破門し、自らの狂気を譲り渡すようにして破滅させたのではないか。原コウ子の『石鼎とともに』の中に、石鼎が神経を病んだと聞いて、疎遠になった虚子が訪ねてきて、コウ子に「この襖は石鼎君の病氣に騒々しくてよくないから張り替へた方がよい」と派手な襖地を注意したという記述があるが、これは自らの神経を語っているに等しい。

虚子の久女や、神経の病を口実にして度々原石鼎に隠遁をすすめた事は、一般に虚子の保身や「ホトトギス」維持のための狡猾な策略とされている。確かに久女はともかく、句作でも虚子を圧倒していた石鼎の東京における存在が、「ホトトギス」にとって黙視出来ない脅威であった事は事実だろう。

だがなぜ、虚子は執拗に石鼎を狂人、或いは脳病に仕立てようとし、その為に気の進まない秋桜子以下帝大の医師の手を借りて、意に添う診断を得ようと心がけたのだろう。

虚子は、久女や石鼎に師として接する以前に、多くの異常な情熱や狂気を見、或いは深く付き合っていた。業病に侵された子規と陰鬱な夏目漱石。半ば狂気の人だった漱石に、気散じとして小説を書かせている裡に瓢簞から駒が出て、「ホトトギス」は大文芸誌となり、漱石は国民作家になった。放浪時代を御神酒徳利で過ごした碧梧桐にしても、狷介かつ衝動的な人間だった。

だが実は虚子もまた異常人の一人だったのではないか。

虚子は自らの「花鳥諷詠」の句境を「極樂の文學」と呼んでいる。

「極樂の文學」とは「地獄を背景に持つた文學」に他ならない。「例へば、人は遂に死なねばならぬ運命にある。これ程たよりない殘酷な淋しいことはない。(中略)私の父が呼吸を引取る前にランプの光を見つめたことを覺えてをる。さうして私はランプの芯を出して、その光を出來るだけ大きくしたことを覺えてをる。ゲーテが死ぬ前に、光といふ一語を洩らしたとも聞いてをる。極樂の文學といふのは即ち其の光といふものを描いて、絶望に近い人間に尚且つ一點の慰安を與へようとする文學である」(「地獄の裏附け」)。

この文章で虚子は、「病苦、貧困、悪魔の跳梁」を描いている積もりで実はおめでたい、社会小説や主義の文学といった「地獄の文学」を否定しているだけではない。

虚子は、自身の中にある「地獄」を語っている。その「地獄」が彼をして、俳句の革新も、「經世經國」の文章も、あるいは「文学」そのものを信じせしめない、と語っているのではないか。

虚子が云う「極樂の文學」は、或る意味で『草枕』における「藝術」と似ている。「越す事のならぬ世が住みにくければ、住みにくい所をどれほどか、寛容《くつろい》て、束の間の命を、束の間でも住みよくせねばならぬ。こゝに詩人といふ天職が出來て、こゝに畫家といふ使命が降《くだ》る。あらゆる藝術の士は人の世を長閑《のどか》にし、人の心を豊かにするが故に尊とい」。

漱石が『草枕』で云う「藝術」、或いは「俳味」は、確かに出世間的であるが、それでも微妙に虚子と違うのは、漱石が「那美さん」を巡る事情の裡に、「地獄」を見え隠れさせている、少なくとも作者が「地獄」を意識している事を読者が分かるように書いている事だろう。

また仮に『草枕』を完全に出世間の小説と考えても、漱石は初期の幻想的な作品、あるいは後期の深刻な長編小説で、正面から自らの「地獄」を穿っている。

だが虚子は、たまに、しかも相対的にしか、「極樂」の背景である「地獄」を明かさなかった。

「箱庭の月日あり世の月日なし」。

この事は、虚子が芸術家として不徹底である事を示しているのだろうか。

だが「無用」であろうとし「極樂」を事とする選択は、高度に意識的に為された物である。

碧梧桐が『続三千里』で伊勢松阪に赴いた時、本居宣長の「鈴屋《すずのや》」が保存されている事に感激し、帰京してから「子規庵保存会」を結成して、虚子も行き掛り上賛同した。

だが「滅ぶるものは滅びしめよといふやうな考へ」が、虚子の「心の奥底」に存在していて、保存の熱意を抱く事が出来なかった。ついに打ち合わせの席で、虚子は碧梧桐や寒川鼠骨《そこつ》に、「總てのものは百年、二百年、五百年、千年と經過する中には、遂に滅びてしまふものである。子規庵を保存するのも結構であるが、しかしながら遂に滅びる結果になるのではないか」と「告白」したと云う。

虚子が「滅ぶるものは滅びしめよ」と云う時、そこには人間が互いに期待し合い、また敢えて云わず、また考えない事にしているような物があらわれる。云ってしまえば身も蓋もない事、忘れた事にされた事と、無造作に直面している。そしてこのような「正気」、あるいは明晰さは、虚子の中の狂気じみた力に由来している。

大正四年に書かれた短編「落葉降る下にて」の中で、虚子は父が死んだ時、医師を殴り殺そうと思った、と書いている。なぜならば、自分の骨肉のものが死ぬ筈がないと、道理とは別に信じ込んでいたからである。その後、母親が死に、愛児を亡くして、漸く自分の世界もいつかは滅びるのだという事を受け入れる。「子供が死んでからもう一年半にもなる。(中略) さうしてどちらかといふと、私の事業は其一年半の間にいくらか歩を進めた。一向榮えない仕事も此一年半の間には比較的成功をした。が、たとひ幾ら成功しようともいくら繁昌しようとも、私は一人の子供の死によつて初めて亡び行く自分の姿を鏡の裏《うち》に認めたことはどうすることも出來ない。榮えるのも結構である。亡びるのも結構である。私は唯ありの儘の自分の姿をぢつと眺めてゐるのである」。

だが「唯ありの儘の自分の姿」を眺める端座して宿命を見つめるという散文的な心持ちは、強烈な「どうしても自分の子供は死ぬるものではない」という「氣違ひ染みた」自信に由来している。

故に虚子の句作には、「甘え」のような物はかけらもない。敢えて地獄を覗く事をしなくても、虚子は滅びや悲しみと直接に対座し、時にその散文的認識を突き抜けて、詩的な稲妻を走らせる。そしてそれは、やはり異常な何物かなのだ。「惨として驕らざるこの寒牡丹」。

水原秋桜子は「俳壇に批評をとり入れなければいけない」と考えて『ホトトギス』を離脱したが、もしも俳句の世界に批評家がいたとすれば、それは秋桜子でも、また大須賀乙字でもなく、虚子だった。

改めて教えられる事も、考える事もなく、虚子は人が生きているという事、そこで文芸等という営みに手を染めている事の意味を識り抜いていた。

虚子は、碧梧桐との対立が鮮明になった明治三十八年、既にこう書いている。「我々に天才があつて古人をも凌ぐ程の作物が出來れば我俳諧國に安坐もして行かれうが、天才のあるものは千人中の一人、其のあとの九百九十九人はなんとします。(中略)俳句を以て一生の伴侶とせう、安心立命の便りとせうと、深いもあらう、淺いもあらうが、いづれも俳句の杖を力に立ち上らうとする矢さき、そんな俳句は文學的價値が無い、陳腐だ、平凡だといはれてしまつては九百九十九人はどうします」(「俳諧スボタ經」)。

水原秋桜子は、虚子が「花鳥諷詠」論を発表した時、大衆に阿《おもね》り、進歩を阻む論だと反発した。

だが、批評家として虚子は、この「九百九十九人」が、秋桜子が考えたような「大衆」などという漠然とした存在ではなく、各自がその裡に「地獄」を抱えた「一人」である事を見ていた。そして、それぞれが「一人」である「九百九十九人」が句作する、という怖さを高浜虚子は考え抜いた。

明治四十五年、俳壇に復帰した虚子は『進むべき俳句の道』で、「ホトトギス」派の俳人たちの人格と経歴を語り、容赦なく本質を指摘していく。村上鬼城《きじよう》の句作は「耳が遠い」事から発し、前田普羅《ふら》は「遊ぶ事にのみ眞實で有り得る」と云い、渡辺水巴《すいは》は「父君の愛護の下」にいるから世間に目を向けずに、小動物や草花を友の様に見ており、原石鼎は「前から無一文であつたが今でも無一文」であるがために、「俳句のほかに何の便るべきものも」ない。

云えば元も子もない事を、正面から云う虚子の正確さ、冷静さ。

と同時に、虚子はここで俳句における道が、碧梧桐らの語るような単一のものではない事を、各人の歩みに即して語っている。「先づ私は俳句の道は決して一つではない、様々である、各人各様に歩むべき道は異つてゐるといふことを言つた。それは今迄擧げ來つた人々の句を一々吟味することによつて直ちに明瞭になることゝ思ふ。一人として同じ道を歩いてゐる人はない。又少しでも異つた道を歩いてゐることによつて始めてそれ等の人の存在は明かになつて來て居る。世上には我儘勝手な論者があつて、道は此一筋ほかない、其他の道を歩むものは皆邪道に陥入つたものである。と高唱する」。

「単一」の道が殺された時、理論の争いは無意味になり、批評が始まる。

∴

もしも虚子が、『進むべき俳句の道』で放哉を論じたら、どうだったろう。

まず虚子は、裁判官だった父が早くに退任したため、放哉が中学時代から既に一家の輿《よ》望《ぼう》を担っていた事を指摘するだろう。

放哉がその期待に応えて、秀才の誉れ高く、一高では藤村操と同級で、夏目漱石の講義を受けた事を書くだろう。虚子自身が、碧梧桐らと共に一高俳句会に招かれた席で、放哉と出会った時の印象も書くかもしれない。

大学進学以降生活が荒れて大酒の習慣がついた事、それでも「ホトトギス」や松根東洋城《まつねとうようじょう》の「新春夏秋冬」等に投句し続けていた事を記しておくだろう。

卒業後就職に失敗し、結婚してからやっと保険会社に身を落ち着けた事、酒癖は非道くなり、注意しながらも酒を一口飲むと止める事が出来ず、宴席で取引先を面罵したり、絡んだり、泥酔して同僚や上役の家に押しかける等の、職業生活を危うくするような事件を度々起こした事も書くだろう。

それでも素面の時はきちんと仕事をしていた事、大正五年東洋城への投句を止め、一高で一年上級だった井泉水の「層雲」に参加し、生まれ変わったように句作が生彩を帯びて来た事。と同時にその句が不吉な響きを帯びてきた事も指摘するだろう。「こんこんと棺の蓋こんこんと打ち終へ」。

句作の進境と逆に、社会生活でのふんばりを失い、親友を保証人にした多額の借金を返せず、退社した後に朝鮮に渡ったが勤まらなかった事。そして妻と別れ、一燈園や須磨寺などで托鉢や寺男としての生活を経験したが、三年間で死んでしまった事を書くだろう。

虚子は放哉の何を、句作の本質と見るだろうか。矢張り踏み止まろうとしながら、破滅していった精神の傾きと句作の関連を考えるだろう。そして放哉が「俳句を以て一生の伴侶とせう、安心立命の便り」としようとしながら、逆に俳句が破滅的な傾きを助長してしまった事を見るだろう。そして安心立命の「杖」とならない処に、自由律俳句の本質を見るだろう。

生活とは元来月並なものであるのに、月並を理論的には許さない自由律は、破滅的な生活を助長する傾向があることを、虚子は云うだろう。

虚子は、俳句を「杖」となしえないのは、内在的な調べを専一とする自由律の場合に極端であるとしても、碧梧桐以下の革新運動には共通して自己破壊的な何ものかがある事も分かっていたに違いない。

それ以上に子規の提唱した「写生」自体が、その解体への欲求の中に、破滅的な傾きを持っていたのであり、放哉はまぎれもなくその本質を（表層をどこまでも追ったのが碧梧桐であるとすれば）徹底的に担った事を虚子は了解したに違いない。放哉の到達した、絵にもならなければ、情況も構成しない、解釈しえない、意味もない「声」としての句とは、紛れもなく子規の求めた「空氣」の実現にほかならない、と。

というよりも、虚子は、放哉の中に自分と同質の何ものかを、もしも自分が子規、碧梧桐の驥尾《きび》に付いていたら成ってしまったであろう姿を見いだすのではないだろうか。なぜならば、虚子にとって「写生」とは、「滅ぶるものは滅びしめよ」と云う事に外ならなかったからである。

澁澤龍彦は、虚子の代表句「石ころも露けきものの一つかな」「流れ行く大根の葉の早さかな」を引いてこの様に云う。「秋草のみだれ咲く野で石ころが露にぬれるのは当り前であり、潺湲《せんかん》たる小川の水に大根の葉がたちまち流されてゆくのも当り前である。当り前の物理的現象である。しかしこの現象世界の事物の一つをクローズアップすることによって、現象世界の背後から、無気味な物自体がぬっと顔を出したような印象を私は受ける。この石ころ、この大根の葉は、現象であると同時に物自体でもあるような気が私にはする」(「物の世界にあそぶ」)。

澁澤の云う「現象であると同時に物自体」という認識は、おそらく虚子と放哉双方に通底するものである。ただ根本的な違いは虚子が「無気味な物自体」をけして自らに引き受けないのに対して、放哉の句は何も示さない代わりに、常に自らの存在のみをそこに立ち上らしめ、「無気味」さと自身を等価にしてしまう事だ。「月夜の葦が折れとる」。極端な事を云えば、虚子という人間は、放哉と同じかそれ以上に不気味で破壊的な人間である。ただ虚子は、身近に子規や漱石の最期を見たためか、身中の力を限る事を試みた。その一点に努力を傾けた。

虚子が俳句は「無用」の文芸であると云ったのは、その限界づけの成功を表明したに外ならない。

　虚子は自らが感じている「物自体」の力を、「箱庭」に閉じ込めた。あるいは「箱庭」の月日としてそれを眺め、必死の思いで、自らの親や子供も死ぬ事を、自分の世界も亡びる事を受け入れた。そして同時に、外の「九百九十九人」の人々が、俳句を「杖」として生きている姿を眺めていた。

「箱庭」に月日を見るために、虚子は久女や石鼎らを排除した。久女が、畢生《ひっせい》の事業として行った女流俳句研究の大部の原稿を「どうにかして」しまい、また才気溢れる秋桜子ら愛弟子を切り捨てる事も顧みなかった。

　有り体に云えば、虚子は、弟子たちに月並俳句しか許さなかった。なぜならば、解体としての写生の真骨頂に及んでいないのならば、俳句は「杖」になるからである。それは認識を固定し、その主観と主体を保存するからである。例えば種田山頭火の句作などは、私小説等と同様に俳句が有効な「杖」になっている。いくら自分の内面の愚かさ、醜さを書いても、私小説の主観性は我が身を滅ぼす事がない。虚子が冷笑した事々しく悲惨や苦しみを列挙する「地獄の文学」に過ぎない。近代日本の如何なる私小説も、その点に於いては、虚子の認識は勿論、放哉の一句に遠く及ばない。

　勿論放哉も句作を「杖」としていた。だが放哉においては、句作が彼の傾向を助長し、最期へと導いてしまった。或いは一人の人間が、自らの存在自体を解体していく、逆戻り出来ない過程だけを単純に示しているように詠んだからこそ、その句作はかけがえがない。

虚子は「墓に詣り度いと思つてをる」と云い、放哉は「墓のうらに廻る」と詠む。その墓の前で、虚子は「何が善か悪か」などと考え、自身の滅びを見ると講釈するが、その間に放哉は勝手に滅び、滅ぼし、灰となる。

句作を「杖」とする事は「甘え」である。放哉は虚子が眺めた「九百九十九人」と同様にその「甘え」からまったく逃れていない。ただ放哉の「甘え」は、自分が縋《すが》っている「杖」を削り、損ない、寸を詰めていくような「甘え」だった。

批評家である虚子は、句作を「杖」にする事はなかった。そのような甘えを断ち切った処に彼はおり、句作を「杖」とせざるをえない者達を支配して、成功を収めた。

それは見事な「批評家」としての人生である。然も虚子は、句作者としても、極めて優れた、碧梧桐はもとより、子規をも凌駕する作者であり、肩を並べられる作者は数える程しかいない。

だがまた虚子は、自らが観ていた「無気味」な力を、自身で引き受けるという豪勢な光景を一度も見せてくれない。その力は皆、石鼎や久女といった弟子に被せて、捨ててしまったのである。

「叩けども〳〵水鶏許されず」という句は確かにこの力を現わしめている。だが虚子はここで水鶏となって叩きもしなければ、或いは何ものかとして許しもしない。

その点では、虚子の句は誠にケチ臭く、「箱庭」の中の風景にほかならない。「空氣」となって天地を自らの前にかき消し、あるいは「音楽」のうちに存在させる写生の力には及ばず、求めようともしない。

そして、最も肝要な点は、日本人は、放哉たるか、虚子たるか、のどちらかの選択として、文芸を、言葉を、あるいは人生の認識を考えているという事である。このけして両立出来ない、しかしともに異常な認識の裡に、近代日本はその目玉の完成形を見た。

虚子のように批評家でありつつ、放哉のように風景を観る事は出来ない。だがまた、あるいは放哉のような「甘え」を抱えていては、虚子のように「杖」を求める人の姿を観る事は出来ない。

救いを希求しつつ、救われない末路へと邁進していくか、「榮えるのも結構である。亡びるのも結構である」と自らの滅びを眺めるか、という岐路において、日本人は究極の立場を見た。

人は簡単に散文と云い、詩と云う。あるいは批評と云い、理論と云うが、日本人にとって散文とは虚子のそれであり、詩の理想は放哉のそれなのだ。このような二項が選択として現れる目玉そのものが、異様ではないか。

春の山のうしろから烟が出だした　　尾崎放哉

西田の虚、九鬼の空

天明の釜が、澄んだ唸りを響かせている。

釜はやつれた風炉の上に据えられており、風炉の足元には織部瓦の濃く暗い緑色が覗いている。約束通り、糸繰り籠の炭斗《すみとり》が傍らに置かれ、明珍の火箸と梟の羽箒が載せられていた。

床にはいずれかの手鑑から剝がしたらしい古筆が、火事を潜ったのか煤けた金襴で表装され懸けられている。鉈籠《なたかご》に野草が二、三本差されているのが、却って心入れを感じさせた。

六畳程の座敷には、二人の女性がいた。

結城を几帳面に着付けた年嵩の婦人が志戸呂《しとろ》の茶入の蓋をゆっくり取り、茶杓を手にした。茶杓は、古びた象牙の匙で、その奢らなさが、殊更な侘びを強調している。

丁寧に点《た》てられて絹布のように細かい泡を懐に輝かせている、唐津片口の口取り茶碗を、対座している若い娘が、膝に引き寄せる。その手元、姿勢を、婦人は満遍ない視線で注視していた。交趾《コウチ》の、桃の形をした香合だけが、鮮やかな色彩を見せる名残の趣向の中で、二人は、一言も言葉を交わさなかった。

その家は根岸、御行の松の近くにあった。

明治三十年頃に、その家で幼年時代を送った少年は、ほぼ四十年が過ぎた昭和九年、ふと思い立って根岸を訪れ、大震災を越えてその家が残っているのをみつけだし、「云ふに云へない懐しさを覚えて」、門前に佇んだ。

∴

この家にわたしは七歳から八歳または九歳にかけて一二年住んだやうに思ふ。母と兄とわたしとであつた。女中はたしか三人ゐた。外に書生が一人と車夫が一人ゐた。母は書見をしたり、琴を彈いたりしてゐた。姉は三年町で父と一しよに住んでゐたが日曜には根岸へ來て、中二階で母から茶ノ湯を習つてゐた。わたしたち二人の男の兄弟は時に父の家へ行つた。歸りに父はママはどうしてゐると母の樣子を聞いて果物などを土産に持つて歸らすのであつた。かうして別居してゐた父と母とは全く來往はしなかつたやうに思ふ。

（「根岸」）

「父」と「母」が別居していたのは、「母」の希望によった。希望よりも、もっと強力な意志によってであった。

「父」に何らかの科《とが》があった訳ではなかった。咎められるべき行状はむしろ、「母」の方にあった。

明治政府の顕官として、爵位を授かることになる「父」は、政務に於いては、歴史から指弾されるような罪や科がないわけではなかったが、少なくともこの別居については、彼の責任らしきものはなかった。強いていうならば、「父」がアメリカ公使であった時に、妊娠し精神的に不安定だった「母」を、彼のもっとも信頼する部下に託して帰国させたこと位だった。右に引いた小文を著すことになる哲学者は、その時丁度「母」の胎内にいた。

「母」を追って「父」が帰国すると、「母」は厳しく同居することを拒んだ。「母」は出産後も精神の平衡を回復しなかったのである。

「母」の心が、もはや戻らないことを知った「父」は、「母」の希望を容れざるをえなかった。

「母」の家が根岸に営まれたのは、部下の家が根岸にあったためで、「わたし」は母が仕向けるままに、その部下と馴染み、親しんだ。

「部下」はたびたびその家をたずねており、そのことを「父」は知っていたに違いない。そのために、「父」は娘を一人だけ「母」のもとからひきとって、自分の手元に置いたのだろう。

「母」もまた、よく了解していた。茶の点前を教えることだけが、娘とのつながりであり、子供たちの相互訪問によって、二つの家は家族の体をなしていた。「母」は稽古とは思えない情熱で道具を組み、部下はそのために美術品を蒐めた。

そこには、奇妙な静けさがあった。

もっとも奇妙なのは、「父」が事情を完全に知りながら、「部下」を極めて重用し、官界での二人のつながりはますます濃いものになっていたことであった。誰もが事情を知りながら、茶事の如く、緊迫した和やかさが維持されていた。

錯綜し、抑えられ、そして時に沸騰しかかる感情は、茶道具に込められた趣向のように、あるいは花柳の座敷で奏でられる他愛のない小曲に込められた深い諦念の溜め息のように、その場では淡やかなものに見えた。

緊張に満ちた静けさの中の、破綻の予感には既にあらゆる執着を認めながら全てを空に返す、あの諦めと祝福に満ちた響きが鳴っていた。

それは、後年「いき」についての構造分析を試みる哲学者にとって、ふさわしい思い出であったかもしれない。

九鬼隆一の妻波津子と天心岡倉覚三の恋は、「いき」なものではなかった。九鬼が書き記している光景は、ごく短い小休止にすぎなかった。

∴

松本清張は、その著書『岡倉天心　その内なる敵』に、自ら発見したという東京府巣鴨病院の院長に宛てられた九鬼隆一名義の上申書を掲載している。明治三十九年一月の日付があるこの書類は、一度退院を許可された九鬼の元妻、波津子の精神が、再び混濁したので収容して欲しいとする主旨で、その経緯、病状が隈なく書かれている。その詳細さとともに、九鬼以下政界財界軍部学界にいたる著名の士たちが、友人として名前を連ねていることも異様である。税所篤《さいしょあつし》、大久保利和、松方巖、井上角五郎、斎藤実《まこと》、那珂通世、土方寧……

清張が推測しているように、華族に列せられていた九鬼にとって離婚や妻の精神的病いという事態が容易なものではなく、自らの立場を護るために友人知己を総動員せざるをえなかったという事情や、当時の精神医学をめぐる環境が、このような事々しさを要求したと考えるべきだろうか。

嘉永五年（一八五二）、摂津三田《さんだ》から丹波綾部の九鬼家の家老の養嗣子となった九鬼隆一は、維新後福沢門下に入り、新政府の、文部、外務畑を歩んだ。幕末にさほどの役割を果たせなかった小藩家老職の跡取りにすぎなかった九鬼が、顕職を重ね男爵に列せられるに至ったのは、その尋常ではない政界遊泳術、特に薩摩派の裏方としての活躍によってであると見られ、今日では、明治十四年の政変の一方の首謀者とされている。

その九鬼が、知己である薩摩出身の顕官を並べて見せた上申書の体裁の異様さは、そこに書かれた波津子の振る舞いに対抗し、何とか封じ込めようとする無意識の営為の存在を窺わせる。

一、波津子は其《その》良人と共に米国滞在中、明治二十年中、兼て別懇なりし某士が米国巡遊に際し其前より、波津子は子宮病、脳病、精神的疾病の様子にて堪へ難きより某士に連れられ、良人に先（立）つて東京に帰りたり。其前より子宮病、脳病、沈静的精神的病気の様子にて始終苦しみ勝なりしが、其翌二十一年良人が帰朝後はますます沈静的に相成始終良人と同居するを好まざりし。

一、二十年の頃より愈々良人と同居するを好まざりしを以て已むを得ず小石川に別居して其良人の老母とのみ同居中、突然遁亡して一家大騒動を起し、一日一夜所々方々を探索の末、終に根岸町某楼に潜居するを発見し、手を替へ品を改へ病人へ説諭して敢て良人と同居するを強ひざれども責めては良人の老母とのみ同居する様に許◯《一字不明》の友人よりも親族よりも説諭すれども、病人は頑として聞かず、死すとも良人の家に帰らず、強て離縁を求むること切なり。

辛うじて離婚の強請は一時中止せしめ得たれども、然れども頑として帰家を肯ぜず、谷中辺に居を占めざるべからずとの望み切なるを以て、已むを得ず上野辺に居る某士（前文の某士にあらず）に深く依頼して居住せしめたれども、是又しても病人は其窮屈に耐乏し難く、是非共其辺に独居せんことを主張強請して止まざるを以て、終に〳〵已むを得ず上野辺に居を卜して病人が独居することとなれり。

夫より後暫くは落付気味なりしが其後いよいよ乱暴になり、所々に身を陰し、或は某士（前文の某士の親友なり、某士其人にあらず）の二階を借りて陰くれ、或は寺院に行かんと迫り、何共《なんとも》致し度なきに至れり。

而して世間にては種々の悪評を喧伝し殆んど堪へ難きに至る際、屢々《しばしば》米国より波津子と同帰の某士の夫人と波津子の間に争闘紛乱の聞えあり、其内《そのうち》終に其夫人と波津子の争闘の末、波津子は其夫人へ謝罪の為め其夫人の面前にて自から髪を切り円頭尼僧の如くになりて昼間は外出すること能はず、僅かに夜分深くヲコソ頭巾を冠りて外出するのみ。

（原文での表記は「波津子」でなく初子となっている）

九鬼周造が、昭和九年に「懐しさ」をもって回想している「根岸」の生活は、文中で父隆一が語る処の「独居せんことを主張強請」して「上野辺に居を卜」し「病人が独居」することになった、「暫くは落付気味」の時期に外ならない。それはまたこの記述に見る限り、周造の少年時代における唯一の平穏な、幕間のような、母と幸福に過ごした時期だったのである。

隆一の書きぶりからすると、波津子の発病自体は滞米中の事であるとしても、天心との関係は渡洋中か、帰国直後と見ていたようだ。最初の出奔の折に、「根岸町某楼」に潜んでいた事などが、そのような見方を促したのだろう。当時美術学校の初代校長を務めていた天心は中根岸に在住していた。文学史上に云ういわゆる根岸派は、この時期の天心や幸田露伴ら根岸在住の文士の親交を基に成立したものである。

波津子の狂態は、上文中にも出てくるように髪を断ったり、あるいは隆一に離婚を迫って「刃物三昧」をほのめかし、また後に天心から引き離すために京都に移転させられた時には、「激烈なる精神強情劇昂」をもって天心との文通を行い、ついに脱走して東京駅での親類縁者の包囲網を突破して根岸に直行するに至った。

隆一が上申書で語っている事の幾分かは割り引く必要があるだろうが、にも拘わらず大筋の事実と認めなければならないのは、関係者のなかで、隆一の冷静さが波津子や天心の妻基子はもとより、天心よりも際立ったものであるからだ。

隆一は天心のために家庭崩壊劇にまき込まれながら、天心を政治的にはサポートしつづけた。美術学校の開校をはじめとする天心の文部官僚としての業績の殆どが、天心が波津子と関係することで九鬼家を崩壊させた時期に成し遂げられたものである。隆一は、明治十四年のクーデタを画策し、恩師福沢諭吉や恩人大隈重信を裏切って、北海道の払い下げ問題で窮地に立っていた黒田清隆を助けたこともある。黒田は泥酔して夫人を斬殺した深刻なアルコール中毒だったが、九鬼隆一には、そうした精神へのシンパシィのようなものがあったのだろうか。そうとでも考えないと、天心に対する桁外れの寛容さは理解しにくい。それとも、九鬼隆一もまた、心の奥底に、恬淡と諦念の響きをもっている者の一人だったのだろうか。

波津子の興奮の記述に首肯出来るのは、文中でも語られて居る「某士の夫人」である、岡倉基子もまた、強烈な「ヒステリィ」の持主であったからである。天心は十八歳の時に十七歳の基子と結婚した。基子は、天心の父勘右衛門が赤坂豊川稲荷の茶店で働いている処を見て気に入り、息子の嫁にと望んだ。はじめから天心との結婚生活が肌にあわなかったのか、もともとそのような素因をもっていたのか、生活をはじめてすぐに基子は発作を頻発するようになった。清見陸郎が天心の直話として伝えている処によれば、彼は明治の青年らしく、元来は国政に携わることを希望しており、帝大の卒業論文として「国家論」を準備し、提出期限を二週間前にして既に英文で、大方書き上げていたという。その苦心の作を、折から妊娠中で興奮気味だった基子が、目茶苦茶に引き裂いて燃やしてしまった。

困った天心は、つけ焼き刃で「美術論」を書き上げ提出し、そのために元来の志望を外れて文部官僚となり、美術行政に関わることになってしまったという。

ほかの天心の逸話と同様に、このエピソードにもどこか不審な匂いがしないではない。何よりも、自らの美術との関係を、妻の発作に帰しているのがおかしく思われる。せっかく書きあげた論文が失われた失意は理解できるが、もしも国政への参画が確かな志望なのだったら、記憶に頼ってでも「国家論」を再構成したのではないか。この逸話に興味深い処があるとすれば、晩年にあって天心の心中に自らの生涯、その中核にある美術との関わりについてある種の醒めた気持ち、後悔に似たものが蟠《わだかま》っていたという示唆だろう。「文学は男子一生の仕事にあらず」と云った二葉亭四迷の屈託は、天心の胸の裡にも渦巻いていたのだろうか。

繰り返しになるが、その屈託が、妻のヒステリィと重ねられている処が、いかにも天心らしい。可笑しくもあるが、不気味でもある。実際、基子の狂態にしても、その原因の幾分か、あるいは大半は天心の側にあるのではないか。無軌道な女性関係をはじめとする天心の行為に加えて、その放埒の奥にある物が、その妻に発作を起こさせ、亢進させ、救い難くしたのではないだろうか。高村光太郎は、深夜泥酔した天心が突然訪れてきて父光雲を叩き起こし、何時間も持論を説き、絡み続けた恐怖を記している。天心が明治三十一年に美術学校の校長を辞任するもととなった、かつての部下にして親友だった福地復一が記したとされる怪文書も、書きぶりは悪どいものだが、満更事実と反してはいないという考証もある。どちらにしろ同時代人から見た天心の異様さは、このような弾劾にも説得力を与え、進退を決定してしまう態のものだった。「其校長タル岡倉覚三ナルモノハ、一種奇怪ナル精神遺伝病ヲ有シ、常ニハ快活ナル態度ヲ以テ人ニ接シ、又巧ミニ虚偽ヲ飾ルモ、時アリテ精神ノ異状ヲ来タスニ及ビテハ、非常ナル惨忍ノ性ヲ顕ハシ、又強烈ナル獣慾ヲ発シ、苛虐ヲ親属知友ニ及ボシ、人ノ妻女ヲ強姦シ、甚ダシキハ其ノ継母ニ通ジテ己レガ実父ヲ疎外シ、怨恨不瞑ノ死ヲ致サシムルニ至ル。其品行素ヨリ片時モ教育者タル地位ニ置クベカラザルモノタリ」。

その点からすれば、波津子の発病という事態にも天心の存在が、恋愛以前の問題として深く関わっていたと考えるべきかもしれない。妻基子との、救い難い争いよりも前に、天心の胸底の「奇怪ナル精神」が、波津子の精神を混乱させ、不気味なものを引き出したのではないか。

天心と、妻基子と、そして九鬼波津子の関係は、云わば「蝮の絡み合い」のような、三者ともに精神の常軌を逸した者たちが捩り合い、絡み合い、互いに互いを滅ぼし合う凄惨なものだった。

この破滅の劇を、もっとも傍らで見、母と、天心と父の三角形の間で少年時代を送った九鬼周造は、その回想をこのように締め括っている。「やがて私の父も死に、母も死んだ。

今では私は岡倉氏に對しては殆どまじり氣のない尊敬の念だけを有つてゐる。思出のすべてが美しい。明りも美しい。蔭も美しい。誰れも悪いのではない。すべてが詩のやうに美しい」（「岡倉覺三氏の思出」）。

九鬼周造が、総てが美しいと言い切ることが出来たのは、軍人の真似をして小山を駆けまわり、「竹の劒」で脇腹を突いて出血したり、屋根に上って「シックヒをはがしては隣家へ投げつけて」いたような子供として、背後の事情をまったく知らなかったためではない。子供ながら、というよりも子供であるからこそ彼は殆ど総ての事情を知っていたはずである。「根岸」時代の数年後、京都から出奔してまた東京に居ついた母の家を訪れた時の事を九鬼は思い返している。「或る日曜の朝早く起きて母の家の庭で一人で遊んでゐると岡倉氏が家から出て門の方へ行かれるのとヒョッコリ顔を見合はせた。その時の具體的光景は私の腦裏にはつきり印象されてゐるが、語るに忍びない。間もなく母は父から離縁され、……」（同上）。

ここで九鬼が、「語るに忍びない」という表現で示しているのは、おそらく、抱擁といった動作ではないだろう。それがどの様な光景だったかはわからないが、母の「激烈なる精神強情劇昂」や天心の「強烈ナル獣慾」の片鱗を見てしまったのではないか。

故に九鬼周造が、「すべてが美しい」と云う時に、その「すべて」には、自らの母親の生涯と、そして極めて日本的な事象を西欧の概念で語った思想家として、自らの先駆であった美学者に纏わる、人の業と悲惨の極致を行くような出来事のすべてが含まれていた。みずから「語るに忍びない」とした光景をも含めて、九鬼周造は「すべて」を受け入れ、肯定し、それを「美しい」と表現しているのである。

それが、九鬼周造にとっての「いき」だったことは確かであり、またそのような精神の過程において、九鬼の「哲学」の本質が現れている。

だが、その「哲学」とは、一体いかなるものだろう。

∴

日本における「哲学」的な思考は、いつはじまったのか。

無論ここで「哲学」といっているのは、西欧的な文脈にのっとり、その概念や観念、範疇を用いた思索の謂《いい》である。

この問いに、答える事はそんなに難しいことではない。

そのはじまりを、「哲学」という philosophy の訳語を作った西周《にしあまね》らの、いわゆる明治の啓蒙主義者、明六雑誌の周辺にいた啓蒙家の第一世代に求めることに、さしたる異論はないだろう。

それでは彼らにとっての哲学とはいかなるものだったのか。

麻生義輝が『近世日本哲学史』で指摘しているように、西以下、津田真道《まみち》、加藤弘之、そして多少哲学者の概念からははみ出すかもしれないが、福沢諭吉や箕作秋坪《みつくりしゅうへい》などの啓蒙家は、ほとんどが幕府の蕃書調所《ばんしょしらべしょ》の出身で、最初にオランダ語を学んだ世代に属している。実際西と津田の留学先はオランダであった。

彼らの哲学的思考に、最も明確な特徴を求めるとすれば、それはある種の屈折ということになるのではないだろうか。

幕命により留学した彼らに与えられた課題が、近代国家の建設にあったことは云うまでもない。不幸にして彼らを派遣した幕府は雄藩連合のために敗れ、そのために彼らは閣僚といった枢要な地位につくことはなかったが、木戸孝允や山県有朋、伊藤博文、大久保利通、大隈重信といったいわゆる元勲の補佐役として、近代化の節目、節目で重要な役割を果たした。

明治四年十一月、当時の兵部省の秘史局で第二副官をつとめながら翻訳局にも出仕していた西は、オランダ留学時の恩師S・フィセリングに宛てた手紙に以下のように書いている。「先生!／ここに私は、わが国において大きい革命戦争が起こりまして、また私は前大君の側近に勤務しておりましたために戦争に関与することになり、従ってその戦争以来長い間極めて不幸な状態に陥りましたが、幸いに生き長らえて今日に至っておりますことを謹んでお報せ致します。(中略)／現在支配勢力を得ている党派は薩摩か長州でありまして、われわれは只その下に従属しているだけでありますので、私も津田もそれを現実に日本国民に適用することができる迄には至っていませんが、併しこれらの翻訳は多少なりとも国家の変革に影響を与えてきたように思われます。私は世界の歴史の上で短期間にかくの如く多くの変革を成し遂げた国民を未だ見たことがありません。すべて国家形態においてもまた立法の上においても、また戦争の方式上でも、また風俗習慣上においてさえも、ヨーロッパ文明の模倣によってかくも多くの変革を成しとげた国民を見たことはありませんが、併し私にとってそれらすべてが皮相の観があります」(沼田次郎氏の訳による)。

西は、「衣食のため」と記しているが、秘史局は、西郷隆盛と山県有朋との連絡を司る「大役」(蓮沼啓介氏)だった。山県有朋が、軍制のうち「一も周の手を經ざるものなし」と語ったと森鷗外は『西周傳』に記している。どちらにしろそれは「翻訳」に止まるものでなく、「多少なりとも国家の変革に影響を与え」る体の仕事であった。明治二十七年、西は日清戦争で、自ら兵制、法制を整えた帝国陸軍が、国際法を遵守して西欧諸国の称賛を浴びる様を見た。

西の哲学が、この世代でもっともととのった体裁を持ち得たのは、西欧法の知識と実務に通じていたからに違いない。生前未刊であったが、西周は、『百學連環』や『尙白劄記』と云った哲学的著述を残した。西の体系は、当時の最先端であるオーギュスト・コントの実証哲学の構成を借りたものだが、記述自体には、西の教養のバックボーンである荻生徂徠派の古文辞学の影響が濃く、コントの趣旨からは可成かけはなれたものである。

西の際立った特徴は、哲学をあらゆる学問、人間の知的認識の長としていることだろう。このような位置づけが、コントの認識のヒエラルキィ説に借りたものであることは云うまでもない。その東西折衷的で、あらゆる学を含もうとする体系は、現在或る種の好奇心をそそるものではあるが、はたしてそこに、哲学的な思索があるのか、と云えば否定的にならざるをえない。手厳しすぎるかもしれないが、西の記述のなかには、人間や世界、あるいは文明や社会にたいする思索も好奇心も、見ることが出来ない。


西にとっての哲学は、敢えて云えば旧幕府に連なる者として甘受せざるをえなかった政治的不遇の代償であり、百学の王としての哲学を扱うことによって、世俗的な位置の埋め合わせを試みるものだった。だが、西周が哲学が近代日本において占めるべき社会的文脈を生んだことは、少なからぬ意味をもっている。日本における「哲学」の一定の、けして小さいとはいえない部分が、今日にいたるまで西と同種の代償的な意識において営まれているからである。その屈折は、単純に「不遇」への代償というだけではない。井上哲次郎以下の国家的な背景をになった哲学者たちも、同様に「知」における「地位」において「哲学」を選んだのである。もしもそれが哲学といえるならば、の話だが。

その点からすれば、国家体制の内部にいなかった中江兆民には、内在的な、哲学への必然性があったと云えるかもしれない。最晩年、みずからの余命を睨みながら書き記した『續一年有半』の中で展開された高名な「ナカヱニズム」と称する唯物論は、近代日本哲学の劈頭を飾ると論じられる場合が多い。だが「軀殼は本體で有る、精神は之れが働らき卽ち作用で有る、軀殼が死すれば精魂は卽時に滅ぶるので有る、夫れは人類の爲めに如何にも情け無き説では無いか、情け無くても眞理ならば仕方が無いでは無いか、哲學の旨趣は方便的では無い、慰諭的では無い、縦令《たとい》殺風景でも、剝出しでも、自己心中の推理力の厭足せぬ事は言はれぬでは無いか」という感慨が説得力を持ち得ているのは、その背後に、中江の苛烈で、独創的な人生があるからだ。

赤い法被を着た東洋のルソーとして民権運動の先頭に立ち、国会が開設されるや議員に選出され、またたく間に辞職し、筆を折って実業界に入った。石油、森林、観光、鉄道といった事業に手を出して一つ残らず失敗した末に、遊郭経営を企てる。「先生の曾て群馬に娼樓を設けんとするや、予其先生の德を累せんことを言ふ。先生卽ち現下の社會に公娼の必要なる所以を論ずる、滔々數千言。且つ曰く、公娼既に必要たり、之を營む、何の不可かあらん」(幸徳秋水『兆民先生』)といった言い切りが立ち得るような出処進退の鮮やかさが、そのままその哲学に反映されている。

人生と思想の、倫理的とすら呼びうる一致は見事だが、その哲学自体には、どれほどの意義があるだろうか。確かに内容は中江の博覧強記を感じさせるには十分だが、百科全書派を淵源とするような唯物論は、思索として豊かとはいいがたい。無論そこには、「東洋のルソー」として生きた男の必然性に裏打ちされた一貫性を備えた記述がある。しかしそれはいわば禅宗の偈《げ》のようなもので、哲学的な思惟とはいいがたいのではないか。

文政十二年（一八二九）生れの西周や弘化四年（一八四七）の中江兆民らと異なり、万延元年（一八六〇）生れの三宅雪嶺にとって、哲学は新奇なものではなかった。帝大の哲学科を第一期生として卒業した三宅は、中江と同様にジャーナリズムにおいて旺盛な活動を続けながら、明治における「最も壮大な哲学体系」（船山信一）をうちたてたと評価されている。雪嶺は、西欧哲学史を記述した啓蒙書、『哲學涓滴《けんてき》』の後に、自らの思惟を語った明治二十五年の『我觀小景』の冒頭で、日本は武力でも、経済でもなく、学術でもなく、哲学をもって立つべきと説いている。雪嶺が、哲学を薦めたのは、国力の欠如のためだけではなかった。哲学が学問の頂点にたつ、知識の集約点と見たからである。哲学的な思考が全人類を進歩させ、ついには宇宙の霊的活動に参画する営為とするからである。このような三宅の哲学観は、西周と似て非なるものだ。西において、哲学は学問の王であるとしても、その優越性は西個人へと返ってくるべきものだった。だが雪嶺において哲学は、きわめて楽観的な万能性を備えている。三宅は全人類が「新世界」の建設に従事しているという。「何の爲めに之を建設するや、何の形に造るや、人は明かに言ふを得ず。言ふを得ざれど、人人皆な建設に與かり、與からざらんと欲するも得ず」（『妙世界建設』）。一見すれば明らかなように、この「新世界」像は、スペンサーの社会進化論とヘーゲルの進歩史観を同一の地平で受容した明治日本において、壮大ではあるが月並みなヴィジョンでしかない。つまりそれは、国民的なイデオロギィではありえても、一人の人間の孤独な思考ではありえなかった。

∴

西田幾多郎において日本に哲学が成立した、西田幾多郎がはじめて日本人独自の哲学を展開した、といった云い回しを、誰もが大きな異議なく認め、用いているが、その内実は如何なるものなのか。「日本」の哲学とは、あるいは独自な哲学とは、どのような代物か。

三宅雪嶺より十歳下、西田幾多郎は明治三年（一八七〇）に石川県の河北郡に生まれている。その点で、西田幾多郎は完全な明治人であり、その生涯にはすべて明治の刻印がおされているといっても過言ではない。と同時にそのことは、必ずしも、西田が特権的であった、あるいは九鬼周造において観られるような、特殊な位置にいたことを意味しない。

西田の生家は、維新によって大きな社会的変動を体験した。といって他のいわゆる庄屋階級のように悲惨な没落を遂げたわけではなかったし、また時流にのって大地主にのしあがったわけでもなかった。竹田篤司氏の考証によるならば、西田の父は新体制に柔軟に適応したらしい。加賀藩時代につとめていた「十村」とよばれる地方の行政職から、多少担当地域を変更、拡大する形で太政官下において「郡長」へと移行した。

西田は、教育への関心が異様に高まった当時の趨勢に従い、金沢の学塾に通い、師範学校、そして第四高等学校に入学した。学友たちと回覧雑誌を創刊し、学校の体制改革に伴う混乱に際して、サボタージュを行い、あるいは怠学の傾向を昂じて留年、そして自主退学をする。上京して帝大に入学しようとするが、高校中退のために果たせず、選科学生として帝大哲学科を受講した。

この経歴に、非凡な所はどこにもない。きわめて一般的な、当時の文系の学生、そして知識人の経路がそこには描かれている。ロマンティックで、大言壮語を楽しむ高校時代もそうならば、そのあげくの留年もまた典型的なパターンである。

哲学科という選択にしても、当時の人気学科であり、特別視すべきものではない。同期の夏目漱石が、英文科唯一の学生であったことは有名だが、哲学科には本科選科併せて二十七人の学生がいた。西や三宅が提示したような、哲学の優越性というイデオロギィが、人気の背後にあったのだろう。明治の青年の壮大好みに、西らの哲学観が魅力的に映ったことは想像にかたくない。そのうえ選科生もまた珍しい存在ではなく、西田の学年では本科生八人に対して実に十九人が選科生だった。確かに西田は、本科生を上回るほど熱心に（竹田篤司氏に拠れば当時の選科生は、取りたい科目だけとればよく、現在の聴講生に近い立場だった）多くの単位を取得したらしい。卒業後本科生と較べて不利益な待遇を受けたことは遺憾だったろうが、その数の比率からしても本科、選科の優先順位が働いてしまうのは、仕方がなかったろう。選科生同期の田岡嶺雲のようにジャーナリズムの路を選んだのではなく、教職を選んだ以上ある程度の不利益は覚悟していたのではないか。少なくとも、選科生としての西田幾多郎が、並はずれて不当な差別を受けたということにはならない。

西田が日記に残している欧米文学の読書記録なども、真剣かつ懸命ではあるが、同時代の標準からして特に、広範というわけではない。日記の表紙や裏表紙に書かれたモットーなどは、陳腐極まるものだ。「人は馬鹿正直にあらざれば道を成す能はず／志を大にして小利小成を願ふべからず　大器晩成……」（明治三十一年日記、裏表紙）。

それでは、このような、けして「独自」とはいえない人生経路を歩んだ青年が、なぜ、日本に「哲学」を齎《もたら》すことが出来たのか。

後に『善の研究』という表題のもとにまとめられることになる、西田的な思考の萌芽を記したノートに、西田幾多郎はこのように書いている。

宇宙の最根本的説明を爲すといふ哲學の出立點は秋毫の假定をも許さぬ直接の經驗の事實より爲〔さ〕ねばならぬ。哲學史を見ても我々が從來の哲學に飽き足らず新に立脚地を求むる時にはいつでも自ら此點に還つてくる。嘗てベーコンが凡ての迷想（idola）を排斥し經驗を重んじたのもデカートが cogito ergo sum を本としたのも内外深淺の別こそあれ皆之に外ならぬのである。然るに我々の常識はいふまでもなく所謂哲學の中にも眞に疑へるだけ疑つて疑ふにも疑ひ様のない直接の眞理にまで到達したのでなく、即充分に批判的でなく唯淺薄なる假定の上に立つ者が多い。（「純粹經驗に關する斷章」）

『善の研究』の中心的な概念である、純粋経験を導く断片の書き出しだが、内容的にみれば、さほど格別のことが書いてある訳ではない。気の利いた高校生ならば同じような事を書きそうな、基本的な哲学の前提なのだが、この文章には異様な説得力というか、精彩がある。簡単には読み流せない粘着力があり、晩年まで西田が保持しつづけていた、悪文とか、晦渋といった域を超えた語彙の運動が、その片鱗を見せている。

この文章に、ある種の輝きがあるのは、ここにおいて「知識」が提示されているのではないからである。哲学に関する「知識」ではなく、哲学という「經驗」が語られているから、迫力があるのだ。

「眞に疑へるだけ疑つて疑ふにも疑ひ様のない直接の眞理にまで到達」するなどというような意味の文章は、これまで何万回も書かれてきたし、日本人の「哲学者」で同じような文句を書いた者も沢山いただろう。だが、実際に「疑へるだけ疑つて疑ふにも疑ひ様のない」所まで疑ってみたものは一人もいなかった。

その「疑い」の到達点として西田が示した「純粋經驗」が、W・ジェームズに似ていようと、あるいはイギリスの倫理学とそっくりであろうと、それはどうでもいい。西田は考えたのだ。西田は自ら、考えた。自分が考えている、という事に驚き、興奮している。それが、精神と名づけられるべきものか、あるいは意識か、心かは解らないが、思考という行為、徹底的に思考するという営みを、自らの身に引き受けて体験したのである。私たちは、現象学的還元とか、超越論的了解といった言葉を知っている。それらの言葉を使ってさまざまな事柄を語ることも出来る。にもかかわらず、私たちは、それを経験しはしない。思考の経験に驚き、自らの思考の多様さに直面しようとはしない。

しかし西田は、唯一人自分の頭で考えたのである。

その点からすれば、西田幾多郎の文章は、子規以下の写生文ときわめて似た性格をもっている。姿からすれば、いかなる類似も認められないかもしれないが、西田においても正岡子規においても発想の根源は同一である。「理想」を批判することで、子規が現実世界の圧倒的な多様性と変化に文を直面させたのと同様に、西田幾多郎は、みずからの思考の経験を記述することで、文章を人間の精神の豊饒と錯綜に向けて開いたのである。その文章の盤根錯節は、そのまま西田の体験した思考の襞《ひだ》であり、屈曲なのだ。

純粋經驗とは意志の要求と實現との間に少しの間隙もなく、其最も自由にして、活潑なる狀態である。勿論選擇的意志より見れば此の如く衝動的意志に由りて支配せられるのは反つて意志の束縛であるかも知れぬが、選擇的意志とは已に意志が自由を失つた狀態である故に之が訓練せられた時には又衝動的となるのである。(『善の研究』「純粹經驗」)

この文章もまた、近代哲学史の一般的了解からすれば、内容的にはさして新鮮な問題が提起されているわけではないが、読む者は一種の混乱を経験せざるをえない。というのも、「選擇的意志より見れば」から「又衝動的となる」までの部分で語られている事態が、「純粹經驗」の提示という趣旨から見れば余計であり云わずもがなの懸念を書きつけるとともに、「訓練」などという語彙があらわれてきて、そこを経過した思考について述べられているからである。だがこのような本来の哲学的定位とは関係のない「部分」こそが、西田幾多郎の本領であり、西田が如何に考えたかという経路を示す「写生」となり、読む者の精神に絡みつく吸盤となっている。

デカルトや、ジェームズの思想を咀嚼し、それを祖述すれば、これと同程度の、あるいはより高度な内容をもち、なおかつ明晰で解り易い「哲学書」を著すことが出来るだろうし、実際そうした名著は明治以来、沢山書かれ、これからも書かれるに違いない。しかしそこには、考えるという試みは、賭けは、ないのである。賭けが散らす火花の光彩が欠けている。いわば西田の思考と、その「写生」であり思考そのものである文章には、適切さとしてのロゴスだけでなく、驚異としてのアレーテイアが併存している。

西田幾多郎における座禅の意味も、そのような側面から理解しなければならないだろう。通常云われるように、西田幾多郎は、座禅という、西欧哲学には含まれない作法を通じて、独自の哲学を作りだしたのではない。むしろ西田にとって座禅は、西欧哲学をなぞるための道具だった。デカルトのように、スピノザのように、思考するために西田は座禅を試み、用いたのである。「余は禪を學の爲になすは誤なり。余が心の爲め生命の爲になすべし」（「日記」明治三十六年七月二十三日）という言葉が示しているのは、哲学と禅の無縁でなく、西田にとっての禅＝思考が、知識、認識のためではなく、生命の経験であったことを示すものにほかならない。

西田は「哲学的思惟」という、日本人にとって未知の、あるいは不可知の行為を、座禅によって体験しようと試みた。明治四十三年、京都帝大に赴任してから、日記に座禅の記事がほぼなくなったのは、多忙によるといった外面的理由によってでなく、明治四十四年に『善の研究』が完成する迄の過程において、自らの「思索」のフォームを作り出していたので、その必要がなくなったからではないか。

同様の事が、西田幾多郎に於いて常に指摘される「日本語の論理」についても当てはまる。西田幾多郎の哲学が、日本語の構造を反映しているのは、西田が自分で思考しているという事態からすれば、自明のことだろう。もしも本当に、徹頭徹尾、日本人が自らの頭で考えるのならば、それは日本語を通してからしかありえないからである。もしも日本人の「哲学」と称して、日本語のシステムをまったく反映していないものがあるとすれば、それはたんなる海外思想の翻訳にすぎない。「日本語は何に適するか。私は尚かゝる問題について考へて見たことはないが、一例を云へば、俳句といふ如きものは、とても外國語には譯のできないものではないかと思ふ。それは日本語によつてのみ表現し得る美であり、大きく云へば日本人の人生觀、世界觀の特色を示して居るとも云へる。(中略)我々の物の見方考へ方を深めて、我々の心の底から雄大な文學や深遠な哲學を生み出す樣努力せなければならない。我々は腹の底から物事を深く考へ大きく組織して行くと共に、我々の國語をして自ら世界歴史に於て他に類のない人生觀、世界觀を表現する特色ある言語たらしめねばならない。本當に物事を考へて眞に或物を摑めば、自ら他によつて表現することのできない言表が出て來るものである」(『續思索と體驗』「國語の自在性」)。

西田幾多郎の哲学が、その最深部において深く日本語の論理に侵食され、一種の文法論のようなものになってしまったのは、如何に西田が、徹頭徹尾自分の頭で考えたかを証明するものだ。

下村寅太郎は、晩年、指が硬直してペンを握れなくなった西田幾多郎が味わった激しい懊悩を記している。西田幾多郎にとって書く事は、考える事と直結していた。それは西田が自分で考え、その結果として日本語で考えるという前提から、必然的にみちびきだされる思考の様態である。自分で考える＝日本語で考えるという試みがもっていた抵抗と困難、つまり概念的思考という営為を経験したことのない日本語に、思考の力を体験させる、刻みつけ、征服し、湾曲させるために、文字という物理的なレベルで文脈を圧倒して侵す必要があったのだ。西谷啓治は、西田幾多郎の鉛筆が、「恐ろしく芯を出した、そして恐ろしく鋭く尖らした鉛筆」だった事を証言しているが、それは言葉を突き、言語を打ち砕くために必要な凶器だったのである。

西田幾多郎は、書きながらしか考えられない哲学者であり、みずからの思考をつねに文字によって写生し、外在化し、その文を足場に前へ進む思索を行った。その点からすれば西田の当面の敵手は、「哲学」ではなく日本語だった。その戦いの過程において、西田の、きわめて一般的で、突飛なところのない、むしろ凡庸な「西欧哲学」の知識は、奇怪な精彩を放つ、「独自」の「哲学」へと生まれかわってしまったのである。

西田幾多郎は、「哲学」を、誰よりも真に受けた、額面通りうけとってしまった。そこに煌々と西田の目玉が光っている。西欧哲学の語る思考や精神の体験を、自ら試み、記述することによって、西田幾多郎は日本に哲学をもたらした。

西田の問題を、西欧文化の輸入の問題や、日本近代と西欧の関係として分析することは必ずしも的はずれではない。確かに西田は、西洋から齎された新奇な学としての哲学に身を投じた。国民国家の成立とともに輸入され蔓延したロマン主義に侵されて自我を肥大させ、一生を誤った。その誤謬を貫くために母国語と戦い、期せずして独自の哲学をなした。それは明治以来、あらゆる分野で見ることが出来た、輸入と国産化のドラマの一例であるだろう。にもかかわらず、そういった枠組みは、「哲学」なるものを、正面から全身で受け止めてしまった男の、見開いた眼の白さを捕らえる事はできない。

∴

西田にとって精神や、あるいは意識といったものが、獲得したものであるとすれば、九鬼にとって精神は、一つの旋律としてはじめから在った。その響きに覆われ、囚われているという処から、九鬼の哲学は始まった。

その響きを九鬼が最も具体的に語っているのが、現在全集の第五巻に収められている「小唄のレコード」と題された未発表随筆である。執筆時期は不明だが、内容からすれば支那事変が始まってからのものだろう。未発表にもかかわらず、原稿は二種類存在し、かなり克明な推敲の跡があった。

林芙美子が、北京旅行の帰りに京都の九鬼宅を、成瀬無極《むきょく》と訪ねた時のエピソードである。世間話をしているうちに、林が小唄が好きだといったのでレコードをかけた。

「小唄を聴いてゐるとなんにもどうでもかまはないといふ氣になつてしまふ」

と女史が云つた。私はその言葉に心の底から共鳴して、

「私もほんとうにそのとほりに思ふ。かういふものを聴くとなにもどうでもよくなる」

と云つた。すると無極氏は喜びを満面にあらはして、

「今まであなたはさういふことを云はなかつたではないか」

と私に詰《なじ》るやうに云つた。その瞬間に三人とも一緒に瞼《まぶた》を熱くして三人の眼から涙がにじみ出たのを私は感じた。男がつい口に出して言はないことを林さんが正直に言つてくれたのだ。無極氏は、

「我々がふだん苦にしてゐることなどはみんなつまらないことばかりなのだ」

と云つて感慨を押へ切れないやうに、立つて部屋の内をぐるぐる歩き出した。林さんは默つてじつと下を向いてゐた。私はここにゐる三人はみな無の深淵の上に壊れ易い假小屋を建てて住んでゐる人間たちなのだと感じた。


光景を描写した後に九鬼は、締め括っている。「私」は小唄などを聴くと、「全人格を根柢から震撼するとでもいふやうな迫力」を感じ、「ただ情感の世界にだけ住みたい」という気持になる。

前述したように、九鬼は明治二十一年（一八八八）、母波津子が、アメリカから帰国した直後に生まれた。母の別宅や、様々な父の知己のもとに預けられる幼年時代を送り、一高を経て明治四十二年帝大の哲学科に入学、ケーベルに師事、大学院に進んだ後、大正十年（一九二二）西欧に留学した。リッケルトに『純粋理性批判』を講読させ、ベルグソンと肝胆相照し、サルトルにハイデガーを教えた華麗な経験は改めて詳述する必要はないだろう。

昭和五年、八年に及ぶ滞欧生活から戻った翌年発表された『「いき」の構造』に於いて九鬼周造は、みずからの哲学を示した。その叙述は明晰極まるものだが、しかしその明晰さは、より深い霧のようなものを宿している。

九鬼は、『「いき」の構造』において、まず「いき」の概念を西欧の語彙と参照する手続きの後に、手早く「いき」を規定する属性として「媚態」「意氣」「諦め」を挙げていく。「媚態」は「いき」が何よりも男女間の関係にかかわるものである以上、第一の性質とみなされるべきものである。「媚態」は人が異性に対して示す誘いであると同時にまた、潑剌としつづけるための距離感覚でもあるのだ。つまり「媚態」とは「なまめかしさ」「つやっぽさ」「色氣」で他者との関係を開きつつ、ついにその関係を「完全なる合一」には至らしめない「二元的態度」であると云う。なぜなら異性との完全な合一は、緊張性を双方に失わしめ、「倦怠、絶望、嫌悪」を齎すからである。ゆえに「媚態」とは、「距離を出來得る限り接近せしめつつ、距離の差が極限に達せざる」ことである。

九鬼が「媚態」を分析するにあたって、誘いの側面よりも距離により重点を置いているのは興味深い。「媚態とは、その完全なる形に於ては、異性間の二元的動的可能性が可能性の儘に絶對化されたものでなければならない。『繼續された有限性』を繼續する放浪者、『惡い無限性』を喜ぶ惡性者、『無窮に』追跡して仆れないアキレウス、この種の人間だけが本當の媚態を知つてゐるのである。さうして、かやうな媚態が『いき』の基調たる『色つぽさ』を規定してゐる」。

「いき」の第二の性格は「意氣」「意氣地」である。「意氣」は「江戸文化の道徳的理想」を反映しており、「武士道の理想」がまさしく「生き」ているような「氣品」「氣格」であつたとされる。「『武士は食はねど高楊枝』の心がやがて江戸者の『宵越の錢を持たぬ』誇りとなり、更にまた『蹴ころ』『不見轉』を卑しむ凜乎たる意氣となつたのである。『傾城は金でかふものにあらず、意氣地にかゆるものとこころへべし』とは廓の掟であつた。『金銀は卑しきものとて手にも觸れず、假初にも物の直段を知らず、泣言を言はず、まことに公家大名の息女の如し』とは江戸の太夫の讚美であつた」。「意氣」のもつ「理想主義」が「媚態」を「靈化」しているところに「いき」の特色がある。

第三の属性として「諦め」が挙げられる。「諦め」は運命にたいする深い認識とともに、濃い執着を離脱することによって態度の洗練を齎す。この「あつさり、すつきり、瀟洒たる心持」は、なによりも「異性間の通路として設けられてゐる特殊な社會」である「苦界」に生きる女性たちの、「魂を打込んだ眞心が幾度か無慘に裏切られ、惱みに惱みを嘗めて鍛へられた心がいつはり易い目的に目をくれなくなる」体験と批判的な認識にほかならない。「異性に對する淳朴な信頼を失つてさつぱりと諦むる心は決して無代價で生れたものではない。『思ふ事、叶はねばこそ浮世とは、よく諦めた無理なこと』なのである。その裏面には『情《つれ》ないは唯うつり氣な、どうでも男は惡性者』といふ煩惱の體驗と、『糸より細き縁ぢやもの、つい切れ易く綻びて』といふ萬法の運命とを藏してゐる」。「諦め」あるいは「無關心」として結晶する「現實に對する獨斷的な執着を離れた瀟洒として未練のない恬淡無碍の心」は、それゆえに深甚な体験を背後にもっている。「婀娜《あだ》っぽい、かろらかな微笑の裏に、眞摯な熱い涙のほのかな痕跡を見詰めたときに、はじめて『いき』の眞相を把握」し得るのだ。

「いき」の第一の属性を「媚態」に置く九鬼の見方は、「いき」を西欧的な「恋愛」にたいして対置せざるをえない。「スタンダアルの所謂 amour-passion の陶酔はまさしく『いき』からの背離である」。だが九鬼が「いき」を論じたのは、輸入された近代的制度としての「恋愛」への国粋主義的反感や花柳界をよしとする反動的な封建性賛美の念から出たものではない。九鬼が、主旨として「いき」を「民族的存在規定」のうちに「想起」することにあると語る時に問題にしているのは、何よりも自らが直面してきた、悲しみすら通り越してしまった艶やかな空虚にほかならない。

『「いき」の構造』は、確かに霊と肉とを一体のものとし、魂の結びつきとしての「恋愛」を絶対化する西欧の人間観、さらには存在規定にたいして、「粋な藝者」の「媚態」を賞揚する側面をもっていた。ヨーロッパの遊女がアウトサイダーであるのに、日本では芸者が社会的、文化的役割を果たしている事情を、滞仏中にかいた「Geisha」というエセーの中で九鬼は書いている。「芸者になるためには音楽と舞踊の公式試験を受けなければならない。彼女たちの理想は、倫理的であると同時に美的な『いき』と呼ばれてゐるもので、逸楽と気品の調和した統一である」。

「吉原」への評価は、無論ただの自国文化の賞揚にとどまらず、ヨーロッパが知らない精神の真摯さと自由を提示することでもあった。「『いき』は安價なる現實の提立を無視し、實生活に大膽なる括弧を施し、超然として中和の空氣を吸ひながら、無目的なまた無關心な自律的遊戯をしてゐる。一言にして云へば、媚態のための媚態である。戀の眞劍と妄執とは、その現實性とその非可能性によつて『いき』の存在に悖《もと》る。『いき』は戀の束縛に超越した自由なる浮氣心でなければならぬ」。

『「いき」の構造』が、明晰に、西欧哲学の地平においてわが国の民族的な経験と倫理を明らかにしつつ、西欧の存在規定を相対化するような日本的な存在規定を、「自由」や「超越」といった基本的な概念を用いて語り得ていることは認めなければならない。

また同時に、「いき」が「恋愛」の「眞劍と妄執」を超えているという規定が、おそらく母と天心をめぐる強烈な愛憎劇の渦中に自らが置かれていたという記憶、その体験の「超越」であり、「すべてが美しい」と語りうるようにする試みでもあった。「いき」なところがなかった波津子と岡倉天心の狂恋をつぶさに見た、九鬼周造が「恋愛」の真情を嫌悪したのはよく解る。そして「恋愛」の否定としての花柳界の賞揚が、より深い認識と自律としての「いき」として結晶した。

だが、天心や母に「いき」があれば、あのような惨劇は防げた、というような生易しい意識が、『「いき」の構造』を書かしめたのではない。むしろその悲惨を認め、自らもその悲惨の裡にあるという事を決意し、猶その体験を「意味體驗として概念的自覺」に導くことを「無窮」に追い求める為に、この精緻な分析はなされた。母の悲恋もまた浮世の「煩悩」であり、「萬法の運命」によるものだったと認め、受容し、その「運命」の中に自分もいる事を認めて、その中を生きていく事。つまり、先に引用した「小唄のレコード」における、「無の深淵の上に壊れ易い假小屋を建てて住んでゐる人間」としての自己の発見である。

「いき」を花柳界だけではなく、広範な人間の別れと出会いにおける「現象」として眺める行為が、そのまま「實生活に大膽なる括弧を施」す現象学的な還元となり、人間の結びつきの超越論的な「存在會得」へと至っている。今日の眼で見ても、その鮮やかさにいささかの曇りもない論理展開である。だが、その時、あの小唄の旋律は、茶室の釜鳴りの響きは一体どこにあるのか。それは「哲学」の中に昇華されたのだろうか。

これまで見たように、九鬼の概念分析と現象学的手法の的確さは際立ったものである。あるいは、哲学史的な文脈においても、マックス・シェーラーからメルロ＝ポンティに及ぶ現象学的人文学の中の一際抜きん出た成果であることは確かである。『「いき」の構造』が、日本人による西欧哲学としての、「日本」をテーマにしたという外面的な文脈における意義と、九鬼個人の内的な必然性を併せ持って一致させた、きわめて本格的で独創的な思索の体験であることは間違いないだろう。

だが、にもかかわらず、そこには一つの疑問が残る。なぜ「いき」を西欧哲学として考察しなければならなかったのか。なぜ、「哲学」なのか。

九鬼が示しているように、「いき」は日本人にとって骨肉と化した境地である。近代化によって多少不明確になったとしても、市井の人で、九鬼の語ったような「いき」を理想として生きている人はいくらもあるだろう。

九鬼周造は高等学校時代、外交官を志していたという。「いき」を胸にいだいた、例えば吉田茂を少し上品にしたような、ニヒルであると同時に活動的であるような外交官として生きることはできなかったのだろうか。あるいは九鬼周造の深い文芸への傾倒からすれば、第一高等学校の同級生であった谷崎潤一郎のように、耽溺と歓楽と無常の世界を、小説や詩歌で表現することも出来たのではないか。なぜ、それが九鬼周造にはできなかったのか。世間への、表現への道をとらず、哲学に赴かなければならなかったか。

確かに九鬼周造は、『「いき」の構造』において、みずからの哲学的モティーフを明示している。「かやうに意味體驗としての『いき』がわが國の民族的存在規定の特殊性の下に成立するに拘はらず、我々は抽象的、形相的の空虚の世界に堕して了つてゐる『いき』の幻影に出逢ふ場合が餘りにも多い。（中略）我々はかかる幻影に出逢つた場合、『嘗て我々の精神が見たもの』を具體的な如實の姿において想起しなければならぬ。さうして、この想起は、我々をして『いき』が我々のものであることを解釋的に再認識せしめる地平に外ならない。但し、想起さるべきものはいはゆるプラトン的實在論の主張するがごとき類概念の抽象的一般性ではない。却つて唯名論の唱道する個別的特殊の一種なる民族的特殊性である。この點において、プラトンの認識論の倒逆的轉換が敢てなされなければならぬ。然らばこの意味の想起《アナムネシス》の可能性を何によつて繋ぐことが出來るか。我々の精神的文化を忘却のうちに葬り去らないことによるより外はない。我々の理想主義的非現實的文化に對して熱烈なるエロスをもち續けるより外はない」。

九鬼がここで、「プラトンの認識論の倒逆的轉換」と云っているのは、普遍的な観念、イデアルなものに、存在の本質をみる西欧哲学の正統にたいして、三位一体を一体とみずに別々の独立の神とみたロスケリヌスやオッカムらの唯名論の立場にたつという程の意味である。唯名論とは、普遍的な実在を否定し、実在するのは個々の物だけであり、普遍概念なるものは、それぞれの物に後づけにかぶせられた衣装、名前にすぎないとする議論である。

「いき」を「民族的特殊性」において考察することは、必然的に西欧哲学の普遍性に抵触せざるを得ない。つまり西欧哲学の理念や観念には包含されない、その類にも種にもとらわれないものとして「いき」を論じるためには、必然的に正統的な哲学の論理体系にたいして「倒逆的轉換」を試みなければならず、その転倒は唯名論的な手順で進められる……

ここに示されている九鬼の論理的意識の鋭さ、潔癖さには舌を巻かざるをえない。

例えば和辻哲郎や三木清のような、九鬼周造と同様に「哲学」的に、日本の問題を論じた哲学者たちは、けしてこうした論理的前提の抵抗を感じることはなかった。表面的には破綻なく、西欧哲学の概念や問題意識を継《つ》ぎ接《は》ぎして、立派で実用的で役に立つ議論を提出しただけである。いわゆる日本の問題を「哲学」めかしたり「思想」にするだけであれば、このような論理への潔癖は必要がないし、むしろ有害なのだ。

九鬼周造の議論はまったく有用ではなかった。九鬼は昭和十年代、熱意をもって「日本主義」を論じたし、その思想は明確に民族的な問題と大東亜戦争に緊密に繋がっている。だが、当時においても時事的な反響はまったく呼ばなかったし、今日までもいわゆる京都学派が大戦に果たした役割の文脈で九鬼の哲学が論じられたことはない。

このような事態が示しているのは、九鬼の思想の純度とか、時勢への疎さといった問題だけではない。九鬼において、西欧的な思考、その論理の階梯や手続きが、彼の精神にとって取り替え不可能の、骨肉と化したことが、一般的な日本人の思考から見れば如何に遥かであり、無縁であり、時に不審ですらあるか、ということを示している。

だが、このような西欧哲学、特に論理学と現象学との一体化は、何によってもたらされたのだろうか。無論、その篤学と研鑽は云うまでもないが、言葉通りの意味で論理学が血肉となるには、単なる習得以上の過程が必要だろう。それは、「我々の精神的文化」の「忘却」に対抗し、「熱烈なるエロス」を喚起しようとする強い意志なのだろうか。九鬼の語る「エロス」には、西欧哲学によってしか、あるいは西欧哲学との接触、対抗によってしか実現しえない何ものかがあったのか。哲学にしかないような「エロス」が彼を把え、誘って離さなかったから、彼は自らの胸に論理の結晶を育むことになったのか。

その意味で『「いき」の構造』は、不思議な著作である。著作自体はすみずみまで明晰であるのに、肝心の処が解らない。麓は快晴で、何一つ遮ることはない見晴らしが得られているのに、頂上は厚い靄に覆われている、そのような具合に、核心が秘められている作品である。

西田幾多郎の文章と九鬼のそれは、考えられる限り対極にある文章だろう。自らの思考を掘り進み、確定し、その結果として日本語を少しずつ改変していくような西田の文章と、明澄な九鬼の議論。

∴

文の様態の差異は、その思考にたいする言葉の位置の差異に由来している。西田幾多郎にとっては、書くことは、そのまま思考することであった。だが九鬼にとって文章は思考そのものではなく、美的な再構成であった。「いき」を論じるにあたって花柳界をその「民族的体験」の舞台として見做した九鬼は、小唄や歌沢、永井荷風の小説や吉井勇の短歌などを頻繁に引用し議論にちりばめている。

つまり九鬼の文は思惟にたいして再現的であるのに対して、西田の文は同一的・同時的なのである。それは西田が万葉的であるのに対して九鬼が新古今的であるというだけではない。先に引いた「小唄のレコード」の中で九鬼は、「肉聲で聽く場合には色々の煩はしさ」があって沈潜が妨げられるが、「レコードは旋律だけの純粋な領域をつくつてくれるのでその中へ魂が丸裸で飛び込むことができる」と書いている。ここで九鬼が言及している「妨げ」とは、芸伎や相客がともに居る事や、宴席自体の雰囲気といった空間的、物質的なものだけではないのではないか。それは「肉聲」のもっている直接性と、「レコード」のもっている再現性の問題がかかわって居る。それは直接性の猥雑さや、再現の純粋といってもいいが、より精確に云うと、直接の不可知性と、再現の完結性ということになるだろう。

いうなれば、九鬼周造の哲学には、彼方がないのである。九鬼の哲学は、人を何処にも連れていかない。それは、はじめから旅立ちへの断念に刻されている。自ら「ドン・ジュアン」を任じた哲学者は、如何なる女性の多様性も、究極には同一であり退屈でしかない事を知りつつ渉猟する「『悪い無限性』を喜ぶ悪性者」に外ならなかった。「ドン・ジュアンの血の幾しずく身のうちに流るることを恥ずかしとせず」。

だが、西田幾多郎にとっては、思考の一瞬、一瞬、書きつける一字一字が、彼方に外ならなかった。西田は、その思考において、常に一歩を、あるいは半歩をにじってでも前に出て行く。西田幾多郎の尖りに尖った「恐ろしく芯を出した、そして恐ろしく鋭く尖らした」鉛筆は、前に立ちはだかる壁を抉る鑿であった。西田幾多郎は、散歩をする時にも、ゆっくり歩く事はなかった。殆ど小走りをするように、加速度をつけて前のめりに進んだ。その著作には、第四高等学校での講義のために執筆された処女作『善の研究』を除けば、一つとして体系的に構成されたものはない。一冊の中にまとめられた著作はすべて論文集（『働くものから見るものへ』以降は、著作の題名はすべて『哲學論文集』となり番号だけが付された）であり、一つ一つの論文において徐々にその立場を進めていった。それはまたまったく遅々とした歩みであり、あるいは堂々めぐりとしか思えない。

西田幾多郎の哲学とは、生涯にわたる一つの間断の無い思考それ自体と云えるかもしれない。「私の生きて居ると云ふことが思惟によつて我々に知られるのでなく、我々が生きて居るから思惟するのである」。

西田幾多郎の思考には、生きて居るということの危険そのものが込められている。金沢の熱情溢れる高校生がはじめた哲学的思惟は、四十年近い月日を経て、ついに世界的な水準を窺ったかに見える。中村雄二郎氏は「場所」の論理を西欧哲学の「コペルニクス的」転回であると評している。

西田哲学が、独自の世界を拓いたと云われる「場所」の哲学は、『善の研究』から十六年後、『働くものから見るものへ』で確立されている。そこで展開されている思惟は、従来の西欧哲学を、「主語」を中心とした論理学としてとらえ、それに対して「述語」による論理の確立をめざしたものである。主語論理が、主体の論理であるとすれば、述語の論理は場所の論理である。

判斷は主語と述語との關係から成る、苟《いやしく》も判斷的知識として成立する以上、その背後に廣がれる述語面がなければならぬ、何處までも主語は述語に於てなければならぬ、判断作用といふ如きものは第二次的に考へられるのである。所謂經驗的知識といへども、それが判斷的知識であるかぎり、その根柢に述語的一般者がなければならぬ。すべての經驗的知識には「私に意識せられる」といふことが伴はねばならぬ、自覺が經驗的判斷の述語面となるのである。普通には我といふ如きものも物と同じく、種々なる性質を有つ主語的統一と考へるが、我とは主語的統一ではなくして、述語的統一でなければならぬ、一つの點ではなくして一つの圓でなければならぬ、物ではなく場所でなければならぬ。

（『働くものから見るものへ』「場所」）

ここで語られている論理が、当時の世界的な水準を必ずしも抜きん出ていたとは云えないだろう。例えば時期は前後するが、ハイデガーは『存在と時間』や『形而上学とは何か』において、「存在」の問題を、「～である」という、述語、あるいは繋辞の問題と結びつけ、無と存在の関係を語っている。その点で西田幾多郎が突き抜けていた、あるいは西欧論理の大転回を唯一人行ったとは思わないが、しかしまた前線の近くにいたことは間違いないだろう。

それ以上に重要なのは、西田幾多郎がこの位置に、自らの思考によって辿りついた事である。繁雑な用語を自ら作り、文脈を踏み外しながら、西田がそのような場所に行きついたという事こそが大事であり感動的なのだ。みずから、国語を切り刻み手作りしてきた論理によってこのような場所まで西田は来た。

九鬼周造は、あらゆる意味で西田的な発展性とは無縁だった。九鬼周造には、西田のように論理そのものを手作りするような事など思いもよらなかった。もしも九鬼周造に語るべきことがあるとすれば、それは前掲のエセーに尽きてしまった。

というよりも、九鬼にとって哲学は、語るべき事を語る営為ではなかった。全く逆に「物は壊れる、人は死ぬ」といった身も蓋もない真実を、徹底してそのすみずみまで論理的に検証し、確認することが、九鬼周造の哲学であった。

その「哲学」の意味を九鬼の言葉で云えば、知的解脱をはかる仏教に対置した、無意味を自覚した上での意志的な反復としての、ドン・ジュアン的「武士道」、「不撓不屈、以て不幸を幸福に轉じ、永久に我々の裡なる神に從はん」という決意である。

『「いき」の構造』と並ぶ、九鬼周造の主著である『偶然性の問題』は、ハイデガーが提議した、人間がこの世に何の意味もなく投げ込まれているという被投性を、いかにも九鬼的に、人間存在の無根拠、無意味の問題としての「偶然」において処理した論文である。「偶然」を同一性の不成立としてとらえ、その背後の存在の多元性から論理学的に分類し、概念化していくその手腕は見事としかいいようがない。同じハイデガーの問題から発したサルトルの『存在と無』やメルロ＝ポンティの仕事などとは比較にならない精密さを持っている。

だが、九鬼周造の論には、発展性がまったくない。サルトルがそこからアンガージュマンなる宣伝文句を引き出したような、有用性がまったくない。それは、誠に示唆に富む、緊密な論理なのだが、その議論のもつ可能性は、九鬼自身によって完全に消費し尽くされているのである。

∴

M・ハイデガーは、このような九鬼周造の試みにたいして、畏敬に満ちた、それゆえに深刻であり本質的な疑念を、『ことばについての対話』において示している。

『ことばについての対話』は、一九五四年に、独文学者の手塚富雄がハイデガーのもとを訪れた時の会話をもとにして書かれた。理想社版の翻訳者でもある手塚自身が記しているように、この『対話』はあくまでもハイデガーの著作であり、手塚との邂逅は触媒にすぎなかった。しかしまたヘルダーリンの権威であり、ゲーテやクライスト、ニーチェの翻訳者である手塚との会話が、第一次大戦後からその晩年まで彼のもとに参集していた多くの日本人たちよりもハイデガーの本来的な思惟を刺激したことは間違いないだろう。『対話』は、ハイデガーによる九鬼周造の回想にはじまって、九鬼による「いき」の分析についての問いかけが、全編をつらぬいている。

対話は、九鬼周造の墓への言及から開始される。弟子から洛東の法然院にある九鬼の墓の写真を送ってもらっていたハイデガー（問う人）が、その落ち着きとシンプルな美しさへの感銘を語ると、「日本の人」が答える。

日本の人　なんといっても、日本人が「いき」と呼んでいるものを考え抜いた人にふさわしいものです。

問う人　その言葉が何を意味するものなのか、わたしは九鬼氏との対話中、いつもただ漠然と感じ取ることができただけです。

日本の人　九鬼氏は、ヨーロッパから帰ってから、京都で日本の芸術と文芸の美学について講義をしました。それらは書物となって刊行されております。彼がその中で試みたのは、日本の芸術の本質をヨーロッパ美学の助けをかりて考察しよう、ということでした。

問う人　しかし、われわれはそういうことを企図したとき、美学を頼んでよいものでしょうか。

日本の人　そうしていけないという理由がありましょうか。

問う人　美学という名称、またその名称が言いあらわしているものは、ヨーロッパの思考、哲学から発しています。それゆえ、美学的考察ということは、東アジアの思考とは、根本から異質であるにちがいありません。

「問う人」の疑念を認めつつも、「日本の人」は、西欧的な学としての「美学」に助けを求めざるをえないと云う。日本語には「概念」が欠けており、また対象を秩序づけ、対象相互の関係を表現し、定義する能力に欠けているのだ、と。

それに対して「問う人」は、それが本当に欠陥なのか、とつめよる。「日本の人」は「地球上のあらゆる地域において進みつつある現代の技術化と工業化」という現象を前にして、概念を使用することは避けられないと応える。応えつつ、「日本の人」は、東アジアとヨーロッパの「真の出会い」は起こっていないのかもしれない、と付け加える。

ハイデガーが感じている疑念というよりもじれったさは、ハイデガーが、現象学をはじめとする「知」の道具を九鬼に与えながら、九鬼が究明している「いき」について、どのように概念を積み重ねて、明晰に説明されても捉えることができなかったためである。

問う人　何度わたしはその言葉を、九鬼氏の口から聞いたことでしょう。だが、その名称によって言われているものに通ずることはできませんでした。

日本の人　他方、九鬼氏にとっては、あなたが考えていたような解釈学的な立場をとって、何らかの程度において、「いき」がより明るい光にあてられたことになったのだと思います。

問う人　そのことはわたしも感じていました。しかし、かれの見解に完全についてゆくことは、わたしにはできませんでした。

この事態は、当然であると同時に、皮肉でもある。九鬼が、その著書で述べているように、「いき」が、民族的な存在特性のもとにあらわれるとするならば、日本の民族的特性にたいしてはなはだ漠然とした知識しかもたず、もとより花柳界にかかわる体験などまったくもっていないハイデガーが、「いき」を了解できるわけがない。

しかしまた九鬼が、「いき」を日本人に特殊なものとして、西欧哲学の文脈のなかで論じることができるような地平を拓いたのは、ハイデガー哲学だった。ハイデガーは、九鬼が唯名論の名のもとに説明しているような論理学を、よりふかく西欧哲学の文脈の転換として試みていた。古代ギリシャ哲学を、プラトン的な普遍からさかのぼって、アナクシマンドロスやヘラクレイトスの思索を呼び起こすことで、特殊としての「ギリシャ」を位置づけた。普遍的なものではなく、古代ギリシャという特殊な地域の歴史と文化に根差す固有の営為と西欧哲学をみなすことで、ハイデガーは同時に、「ドイツ」的なものをも、普遍的なものから解放し、民族的な特殊として扱うことを可能にしたのである。

ハイデガーが、日本的な思索や、東アジア的な思考に関心をもたずにいられなかったのは、彼が多くの日本人を弟子としてもっていたからでもないし、また一部の論者が語るように、その哲学、特に後期の存在論が東洋思想と近似した立場を見せているかに思えたからでもない。ハイデガーがもっていた特殊としての自覚が、今ひとつの特殊との対話を、あるいは出会いについて、予感させ思いをめぐらさせたのである。「つまり、わたしの予感しているのは、ヨーロッパ的・西洋的な『言い』(Sagen)と東アジア的な『言い』とが、対話をするようになり、そのとき或る唯一の源泉から流れ出るようなものが歌い出るようになる、そういうことを保証してくれるような、ことばの本質なのですが」。

そして、このような「予感」をハイデガーに与えたのが、九鬼周造であることは間違いない。ハイデガーがいう「ことば」が対話の表題になっていることがそのことをよく示している。

ハイデガーによるならば、九鬼との対話はきわめて危険に満ちたものであったという。「日本の人」が、「ヨーロッパの言語精神」のもたらす富が、日本人としてのありかたの本来的なものを漠然としたものにしてしまう危険を語ると、「問う人」はそこには目立たないがより大きな危険がある、と述べる。

日本の人　それはどういうものでしょうか。

問う人　その危険は、われわれが、そういう危険がそこに起こるとは想像もしなかった地帯から、われわれを脅かしつつあります。しかし、われわれはその危険を経験することを避けるわけにはゆきますまい。

日本の人　では、あなたはすでにその危険を経験なさったのですね。そうでなければ、それに気をつけよと指示なさることはできますまい。

問う人　経験といっても、それを全幅的に経験したとは、とうてい言うことができません。だが予感はしました。しかし、九鬼伯爵との対話のさなかにおいてでした。

日本の人　そのことについて話し合われたのでしょうか。

問う人　いいえ、危険は、対話そのものの中から浮かび上がってきたのでした、それを対話だったと言えるとして。

日本の人　そうおっしゃるのは、どういうお気持ちでしょうか。

問う人　われわれの対話は、学問的なものではありませんでした。特別の目的をもったディスカッションではありませんでした。大学でのゼミナールにおけるような学問的な討論の観を呈したときには、九鬼伯爵は沈黙していました。わたしのいった対話とは屈托のない遊戯のようなものとしてわたしたちの家で行なわれたのです。そこへ九鬼伯はおりおり夫人とともに見えました。そのとき夫人は壮麗な日本の正装をしておりました。東アジアの世界はそのために、いっそうはっきりと輝き出ました。そしてわれわれの対話の危険はいっそう明らかに、前面に現われ出ました。

全集版の年譜によると、九鬼とハイデガーの対話が行われたのは、一九二八年の夏であったらしい。前年『存在と時間』を発表したハイデガーは、当時フライブルク大学の教授になったばかりであった。一年年長である九鬼は、ハイデガーから学恩をうけつつも、かならずしも師弟という関係ではなかっただろう。人間としても、その思惟の深さにおいても、時にハイデガーを圧倒したからこそ、ハイデガーもまた「危険」を察知したのではないか。

九鬼周造の夫人縫子は、大阪商船社長で商工大臣や内務大臣もつとめた中橋徳五郎の長女、元は周造の兄一造の夫人だった。一造が大正六年に夭逝したため、翌年九鬼が娶ったのである。大正十年十月に、渡欧した際には縫子をともなっていたが、そのままずっと一緒だったのだろうか。パリで書かれた詩や短歌の「ドン・ジュアン」ぶりを見ると、一人住居だったようにも見える。八年間ずっと一緒だったのではなく、一度帰国させてから、もう一度呼びよせたのだろうか。夫人に「正装」をさせてハイデガーを威嚇したという記事は興味深い。服装などによってみずからの特殊性を鮮明に主張することで、相手の特殊性を認識させるという手口は、欧米知識人との対話や議論に際して岡倉天心が得意としていた戦法である。

問う人　われわれの対話の危険は、ことばそのものの中に隠されていました。われわれが論じ合ったことがらの中にあったのでもなく、またわれわれがそれを試みたやり方の中にあったのでもありません。

日本の人　しかし九鬼氏は、ドイツ語、フランス語、英語に堪能でしたね。

問う人　たしかに。かれは問題になったことを、ヨーロッパの各国語で話すことができました。しかし、われわれが論じ合ったのは「いき」のことでした。そのとき、日本の言語精神はついにわたしには閉ざされたままでした。そしてその状態は今につづいております。

日本の人　対話に使われた諸国語が、すべてをヨーロッパ的な倉庫の中のものにしてしまったのですね。

問う人　それでいて、その対話は「東アジア」の芸術と文芸の本質的なものを言おう(sagen)と試みたのでした。

日本の人　それで、あなたがどういう点に危険をかぎつけたかが、わかりました。会話に用いられた言語が、論じられたことを言い現わす可能性をたえずこわしたのですね。

ハイデガーの云う「危険」とは、異なった文化圏に属する言語同士のコミュニケーションの問題ではない。まったくことなる民族同士が、お互いの文化や思考にたいする予備的な知識も慮りもなしに対面し、会話が行われたのであれば、そこに「危険」など生じる余地はない。

対談に於いて「言語が、論じられたことを言い現わす可能性をたえずこわ」すような「危険」が露呈したのは、九鬼が、「いき」という極度に日本的な、「民族的に特殊」な事象を、「ヨーロッパの芸術、すなわち形而上学的な芸術論が、芸術を美学的に表象して言っていることと、正確に対応」するように記述したからである。九鬼の西欧哲学の概念をもちいて日本を語るという営為は、ただ「東アジア芸術の固有の本質が蔽いかくされ、それにはふさわしくない方向へ押しやられてしまう」という概念だけではなく、「或る唯一の源泉から流れ出るようなものが歌い出るようになる、そういうことを保証してくれるような、ことばの本質」をめぐる危険なのである。つまり「東アジア」は、その「ことば」のもつ本来的なものを、西欧の概念によって見失っているように見える。だがまた西欧も、「東アジア」の喪失をつきつけられた時に、自らの空虚を見いだすのではないか。ハイデガーは『存在と時間』に自ら書いた現存在の無意味さを、空漠さの中で味わわされたのではないか。存在と意味の充実の裡にではなく、空虚の響きの中で、共に無の谷底へと滑っていく危機を覚えたのではないか。

九鬼周造の試みは、すくなくともハイデガーに大掛かりな問いかけをおこさせるだけの力をもっていた。だが、にもかかわらずそのことは、九鬼周造が「哲学」を選んだことを正当化しない。むしろその根拠を疑わしめるような「成果」なのである。

ここで、ハイデガーが、『「いき」の構造』を、「美学」として捉えていることが、その点では、象徴的である。この見方は、手塚の責に帰すべきではないだろう。ハイデガーが、九鬼との会話などから得た了解をもとに下した判断であるに違いない。

今日われわれが一読して『「いき」の構造』から得る印象は、「美学」という範疇に収まるものではない。それは九鬼周造自身が規定している「民族的特質」の「存在會得」の試みであり、強いていうならば現象学的倫理学と呼ぶべきものだろう。

『「いき」の構造』を繙いたことのないハイデガーが、九鬼周造の著作について正確な理解が得られなかったのは当然かもしれない。だが仮定でしか語り得ないが、もしも十全な『「いき」の構造』のドイツ語訳が出て、ハイデガーが読んだならば、その本質をまがうことなく理解しうるだろうか。おそらく、その理解が正確であればあるほど、ハイデガーが九鬼の思索を正確に受ければ受けただけ、ハイデガーは、過たずに誤解し、理解しそこね、曲解するに違いない。

「いき」を美学としてハイデガーが捉えているというのは、「生き」方の問題としての「いき」を表現の問題として理解してしまったということである。無論『「いき」の構造』の中には、建築や服装、特に九鬼が拘《こだわ》った色彩の問題が頻出している。だがそうした「美意識」の問題は第一に「わが民族存在の自己開示」の結果としてもたらされるものであり、本来的に九鬼周造の問いは、表現にかかわる美学でも、価値にかかわる倫理学でもなく、「民族的存在」を「想起」する第一義の哲学であり、形而上学であったはずだ。少なくとも私たちには、そのように九鬼の意図を読み取ることが出来る。

だが、それはハイデガーによって、西欧哲学によって、必ず読み違えられるべきものなのだ。その誤りに、逆説的ではあるが九鬼の真骨頂がありまた、「すべてが美し」くあらねばならない「詩」の問題があった。つまり、完結したものに於いて思惟を味わうという思考の運命があった。

何故九鬼周造の哲学は常に完結したものとして提示されなければならなかったのか。それは、九鬼にとってはすべての答えが明らかであったからだ。その意味で、ハイデガーがその対話を「日本の人」と「問う人」の間に位置づけたのは含蓄に富んでいる。というのも、九鬼には「問い」がない。「問い」がないということは、ハイデガーに言わせれば哲学がないというのに等しい。存在への問いが、哲学の本質だとするハイデガーからすれば、九鬼周造のそれは哲学でも形而上学でもありえない。実際、問いなどはなかったのである。すべては小唄の響きの中で示されて居た。その無のおどろは、あらかじめ解っており、九鬼はそれを果敢に確認したのである。「たおやめとタンゴを踊るわが命たまゆらなれど笑える命」。

それでは、もしもハイデガーが、西田幾多郎と出会ったらどうだったろうか。あらゆる、物理的、あるいは文化的な障害を超えて、ハイデガーと西田の会話が成立したら、どうだろう。

この場合にも、たじろぐのはハイデガーではないか。

手塚は、ハイデガーが鈴木大拙の著作を読んでいたことを記しているが、西田にも、そうした禅や東アジアの思想の風貌を見るだろうか。

おそらく、ハイデガーは西田の裡にエキゾチックな何物も視ないだろう。ハイデガーは、まったく自分にとって身近であり、ほとんど同じものでありながら、似ても似つかないような怪物を発見したのではないか。西欧哲学の正統を貫通しながら、尚且つ徹頭徹尾異質なものである思考を、そこに見いだすのではないか。これは、哲学であるのか。まがうことなくそれは哲学なのだが、何という相貌なのだろうか。

ハイデガーは西田幾多郎と九鬼周造の印象を並べるだろう。その間にいかなる同一性を、あるいは類似をハイデガーは観るだろうか。明晰と錯綜、可憐とグロテスク、完結と発展。その対比の中に、哲学はあり得るか。

西田幾多郎と九鬼周造は激しく異なる。その文は同一の言語としては、考え得る限りの対極にある。九鬼は西田が感じていたような摩擦や物質的抵抗感を、西欧の概念に対して感じる事がなかった。九鬼は、かりそめにも、問うなどという企みを試みはしなかったからである。九鬼が生理的な水準でまでギリシャ的な論理を身につける事が出来たのは、彼が一瞬たりとも西田のようには考えなかった、はじめて彼がアリストテレスを手にする以前にその思考が完結していたからである。

では、西田は問うたのだろうか。西田は問いを掲げているように見える。だが、その問いは、西田が自らのものとして抱いていたものではなかった。西田の、鈍く重い思考の中から絞り出されて、再び思考の裡に反《かえ》り、痕跡以外に、つまり捩じくれた文字以外に何も残さない問いだった。

西欧哲学との出会いは、西田と九鬼において、日本人の裸形の思考を明らかにした。それは、近代日本の経験や、日本とは何かといった問いかけに溯る、あるいは近代社会の中での自分は誰なのかといった問いかけの底にある、問うても問えない、問いも答えもない、肉にもっとも近い所にある精神の姿であった。その姿において九鬼の完結と西田の不羈は、際立った差異を示しているものの、裸であること、逃げも隠れも出来ないことにおいては一緒である。

この出会いにおいて露わになった日本人の「考えるということ」は、西欧の哲学からも、安心を自得を損なうべきものであった。思考するということの危険と修羅を、西欧に今一度想起させなければならなかった。

そこにこそ、九鬼と西田の問題、というよりも、日本人が考えるということの問題が鋭く露わになっている。

そして日本人にとって哲学は可能か、という問いかけは、無論、西欧哲学自体の屋台骨をゆるがすものでなければならない。

見えない洲之内、見るだけの青山

カーテンの締め切られた小部屋に、アップライトのピアノとチェンバロが向いあっていた。

三時に訪れた時には日差しが強かったせいもあって、厚いカーテンが引かれていても、さほど暗いと思わなかったが、夕刻になり薄暗さが室内に侵入してくると、闇の予感に満ちた。それでも「みよしさん」は、灯りをつけようとしなかった。

「みよしさん」は、ウィーンでも東京でも、「みよし」とだけ名乗り、水彩画を描いている。「この、六年前にウィーンに残る決心をしたというところに、あるいは、みよしさんがただのみよしさんでいようとする事情が伏在するのかもしれない。だが、前にも言ったとおり、それは訊かないことにしている」（洲之内徹「雪やこんこ」『セザンヌの塗り残し』）。

「わたくし、洲之内先生が、画廊を経営なさっていたことも知らなかったんです。共同通信のウィーン支局長の方が、美術書をたくさんお持ちで、『芸術新潮』も毎月とってらっしゃって。そこで洲之内先生の文章を拝見して、驚いてしまいました。日本に居りました時には、描いておりませんでした。ウィーンで、はじめコラージュをやりまして、画廊で扱っていただいたりと評価していただいたのですが、日本の方に認めていただきたかったんです。どなたかに、『みよし、これでいい』といって欲しかった。

一九七八年に父が亡くなりまして、日本に帰らなければならなくなりました。

私は、コラージュをやめて、鉛筆の仕事をはじめておりました。鉛筆のドローイングで仕上がっていた六枚の作品をもってまいったのですが、洲之内先生に見ていただくあてはありませんでした。こちらに来てから、共同通信の方に、先生が現代画廊をやっていることを教えていただいたくらいです。

画廊にお客様がいなくなってから、先生が『拝見しましょう』とおっしゃいました。最初の作品から見て下さって、何枚目にか、これでやっていけるかもしれない、と自分で思っていたものを見て、『いいなぁ』と顔をとろけるようになさったのです。次の作品を見せると、店の方に『立てかけるものもってきて』と声をかけられて、本当に心にふれるように、息を凝らして見て下さいました。そして最後に『白樺』と題したものをお見せすると、『この絵は美しいですね』『一生この絵は忘れません』とおっしゃって……」

その部屋は、「みよしさん」の友人のもので、東京で個展を開くためにウィーンから来た「みよしさん」は、部屋を借りていた。私は口をはさまずに、編集者と「みよしさん」の話を聞いていた。

洲之内を語る「みよしさん」の声が、闇の中に絶え間なく響いた。無論、何も見えないような暗闇ではない。夏の夕方であり、厚いカーテンは弱くであるが明るさをはらんでおり、「みよしさん」の横顔も、テーブルに載って居る紅茶のカップも、見て取ることは出来た。

その闇は、私たちから見えるべきものを朧に隠していたが、同時に何物かを露わにした。「みよしさん」は壊れている。

「みよしさん」の何が壊れているのかは分からない。あるいは、どのようにして壊れてしまったのかも分からない。それが、ウィーンで何度か経験したという大病のためなのか、それとも、それ以前の事なのか、あるいは絵を描くことによってなのか分からない。しかし確実に、そこに壊れた何かがあることを感じさせた。

大原富枝氏は、洲之内徹の評伝『彼もまた神の愛でし子か』の中でかなり辛辣に、「みよしさん」の事を書いている。大原氏は、洲之内徹の松山時代からの知己である。洲之内が危篤に陥った時、「みよしさん」が当時洲之内の「現役の女房」であった「そのひと」に枕頭から追い出されたと書く。

長くヨーロッパに暮している女画家は、個展を開くためにこの春から帰国していた。彼女は一種独特のものいいをする。外国暮しが長いので、彼女が外国へいった当時の東京のいい家庭の女たちは、こういう日本語を喋っていたのであろうか、と思うような、妙にもってまわった丁寧な言葉づかいである。その喋り方は人の耳に刺戟的であった。彼女にとって洲之内徹は神様であった。少し鼻にかかった発音で「すのうちせんせえ」という。洲之内徹も彼女の絵を評価していた。東京には住むところのない彼女のために一時は自分のマンションを明け渡してやったり、大森のアパートを提供したりした。しかし、二人の間は、男と女ということではまったくなかったから、そのひとがその種の誤解をするはずは絶対なかったが、別のところでその女画家にがまんのならない思いがあったのであろう。

「あなたの顔なんか見たくもない。帰ってください。二度とここへは来ないでください」

激しい調子でほとばしるように浴せた。

さらに大原氏は、居合わせた「若い絵描き」の独白という形で、「あの女絵描きのやつ、なにをバカなことを言ってやがるんだ」とも記している。

このようなことが本当にあったかどうか私は知らない。それはある意味でどうでもいい事であって、確かなのは、古くから洲之内徹の身近に居た大原氏のような人が、「みよしさん」にこのような視線を向けているということだ。

このような敵意が「みよしさん」に対して向けられることは、特に危篤といった場面においては、了解出来るような気もする。というのも、「みよしさん」は世間の中にはいないからだ。人々が生や死を共有出来ると信じている地平とは別のところで「みよしさん」は生きている。むしろ、「みよしさん」は生きてなどいないのかもしれない。蜃気楼のようにすべての人は彼女とすれ違い、存在を認めなければならなくなった時には、憎むしかないのだ。大原氏の「洲之内徹も彼女の絵を評価していた」という一文には、何とも言えない割り切れない響きがある。

この響きは、洲之内徹の生き方に導きだされた。洲之内徹が、選び取ってきた軌跡と距離によって日々遠のかれていった、捨てられた身辺に居た者や世間の恨みが、洲之内自身よりも、彼が選んだ者に向けられる。大原氏の筆が、「そのひと」にも厳しいのはそのためだろう。そしてまた、洲之内は、蜃気楼のような「みよしさん」を両腕でしっかりと抱き止めている。洲之内にとって、選ぶという事、捨てるという事は、何れ《いず》にしろ容赦の無い事だった。

「先生は、亡くなるまで、毎月ウィーンまで、御自分で宛名を書いて、『芸術新潮』を送って下さいました。何度も、個展をしましょう、と手紙を下さって。わたくし、重いアレルギイがありまして、長く入院したこともありましたけれど、その間、御返事や御礼をまったくしなくても、変わりなくずっと送ってくださいました。

日本で先生にお会いしてから、私は鉛筆の仕事をやめて水彩画を始めました。それで五年してようやく、先生にお見せできるような作品が出来て、一九八三年に現代画廊で個展をさせていただきました。

その時は少し長く日本にいようと思いましたが、わたくし、東京に帰るところがありません。ですから先生に、どこか安く借りられる下宿のような所はないでしょうか、とご相談申し上げたんです。

そうしましたら先生が、みよしさん、失礼かもしれないが、もしよかったら、僕が大森に借りたままになっているアパートがあるから、そこに住みませんかっておっしゃって。何年も借りっぱなしになってるから、ひどく汚いけれど、いかがですかって」

そのアパートは、大森海岸にある木造モルタルのアパートだった。終戦後故郷に逼塞していた洲之内徹が、昭和二十七年に松山から上京し、しばらく大森山王に住んだ後に越したまま、二十年以上借りていた。このアパートで、洲之内徹は小説を書き、いくつかの事業に手を染めて失敗し、現代画廊に勤めて経営を引き継ぎ、『絵のなかの散歩』、『気まぐれ美術館』を書いた。蛎殻町のマンションへ移り住んでからも借りたままで、本や絵を置いてあった。現在、宮城県美術館に収蔵されている「洲之内徹コレクション」もほとんどが、かつてはその木造二階建ての一室に、半ば放置するようにして置かれていた。

「先生は、そのアパートにふたつお部屋を借りてらっしゃいました。腰のあたりまでびっしり本や絵が積み上げられていて。片方のお部屋は根太《ねだ》が抜けておりました。先生と二人で、最初に参った時は、本や絵の山の間の、小さな隙間に、二人で肩をすぼめて座るのがやっとでした。

それから、一応きれいになるまで、八時間労働で三ヵ月ほどかかりました。わたくしアレルギイがありますでしょう。肌が出ないように完全武装しまして、掃除機を使って、熱湯でふいて、アルコールで消毒しました。

本当に色々なものが出てまいりました。もちろんご存じの通り、あのコレクションもございましたし、沢山原稿もでてきました。女性のものも、ございました。一番不思議だったのは、行李一杯に夏の着物が残っていたことです。みんなきちんと糊がついておりまして、品のよい、いい物ばかりでした。でも女性が、出ていく時にそれだけの荷物を残していくのは不思議でした。そんなものもあきらめなければならないようなことがあったのでしょうか。

洲之内先生は、とてもモテました。それも、既婚で、子供があって、教養もあるような、何でももっているような女性。だからかえって、自分の人生って何だったんだろう、と考えているような人ですね。
そういう女性との食事に、偶然ご一緒させていただいた時に横で見ていると、とてもうまくおっしゃるんです。その方が一番よろこぶようなことを。もう簡単に相手を引き込んでしまわれる。
食事が終わると、先生はすぐに忘れてしまうんです、元に戻られて。でも女性の方は、いつまでもあとにひきますでしょ……」

室内に置かれたもの、それぞれの輪郭に、薄い闇が少しずつ滲み重なってくるにつれて、部屋が一つの階調に満たされていくように思われた。薄暗さは、それ自体である種の彩りをもっており、しかも徐々に彩りは、さまざまな色へとみずから展《ひら》いていくように思われた。

その、淡く、しかし重く匂う色どりの中に、ある白いものが見えたような気がした。「白いもの」は光ではなかった。何物かの輝きでもなかった。あるいは魂というようなものでもなかった。強いて云えば、一つの手触り、闇の中の、暗さの感触だった。

∴

私が、「みよしさん」の話を聞くことが出来たのは、まったくの偶然だった。「みよしさん」の名前は、洲之内徹のエセーで知っていた。作品も、『セザンヌの塗り残し』や『さらば気まぐれ美術館』での図版で見たことがあった。

その点からすれば気になる画家の一人であったが、銀座のフォルム画廊の個展に駆けつける気になったのは、送られてきた案内に載せられていた作品の力が大きい。

「みよしさん」が手掛けているのは「透明水彩画」とよばれるジャンルである。オーストリアではかなり一般的らしい。パンフレットには、『花の幻想』と題された作品が印刷されていた。

いくつもの、この世にはあり得ない押し花のように、澄んで鮮やかな紅の花が散らばっている。それぞれの花弁が、みな艶めかしく左右に体を捩り、開いている。濃い草色の葉や蔓がその回りを巡っている。そして、その画面全体を、青い光が、あるいは闇が、満たしている。

いわゆる遠近法的な、写生的な深みのまったくない画だ。だがまた、例えばモリスの装飾画や、琳派の障壁画のような、平面的な画面でもない。

そこには明らかに、ある種の空間というか、「奥行き」がある。しかしそれは、私たちが知っている、つまり三次元の空間を二次元に押し込んだような空間ではない。立体を押し潰して平らにしたのではなく、むしろ画面の方からこちらに流れだして来るような「奥行き」である。

会期が始まる前々日に画廊に行った。些か卑怯だが欲しい作品を確実に手に入れるために、買う気のある展覧会の時はフライングをする。画廊にいって、気に入った作品に、売約済のピンがついている程不愉快なことはないからだ。画廊には作品が届いていたが、解包されていなかった。しかし既に写真を見て、二点予約をした客がいるという。私もアルバムを見せてもらい、二十点ほどのなかから、一枚を選んだ。

その後、会期中には画廊に行かなかった。そのままならば「みよしさん」と会うことはなかった。「みよしさん」の個展が終わってしばらくして、フォルム画廊で喜多村知氏の個展が開かれた。旧作も並べると家内が聞いて、彼女がどこかで見た百合の絵が出ているかもしれないというので、初日の午後に出かけた。その時に、「みよしさん」も来ていた。

レース編みの装飾が施されたスタンド・カラーのブラウスを着た「みよしさん」は、私のすぐそばに立ち、少しずつ近づきながら、私が買った絵の事を話した。それはウィーンのコンクールで特賞をとった作品で、誰が買ったのか気にしていたと云う。カタログにも作品にも、賞に拘わる宣伝めいたことは何も書いていなかった。価格も他の作品と同じで、画廊の人もその時知ったのである。私が、長女が生まれた時に買ったデューラーのエッチングの隣に架けている事を申し上げると安心してくれたようだった。

その絵には、一面にたんぽぽの葉が飛んでいる。

水の影から現れた丘のようなシルエットの手前に、それらの赤、青、黄の葉が、小さい鬼のように、あるいは陽気な魂のように、水色の闇の中を、身を捩り、屈するように、また跳ねるように仰《の》け反《ぞ》らせながら、乱舞している。

鮮やかな白い滲みが、青い闇のなかに、綿毛のように、ぽつぽつと、浮かんでいる。

それは誠に「美しい」絵だ。

どの色も、滲みの形作る線や、線の消えていくあわいも、すべて単純に「美しい」。

だが、この「美しい」物たちが、一つの空間を形作ると、そこに「美しい」ではすまない、あるものが生まれる。

不思議な胸苦しさ。溶けるような、吸い込まれるような陶酔を味わわせながら、いいしれぬ恐ろしさが、それと知れないうちに私を捕らえて揺すぶる。

はじめは、跳梁する小鬼たちや、行き場のない樹木の霊魂たちの脅しのように思われていた不吉さが、画面を凝視している私の身体の底で、その恐怖が透明な凶々《まがまが》しさに変わる。変わる音がする。

画面には、ところどころに、白い空白がある。ごく小さい、柑橘類の一粒のような、堅く鮮やかな白さ。それは、尖った刃につけられた傷のようにも見え、また凍えた何物かの痕跡のようにも見え、あるいは広がっていく滄《さむ》さの、あるいは恐ろしさの種子のようにも感じられる。

当たり前だが、この絵を洲之内は見ていない。この絵が、洲之内の鍾愛した『白樺』のような、「鉛筆の仕事」よりも、優れているかどうかも解らない。だが、「みよしさん」が、爾来十年以上をかけて、『白樺』よりもかなり遠くまで歩いてきたことは確かだ。そして、その歩みに私は、洲之内徹の目を感じる。

「みよしさん」の作品に、洲之内の目を感じたのは、新鮮だった。それは、私の批評に対する考え方に、微妙な緊張を与えた。

例えば、私たちは、井戸や柿の蔕《へた》といった茶碗のなかに、安土桃山の茶人の目を感じる。それらの茶道具が、茶事の細やかな趣向の網目の中で、時に生々しく現れる時、私はそこに紹鷗《じょうおう》や利休に至る茶人の目が、生きていることを感じる。

だが、茶器の中の生きている目と、「みよしさん」の絵の中の、洲之内徹の目は、同じものではない。

といってその違いを、茶人たちは茶碗を「取り上げた」のに、洲之内徹は「みよしさん」を「育てた」のだ、というような物ではない。よく言われるように批評家が作家を「育てる」などというのは、まったくのペテンであり、ジャーナリズムの制度維持のための宣伝に過ぎない。

「みよしさん」の絵に、ありありと感じる洲之内の眼は、開いている眼ではなく、むしろ閉じられている。私が生き生きと感じるのは、洲之内の光る眼球ではなく、むしろ深くふさがれた瞼なのだ。

塞がれたその瞼の中で、じかに、洲之内は「みよしさん」の絵を見つめている。見ない、という事の酷さが「みよしさん」を駆り立てている。

∴

青山二郎は、目利き、といった云い回しで呼ばれる者たちの中で、もっとも伝説的な存在であり、その「目」については未だに多くの伝説が語り継がれている。

だが、その悪魔的に「利く」という目は如何なる物なのか。

今日、さまざまな雑誌の特集や著作などによって、青山二郎が所蔵していた美術品を見る事が出来る。また先年には東京で小さい展覧会も開かれた。

それらの品を見て、あるいは写真を眺め、何時も確認せざるを得ないのは、私は青山が持っていたという器を、どれ一つとして欲しくはない、という事だ。

また一方で、私は洲之内徹が愛した画家たちの作品には、強く引かれる。松田正平や喜多村知、「みよしさん」の作品は、私をいつも茫然とさせ、強い所有欲を引き起こす。

この違いは一体何だろう。

無論、青山の「物」が、容易に手を出しかねる代物ばかりであることは確かである。白崎秀雄は、青山が晩年愛したという光悦の経箱と称する蒔絵の函を、紛う方なき贋物だったと嘲笑している。

鑑定家の眼から見れば、それは「ニセ物」かも知れない。だが、青山や小林秀雄の読者ならば、そんな事はどうでもよいと先刻承知だろう。むしろ小心な真贋の根拠から離れて、大胆な発見をすることに青山の真骨頂があったとすれば、研究者たちの罵声は名誉であるに違いない。

青山の作品が私を誘わないのは、世間的な美術品を巡る通念に邪魔されているからではない。

青山の好みは、私のそれと大きくずれているわけでもない。

『呉州赤繪大皿』という本がある。昭和七年に工政會出版部という版元から発行された箱入りの図録で、青山二郎と倉橋藤治郎の共編になっている。倉橋は、青山の年長の友人で、青山が昭和五年に武原はんと結婚した時に仲人を務めた。解説を倉橋が書き、青山が装丁をしている。墨で題と編者、版元だけが書かれた和紙製の箱から取り出すと、水色に木目模様を浮き出した表紙に、薄紅の長方形が記され、羲之《ぎし》流の楷書で「呉州赤繪」という文字が浮き上がる。息を呑む見事さ。

収められた写真も極めて美しい。作品の選定、並べ方も啓蒙的でありつつ美観に配慮したものだが、何よりも「カット」が素晴らしい。真上から全景を写したものもあれば、左三分の一を断ち切ったものがある。見込みのごく一部だけを拡大して写したものがあり、斜めに撮ったものがある。

青山の美意識の洗練は改めて私が語るのもおこがましい程のものである。彼が見出して日本人に教えたとも言える、朝鮮陶器の魅力。唐津の好もしさ。そうした美感に私も恬淡としていられる訳ではない。

だが、青山が愛した品には、「光悦の経箱」のように破天荒な品物にしろ、あるいは高名な「虫歯」と銘した唐津のぐい呑みやむぎわら向付けにしろ粉引の徳利にしろ、ある種の疲れというか窶《やつ》れを感じざるを得ない。その痛ましさが、私に同情を呼び起こすよりもむしろたじろがせる。

白洲正子氏は、『いまなぜ青山二郎なのか』の中で、大岡昇平の『花影』のモデルとなった、「李朝の白磁のように物寂しく、静かで、楚々とした美女」であった「むうちゃん」という女性の事を、「広い文壇の中で、尊敬されている先生から、尊敬している弟子へといわば盥廻しにされた」と書いている。

いずれも文壇では第一級の達人たちで、若い文士は先輩に惚れて、先輩の惚れた女を腕によりをかけて盗んだのである。その亜流たちは、先生たちを真似てむうちゃんに言いよった。そういう意味では、昭和文学史の裏面に生きた女といってもいい程で、坂本睦子をヌキにして、彼らの思想は語れないと私はひそかに思っている。

彼女の痛ましさと魅力を、大岡昇平は十分に書いていないと白洲氏は匂わせつつ、彼女の自死に際して「子供っぽく、ただ泣きに泣」いた真情を認めている。

私は、青山旧蔵の骨董を見る度に、この女性の事を思いだす。人が彼女に欲望を抱くのは、ただ彼女が「尊敬されている先生」の物であるからにすぎない、というよりも、そのようにしか彼女は欲求され得ないのである。

それは、彼女自身に魅力がないからではない。彼女の、その「物寂しく、静かで、楚々とした美」しさが、あらかじめ、徹底して消費されてしまっているからだ。彼女を最初に「発見」した「先生」によって。

故に彼女が抱いている「疲れ」は、「盥廻し」にされたために生じたのではなく、その「美」が見出されたその時に決定的に刻印されたのである。その刻印により、彼女の美は、「先生」から絶対に切り離しえないものになってしまった。いつ如何なる時にも、「先生」の眼は彼女の相貌を眺めており、男たちは「先生」の眼からしか彼女を見る事が出来ない。

それでも人は死ぬ。器が哀れなのは、死ぬ事も消え去る事も出来ずに、いつまでも「尊敬している弟子」たちの間を「盥廻し」にされなければならないからだ。青山の愛した器は、青山に見出され、愛された事に由来する、決定的な不幸と宿命を担って居る。その「彼女」を私は抱きたいとは思わない。

青山二郎は、生涯を通して、一日たりとも働かなかった人間である。装丁、文筆、収集、整理、買い付けなど、彼が成したことは多かったが、それはついに仕事ではなかった。遊びと云い得るかどうかも私は知らない。

彼は仕事を持たず役柄を持たず、まさしく洲之内徹が云い、白洲正子氏が賛同したように、ずっと「何者でもない」者であり続けた。彼の面前にはつねに、消費せざるをえない莫大な時間があり、そしてその莫大さは、ついに退屈をすら彼には許さなかった。もしも退屈を、弛緩を、彼が覚えていたならば、それは恐ろしい物だったに違いない。退屈すら許さない彼の精神は、ただ独楽のように回っていた。その回転は美しかったが、軸が動くことはなかった。

白洲正子氏の『いまなぜ青山二郎なのか』の口絵に、青山の蔵書の写真が載っている。

小林秀雄から贈呈された『無常といふ事』の表紙が、青山自らの手で、美しく彩色し直されている。見返しにすら、自らへの献辞と署名を残して山や雲、海の絵が描かれ、様々な花が咲き、葉が翻っている。あるいはまた、岩波文庫や新潮文庫の『未成年』や『罪と罰』といったドストエフスキィの著作が並んでいる。その何れにも、自らの手で繊細な装飾が施されており、普段見慣れているだけに、驚きを押さえ難い美しさを現出させている。

このような青山の所業を、身辺全てを美的にしないではおかなかった、意識の高さの証しとして考える事は出来る。だが、私は、常に「美しい物」を見ないでは居られなかったその眼の貪婪さ、見る楽しみを尽くさないでは居られない欲望の強さに圧倒されてしまう。

青山が仕事を成さなかったのは、「何者でもない」者でありつづけなければならなかったのは、目玉の欲望のためだ。彼が退屈を識らなかったのは、退屈を知らずに、文庫本に絵の具を塗ったり、掘り出した器を紅茶で煮詰めたりしなければならなかったのは、常に見つづけなければならなかったからである。目を見開いていなければならなかったからである。

今日出海《こんひでみ》が伝えている、友人に伊東の宿屋に呼び出された青山が、数日過ごすために茶器一式から、掛け軸、毛氈に至る家財一式を抱えて現れたというエピソード（「青山二郎における人間の研究」）も、彼の美的生活を語るというよりも、その休むことを知らずに「美しい物」を見ざるをえない眼の厄介さを示している。

青山は、仕事をしなかったから、一切の虚栄がなかった。「仕事」に取り組む事は、人を必然的に妄執と結びつけるが、それとも青山は縁がなかった。虚妄もなかった。ただ物を見るという事には、いかなるイカサマも入り込む余地がない。故に青山二郎が、一種の聖人、天才の風貌を帯びたのは当然の事だろう。世間に生きている誰もが、虚偽を胸中に抱えているが故に、青山に接すると「適わない」と思わざるを得なかった。煩悩と狼疾の固まりのようだった若き小林秀雄が、時に青山に兄事したのも当然だろう。

青山が、人を見る時、その評価は辛辣かつ正確だったが、虚栄や嫉妬が含まれていないので誰もが認めざるを得ない。そのために河上徹太郎や中原中也、大岡昇平、永井龍男といった名うての文学者たちが、青山の前に膝を屈した。「珍品堂」として井伏鱒二が小説に取り上げた秦秀雄の、稀に見る慧眼と職業的な悪徳がないまぜになった風貌を、青山は「悪癖」と題した文章で描いている。

一方、戰爭から此方、彼はしきりと日本の佛教書を漁つて讀耽つてゐる樣子であつた。坊主の子だから不思議はないが、言ふ事が正鵠を得て獨創的である。後に、人の道を説く新商賣を發見するのも無理なかつた。人は美術品が解つたり友達が澤山あつたりすると何者かの樣に思ひ、野心家だつたり盗癖があつたりすると、直ぐ惡人の樣に思ひたがるが——美術品も良く解り、仲の良い友達も多く持ち、女にも手が早く、痛烈な事業慾を抱き、而も止むに止まれぬ病的な盗癖を持ち乍《なが》ら、人の道を説きたがる怎《こ》んな男を何と見るだらう。それにしても人を咎めるのは易しいことだ。同時に兩方の腹に二十年振りで產れた、二人の男の子に左右からまとひ附かれ乍ら、手提袋を提げて歩いて行く彼の後ろ姿は、確に私の友であつた。

盗癖にしろ、私生児にしろ、それだけで致命的な裁断を容赦なく重ねながら、その無数の切り口が全体としてなしている、ふくよかな曲面の柔らかさ、見事さ。憎しみがないゆえに極度に冷酷であり、執着がないために極端に優しい文章から窺われるのは、「悪癖」をもった骨董商の「後ろ姿」よりも、むしろそれを見つめている青山の修羅だろう。

∴

洲之内徹は、一時期、有望な「新人作家」だった。

昭和二十四年に第一回横光利一賞の候補になり、翌二十五年には再び横光利一賞の候補になるとともに、上下両期の芥川賞の候補になっている。「有望」であったのは、この二年間だけで、昭和三十六年下期にもう一度芥川賞の候補に挙げられているが、その頃は既に現代画廊を経営していた。

新人作家時代の洲之内徹は、繰り返し支那での戦争体験を書いている。小説家としての洲之内は忘却されてしまったが、その作品の、というよりも作品が向おうとしている体験の、異常さは記憶に値すべきものだ。それは洲之内徹という稀有な目の遍歴の、第一歩であるだけでなく、日本の文芸が描けなかった戦争の相を記すことが、そこで挑まれているからである。

昭和三十年に「文脈」に掲載された「瓶の中の魚」には、捕虜収容所に配属された時のエピソードが書かれている。「私」は、捕虜の間に「伝染病の下痢」が流行しだして以来、毎日「軍曹」に死体の始末を命じられる。

少年兵がやってきて、私を死人のところへつれて行く。名簿の摘要欄に死亡日付を書き入れ、屍体をアンペラに巻かせ、縄をかけ、丸太棒に通して、裏門から墓地へ運んで行く。そこは墓地といえば墓地、しかし正確に言えば、単に死体の捨て場所に過ぎない。太陽に灼け縮れた短い硬い草が、干し固まった大地の殻にまばらに生えて根を張っている窪地に、田の畝間ほどの溝がいくつも並べて掘ってある。アンペラ包みを転がし込んで、円匙でガリガリ土を掻きよせてかぶせておく。鶴嘴があったらと思うのだが、収容所にはそれがない。夜のあいだに風が土を吹き払い、まだ黒々と髪を生やした頭が露われているようなのがある。頭には毛があるが、顔のほうは肉がなくなって、白い髑髏に変っている。ついでにそういうのにも土をかぶせておく。(中略)

風のない静かな夕暮には、比重の大きい瓦斯のように、腐臭が窪地の底に溜って澱んでいる。臓腑の腐っていく匂いだけはたまらない。これにくらべると、あの病舎の中の熱と排泄物の臭気はまだがまんできる。ともかくも、あそこのあれは生きたものの匂いに属する。近づくと堆土のかげから突然、蠅の群が凄まじい翅音をたてて舞い立ち、黒いつむじ風になって顔を搏ってくる。蠅の飛び立ったあとには、腐肉の上に蝟集した蛆が塊りになって盛り上がっている。夕暮の迫る気配の中で、それが冴々とした白さで光る。蛆は、ひとつひとつが蠕動し、塊り全体で痺れをうっている。死んで腐ったひとつのものが、誰も見ていないところで、その形のままで窃かに別の生き物に変って蠢いている。

細長い堆土が窪地の底で日毎に数を増していく。凄涼とした風景の真中にたって周囲を見まわす私の脚を恐怖がやってきて摑む。（中略）「俺は下手人ではない」と私は心の中で言い張る。実弾射撃の標的以外には、私はいちども私の銃をそれに向けて撃鉄を引いたことはない。しかし、そんなことが言い訳になるだろうか。私が撃たなくても、誰かが撃つ。いまもどこかで撃っている。そいつは私と、私はそいつと同じ汚い軍服を着ている。そいつは無数にいる。

復員してから十年近くたち、さらに小説を手掛けてから八年になり、繰り返し戦争について書いていながら、この小説には未整理がそのままに残されている。「私はいちども私の銃をそれに向けて撃鉄を引いたことはない」という文章の「それ」という言い方、あるいは「そいつは私と、私はそいつと」という繰り返しの中に、曖昧であると同時に強い拘泥を感じとらざるを得ないし、この文章に魅力があるとすれば、むしろそのような未整理である。

ここで洲之内が語っているのは、「罪悪感」と云ったものではない。「罪」という意識や、「悪」という判断よりも、無限に手前の、ある種の認識である。「そいつは私と、私はそいつと同じ汚い軍服を着ている。そいつは無数にいる」という呪文のような言葉で示されている、その「汚い軍服」は、ただ帝国陸軍のそれだけではない。ハーケンクロイツがついた服も「汚い軍服」だろうし、星条旗がついた服も、五星紅旗がついた服も「汚い軍服」なのだ。あるいは、背広も、ジーンズも「汚い軍服」なのである。

その点からすれば、この文章を「未整理」と語ることは不当であるかも知れない。この文を支配しているのは、全き明晰さであり、その明晰さを引き受けようとしているがゆえに、筆者は口ごもらざるをえないし、文章は歩み出すことが出来ない。というのも、その明晰や視野に映っているのは、私たち誰もが「汚い軍服」を着た「下手人」であるという真実であるからだ。

「冴々とした白」い明晰な意識に認識される風景は、すべて「死んで腐ったひとつのものが、誰も見ていないところで、その形のままで窃かに別の生き物に変って蠢」くものである。そして、その事を常に語らなければならないがゆえに、「私」は生活する事が出来ない。「『――俺も、いつかは結婚するだろうな、帰ったらのことだけど』と、私は考える。洗面器からひき上げた、クレゾールでずるずるする掌と手の甲とを交互にこすり合わせる。『この手で髪を撫でてやったり乳房だの膝だのに触るだろう。いまあんなことをしてきて、だからいまここで洗っているこの手で。そのときにも、この手は固い地面をガリガリ掻く円匙の柄の手応えを忘れてやしないだろう。忘れはしないが、忘れたような顔をしているだろう。笑ったりもするだろう。貯金なんかもする』」。

この文章が、既に「結婚」し、子供もいる、終戦から十年たった時に書かれているということは、深刻である。その深刻さは、簡単に云えば、生活することが出来ないというこ とである。暮らすということは、「円匙の柄の手応え」を「忘れたような顔」をすることに他ならない。

小説の中で「私」は、死亡した捕虜の数を数えながら、机の上に妻の写真を立てている軍曹への疑問を禁じることが出来ない。「妻の写真を机上に飾り、その妻にこまごまとした心遣いで小包を作ってやるということと、事もなげに死人の数を確かめていることと、その二つの行為のあいだには、それをやっているのがこの軍曹だという以外には、まるで結びつくものがない。それでいて、それがどちらも否応なく一人の人間の行為であることによって、事実として関係づけられていることの奇怪さが私の胸にきたのだった」。

軍曹に「奇怪」さを見る「私」には、生活を受け入れる事が出来ない。なぜなら、生活とは、本来奇怪なものだからだ。私たちが、そこから来て、そこへ返る「冴々とした白」い風景の合間の、忘却にすぎないからだ。

この「軍曹」を非人間的と責めることは誤りである。彼もまたその光景に苦痛を感じていない訳ではあるまい。むしろ、だからこそ、「私」にそういう役目を押し付けて、逃れている。「事もなげに死人の数を確かめ」る傍ら、妻の写真を眺め、小包を送ることで、彼は「人間」たりえたのであり、「私」がむしろ、人間であることを拒んでいる。

より端的に言えば、洲之内徹は復員しなかったのである。少なくとも、作家洲之内徹とその小説は、復員していない。

小説が復員していないとは、どういう事態かという事は、例えば大岡昇平の小説と洲之内のそれを比較してみれば明らかになるだろう。

大岡昇平は明治四十二年に生まれている。洲之内は大正二年生まれであるから、大岡は四歳年長に当たる。洲之内徹と大岡昇平は、共に昭和二十三年の、第一回横光利一賞の候補になった。候補作になった大岡昇平の「俘虜記」も、洲之内徹の「鳶」も、戦場での体験をもとにした小説である。周知の通り、大岡昇平が受賞を果たした。

大岡昇平には、洲之内徹のような、官憲から摘発される危険のある左翼体験はなかった。しかしほぼ同じようなディレッタントな環境に居たとは云い得るだろう。

大岡の場合は、フランス文学を中核とした教養体験が、小林秀雄や中原中也といった昭和期を代表するような知的、文学的サークルへの接近を許し、その中で豊かではあるが厳しい青春を送った。洲之内徹においては東京美術学校（現東京芸術大学）におけるバウハウスへの傾倒が、否応なく非合法共産党へのコミットにつながっていた。

洲之内は、同房の地廻りから「若けえのによォ、躰を張って、いい度胸じゃねえか」と褒められるような取調べを高名な特高警部山縣為三から受け、以降プロレタリア運動にコミットしないという一札を入れて釈放された。大岡昇平は、暴力によって政治的、倫理的信条を放棄させられるような目にはあっていない。だが、小林秀雄や青山二郎といった、仰ぎみるような見識に直面させられた。自分が青山らに、一生かかっても適わないという確信を、ごく若い頃に大岡は抱かせられ、事実その劣等感は生涯を通じて些かも挽回出来なかった。

それは、洲之内徹の転向とは、異質の体験ではあるが、また青年期において、手向かいの出来ない、強力なものに伸びやかさを断たれてしまったという点においては共通するところがあると云えるかもしれない。

だが、こうした牽強付会においても、埋められない位、大岡と洲之内徹の、小説の基盤となる戦争体験の質が異なっている事も事実だ。

大岡昇平は、戦況の行く末も明らかになった昭和十九年三月に教育召集をうけ、六月に臨時召集されてフィリピンに送られ、翌年一月には米軍の俘虜となっている。一方の洲之内徹は、元左翼という素養を買われる形で、昭和十三年に軍属として北支に赴いた。国内では逮捕歴のために満足な就職口もなかったために、意を決しての渡航だった。途中で現地召集を受けたが、一貫して八路軍の情報分析、諜報活動を主とする宣撫官として活動しつづけた。大岡は末端の兵士として、半年余りという短い間に限定された領域で戦争に関わったにすぎなかったが、洲之内は対中国共産党戦争の前線に七年以上居り、その役割からして対中戦争の中核にいたとされても、不当ではなかった。

だが、大岡昇平と洲之内徹が、その戦争小説において、もっとも異なる、著しい差異を示しているのは、背景や主題にかかわる体験や環境ではない。小説を書いている場所、つまり戦後において思い返し筆を持っている、作者の場所の差異である。

例えば大岡昇平は、応召を余儀なくされた自身の境遇について、このように書く。

私は既に日本の勝利を信じていなかった。私は祖国をこんな絶望的な戦に引きずりこんだ軍部を憎んでいたが、私がこれまで彼等を阻止すべく何事も賭《と》さなかった以上、彼等によって与えられた運命に抗議する権利はないと思われた。一介の無力な市民と、一国の暴力を行使する組織とを対等に置くこうした考え方に私は滑稽を感じたが、今無意味な死に駆り出されて行く自己の愚劣を嗤わないためにも、そう考える必要があったのである。

しかし夜、関門海峡に投錨《とうびょう》した輸送船の甲板から、下の方を動いて行く玩具のような連絡船の赤や青の灯を見ながら、奴隷のように死に向って積み出されて行く自分のみじめさが肚《はら》にこたえた。（『俘虜記』）

「論理的」と云われているような、大岡昇平独特の明晰さが、十全に現れている一文だ。自らが主体的な抗議をなさなかったがゆえに、召集されるのも仕方がないと考えつつ、鋭敏に国家と個人を等置する論理のインチキさに気づき、またかような論理を働かせざるを得ない無意識の自己防御と、そのなけなしの防御すらも無力化する、戦場へ赴くというリアリティの強さが、短い文章の中で鮮やかに展開されている。

こうしたテキパキとした整理を、洲之内徹の文章は、一度も身につけることができなかった。だが、洲之内徹と大岡昇平の間にある甚だしい差異を作りだしているのは、論理的な手際だけではない。何よりも、洲之内徹が、書きつける事が出来なかったのは、「無意味な死に駆り出されて行く自己の愚劣」という言い回しに用いられている、「無意味な死」のような言葉だろう。

それは洲之内徹が、戦争の意義を信じていた事を意味しない。むしろ、大岡昇平よりも深く、首どころか顔面すらも浸かるほどに、戦争に埋もれていたからこそ、洲之内は「無意味な死」というような言葉を口に出来なかった。

先にも書いたように、洲之内徹の中国での仕事は、思想的にはシンパシィを抱かざるをえない中国共産党の戦略的根拠地を殲滅する作戦、「工場を爆破し、村落を焼き、残った民家にイペリットを塗りつけ、ペスト菌を撒く」（「棗の木の下」）ための資料作りだった。それは大岡のような、受動的、客観的分析を許さない任務だった。「棗の木の下」で、洲之内とおぼしき主人公は、インテリらしい八路軍への思想的共鳴から、中国人に生まれていたら中国共産党に入っただろうと語る新聞記者の発言を、「そいつは無意味だね」とにべもなく遮る。

言いたいのは、戦争というものが、お人好しの彼等の、なれあいのお喋りを許すような甘いものではないということなのだが、そう思いながら、彼はやはり自分の迷路を、そのまま先へ進んで行くよりしかたがなかった。

「ぼくたちは生まれて後に日本人の国籍を選んだわけではない。日本人として生まれたんだ。この宿命は絶対的だ。一切のことの前提は、ぼくたちが日本人だということなんだ。君だってそうだぞ。君は嘗てマルキシストだったろう。君にはこの戦争がどういう戦争であるかということはわかっているはずだ。君が本物のマルキシストなら、中国人に生まれていたらもいなかったらもありはしない。君の行くべき方はきまっている。しかし、君はいまやコムニストじゃない。中国人に生まれていたらというが、生まれなか

ったからそうしないというのなら、日本人だからそうしないということじゃないか（略）
………」

ここで洲之内徹が書いているのは、「日本人」にかかわる、ナショナリズムでもなければ、決定論でもない。あるいは「宿命」についてですらない。それは「戦争」と云う認識である。戦争には、「敵」と「味方」しかいない。そこでは、「～だったら」などという仮定は許されない。「マルキシスト」は「日本人」と「中国人」とは別の立場を構成するかもしれないが、それにしても誰かの「敵」であることには変わりない。

戦争とは、誰をも「敵」か「味方」に分かたずにはおかない営為であって、そこにおいて「～だったら」というような想像は、無意味なだけでなく、「味方」である「日本」が次々に八路軍の村落を破壊していく現場の傍らでは不道徳なのだ。

無論彼の「味方」には正義はないだろう。だが、正義があるから戦争があるのではない。私たちが、「日本人」であったり、「中国人」であったりするように、「敵」であり、「味方」であるがゆえに戦争があるのだ。

「敵」と「味方」に分かたれた世界というヴィジョンは、洲之内に、友愛や同情といった夾雑物のない、容赦のない人間観を齎《もたら》した。「棗の木の下」において、主人公の古賀は、日本軍への協力を断った、抗日大学女子学生の捕虜を観察する。

彼女の肩が細かく動いているのに古賀は気がついた。女の昂ぶりようが、彼には意外でもあり、ばかばかしくもあった。威丈高な、しゃっちょこばった女の姿を見ていると、再び笑いが彼の頰に上りかけたが、そのとき、不意に、鋭い怒りが彼の身うちを貫き、浮かびかかった笑いを消し去った。女は、そういう演技の効果を充分に心得ていると彼には思われ、女という自分の性に自信を持った女が、そんなしぐさの裏側で男を甘くみているのを古賀は感じた。すると、そういう女を前にして、古賀の眼には、一瞬、殺伐な情欲が燃え上がった。そういう気でいるのなら、いまに寝床の中でお望みどおり女の呻き声を挙げさせてやるぞ、と彼は胸のうちで呟いた。銃殺で嚇されても屈しなかったというこの女に、彼はもっとちがう、殉教の栄光とでもいうものを窃かに思い描いていたのだが、いま眼の前に立った女はぶざまな道化にすぎなかった。硬ばった、いびつな卑俗さしか感じられない。そして、そんな空っぽな身振りだけでも、ひとは死に挑み得るということは許せない、と彼は思うのだった。

昂然と、「敵」への協力を拒否した誇り高さの中に「女」を見いだした時に、「古賀」の身体を貫く怒りは、その鋭さこそ違うものの、前の引用文のところで「俺が中国人に生まれていたら、やっぱり中共に入っててただろうからな」と語った新聞記者への怒りと同根に発する。
戦争の厳しさを、「空っぽな身振り」で乗り越えようとする者を凌辱しようとする「古賀」の衝動は、戦争の大いなる残酷さをもって「甘さ」を一掃しようとする怒りであると同時に、「殉教の栄光」といったものを仮初にも思い浮かべた自分自身への苛立ちでもある。

一方で大岡昇平は、「俘虜記」で、小銃の射程にアメリカ兵をとらえ、生殺与奪の権を握った時に、「人間」的な態度を、論理的に選択する。分隊からはぐれてミンドロ島山中を彷徨していた「私」は、生存の望みが希薄になった事を自覚し、自殺を思い描きながら、一つの決断を下す。とにかくアメリカ兵と偶会しても、射たない、と云う。「私が今ここで一人の米兵を射つか射たないかは、僚友の運命にも私自身の運命にも何の改変も加えはしない。ただ私に射たれた米兵の運命を変えるだけである。私は生涯の最後の時を人間の血で汚したくないと思った」。

そして実際に、「私」は、射程距離のなかに、無防備に現れたアメリカ兵にたいして、引き金を引かなかった。

それは二十歳位の丈の高い若い米兵で、深い鉄兜の下で頰が赤かった。彼は銃を斜めに前方に支え、全身で立って、大股にゆっくりと、登山者の足取りで近づいて来た。

私はその不要心に呆れてしまった。彼はその前方に一人の日本兵の潜む可能性につき、些かの懸念も持たない様に見えた。谷の向うの兵士が何か叫んだ。こっちの兵士が短く答えた。「そっちはどうだい」「異状なし」とでも話し合ったのであろう。(中略)
彼は振り向いた。銃声はなお続いた。彼は立ち止って暫くその音をはかる様にしていたが、やがてゆるやかに向きをかえてその方へ歩きだした。そしてずんずん歩いて、忽ち私の視野から消えてしまった。
私は溜息し苦笑して「さて俺はこれでどっかのアメリカの母親に感謝されてもいいわけだ」と呟いた。

大岡は明晰に、みずからの決意と、その結果を分析している。殺さない、という決意の底に、自己の生命の存続への断念を眺めながら、また殺すこと、流血への嫌悪の底には、自分が殺されたくないという願望の裏返しがあると推測する。そしてまた、そのような嫌悪が、戦時というよりは、平和時の感覚であり、それは戦争の本質が集団をもって闘う所にあって、そこから脱落すると兵士としての自己規定が希薄になるからだと分析する。また自らの、射たないという決意は、敵兵が去ったために完遂されたのであって、互いに銃口を相手に向けながら対峙した場合に、射たなかったかどうかは分からないと書く。さらにまたその時に米兵の表情にある種の憂愁を見てとったとも云う。そしてその認識を分析して、それは米兵の悲しみのためでもなく、また「私」の悲しみを投影したものでもなく、「狙う」という心理的状態に起因するものだ。

「私」は、米兵を射たなかったのは、「人類愛」からではない、と語る。それはむしろ、「私がこの若い兵士を見て、私の個人的理由によって彼を愛したために、射ちたくないと感じた」からである。

洲之内の小説にも、「敵」への親近感がある。「棗の木の下」において、「古賀」は明らかに女性捕虜に一種の「愛着」を抱いている。しかもその愛着は、かつて共産主義者であった者が、「同志」にたいして抱く親近感ではない。それは、「戦争に打ちひしがれているもの」同士としての親近感であり、愛情であろう。だが、その親近性は、「戦争」を媒介としてしか現れないがゆえに、「敵」どうしのものでしかあり得ない。ゆえに、この愛情は憎悪としてしか現れ得ないのである。「彼から去ってゆく女に、古賀は、やはり裏切られたような気がして、怒りを抑えることができないのだった。その怒りが欲情に火をつける。古賀のような男にとっては、女を抱くためには、愛情よりも憎悪が必要なのだ」。そして、憎悪は分析を拒み、残虐さを要求する。

大岡昇平の戦争小説に、残酷な場面が欠けている訳ではない。例えば「野火」の、高名な、食人の場面である。部隊の崩壊とともに彷徨する過程で、「私」はフィリピン人を殺害してしまっており、「既に一人の無辜の人を殺し、そのため人間の世界に帰る望みを自分に禁じていた」。さらに、それとは知らず猿の肉と云われて、仲間の日本兵の肉を食べてしまっていた。「私」は、飢餓の極点で、一つの屍体を見つけ、その肉を食らおうと決意する。

今私の前にある屍体の死は、明らかに私のせいではない。狂人の心臓が熱のため、自然にその機能を止めたにすぎない。そして彼の意識がすぎ去ってしまえば、これは既に人間ではない。それは我々が普段何等良心の呵責なく、採り殺している植物や動物と、変りもないはずである。

(中略)

私はまず屍体を蔽った蛭を除《の》けることから始めた。上膊部の緑色の皮膚(中略)が、二、三寸露出した。私は右手で剣を抜いた。

私は誰も見てはいないことを、もう一度確めた。

その時変なことが起った。剣を持った私の右の手首を、左の手が握ったのである。この奇妙な運動は、以来私の左手の習慣と化している。私が食べてはいけないものを食べたいと思うと、その食物が目の前に出される前から、私の左手は自然に動いて、私の匙《さじ》を持つ方の手、つまり右手の手首を、上から握るのである。

「野火」においては、カニバリスムですら、「意味」を付与されている。確かに屍をめぐるグロテスクなイメージは、ある種の過剰な、溢れ出す強さをもっている。「私は私の獲物を、その環形動物が貪り尽すのを、無為に見守ってはいなかった。もぎ離し、ふくらんだ体腔を押し潰して、中に充ちた血をすすった」。その点では、大岡昇平の小説のあらゆる部分が、分析可能な記号式によって組み立てられていると考えるのは不当かもしれない。だが、死肉を食らおうとする「植物や動物と、変りもない」という理屈の運びと、その判断に従う右手の動きが、突然意図せざる左手の働きによって制せられるという顚末は、論理的な手続きによって論理を超えるものを現出させようとする、スコラ哲学風の三段論法の趣きを見せている。大岡昇平においては、非人間的な行為もまた、人間にとって了解可能な、人間たちの神の業として描かれているのだ。

食人は確かに衝撃的な事件である。だがその衝撃を大岡昇平は、戦争をめぐる客観情勢から、前線の補給状況、中隊単位の行動原理、落伍兵間のせめぎあいまでを通して、了解可能なものとして読者に提出し、最後には神すらも顕現させて、折り合いをつける。このような理解において抜け落ちてしまうのは、グロテスクな何物かではない。客観状況にけして溶け合おうとはしない人間の意志である。意志や欲望を摑み得ないところに、大岡の恋愛小説のつまらなさがあるのだが、ここはそれを論じる場ではない。要するに「俘虜記」が、心ならずも戦線に狩り出された者としての観察に終始しているとすれば、洲之内徹の小説は、大状況において抗えはしないとしても、何物かをつねに選ぼうとする者の小説である。選ぼうとするからこそ、選ぶ事の不可能性が立ちふさがり、「敵」と「味方」の絶対的な非互換性を骨身にしみて味わわざるを得ない。

洲之内徹においては、戦争はついに理解を拒む現実である。理解を拒まれているが、その中で動かされているのではなく、自らのうちに働く意志、欲望、衝動自体を戦争として生きざるを得ない、否応のない場所であり、時である。そして、この自らの裡の戦争にたいして率直であり、意識的であったがゆえに洲之内徹は、おそらく戦後の如何なる文学者も書き得なかった光景を、感情を、書き記そうとした。

昭和二十五年の「中央公論」十一月号に執筆した「砂」は、八路軍の作戦の根拠地や宿営地を掃討する討伐隊の隊長である世古が主人公である。世古は軍人と設定されており、「棗の木の下」の古賀のように直接洲之内徹を彷彿とはさせないが、その欲望、情動は洲之内本人のものに他ならない。

世古は、宿営地を襲い、若い女を見つけて犯す。

その後、世古はなんどもそのようにして女を犯したが、最初のその女の躰のうちに、彼はもう長い間忘れていた、あの兵隊相手の慰安婦たちの手摺れた肉体にはない、ある感覚を探りだした。その感覚は、その瞬間に、唐突に彼に甦った。女とはこういうものだった。恐怖と敵意に硬わばり、屍体のように彼の下に投げ出されているが、やはりこの肉体は新鮮であった。酷使された慰安婦たちの肉体を媒体にして、排泄作用以上にたいして意味のない行為を繰り返すことになれ、いつのまにか鈍らされ、眠りこまされていた本物の官能の火が、突然、彼のうちに呼び醒まされたこの瞬間を、世古は自分のために祝福したが、やがてそれは彼に後悔を残した。備警地で抱く女たちの太腿のあいだに自分を押しつけ、めりこませながら、満足よりも不満ばかりが浮き上がってくる。そして、焦燥は、枯草の匂いのしみこんだ、ひきしまった肉体への渇きを募らせた。

このような行為と、洲之内自身無縁ではなかった。座談のようにして、そのようなエピソードを聞かされた画家も何人かいるらしい。というよりも、この記述の直截さ自体が、ある種の、行為自体というよりも行為を引き起こす精神の、証拠であろう。

宿営地を略奪した上に、無抵抗な婦女子を犯した主人公は、何の「倫理的」呵責も覚えない。彼が味わっている苦さは、もっと別のものだ。

最初の凌辱で彼の官能に灼きついた感覚を再現しようとして、宿営地に入ると、世古は女を狙った。いまでは、討伐に出る彼の目的は、もうひとりの新しい女である。そして、新たな経験をひとつ加えるごとに、次の経験への期待はいっそう激しくなった。むろん、物資の掠奪のように大っぴらにやりはしないし、素振りにも見せない。だが、心のうちでは、この行為を恥じねばならぬ理由を見出しかねていた。女を凌辱するのになにをこだわることがあろう。人間そのものが気紛れに、くだらなく浪費されているときに、その中のひとりが、他のひとりを辱しめるとか、辱しめられるとかいうことに果して意味があるだろうか。

このような場面、あるいは述懐を前にすると、大岡昇平の明晰さなどというものは、ロジックに還元出来るものしか対象にしない、気楽さの標《しるし》ではないかと考えたくなる。「人間そのものが気紛れに、くだらなく浪費されている」という認識は、云うまでもなく、戦争から齎されたものだが、しかしそれは戦争についての認識ではなく、人間たちの世界に関する認識なのである。

故に通常の、人間と人間の関係を構成するような、「辱めるとか、辱められる」とかにかかわる「倫理」は、洲之内徹の世界にはない。だが、より潔癖な、大きな倫理が、あるいは倫理に似た、不定形で安住することを許さない裁断が、彼の裡にある。

「砂」は、近藤啓太郎の「飛魚」などとともに、第二十四回芥川賞（昭和二十五年下半期）の候補となった。石川達三、丹羽文雄の強い推薦を受けて洲之内徹が最有力とされていたが、結局は該当作なしに終わった。

石川や丹羽が、洲之内を買ったのは、戦争中かなり突っ込んだドキュメンタリィを書いて戦後追放されかけた両人から見ても、及ばない迫力を「砂」に認めたからだろう。受賞を阻んだのは、洲之内が参考作品として提出した「掌のにおい」である。

「掌のにおい」は、戦争小説ではない。当時の分類からすれば「アプレ小説」ということになるのだろうか。妻がいながら、婚約者のいる女のところに通い、しかもその女性にたいしても何ら人間的な感情をもっていないデスペレートな画家を主人公とする、一見して私小説と解る作品である。

主人公茂門の冷淡な振る舞いに絶望して、愛人旗志子は服毒自殺を試みる、茂門は瀕死の旗志子を見出すが、必要な手配をしない。「つまるところ、彼がこの女を棄てる気になればよいのだった。生きかえった女は、彼の背徳を知って憤るだろう。しかし彼にとって、もう用のなくなったひとりの女の記憶の裡に、人非人として残ることに耐えるだけの勇気があればよかった」。

この呵責のなさは、「砂」や「棗の木の下」と同一のものである。それはまた、洲之内徹が、戦後の社会を戦場の論理のままで生きている事を示している。それが銓衡委員を戸惑わせ、退かせたのだろう。この辺の機微を、瀧井孝作が選評に、かなり率直に書いている。「『砂』といふ小説も無道徳のものだが、これは戰場の事だから仕方がないとしても、『掌のにおい』は、全く無道徳で、道徳不感症か何か病的のもので、それにこれは筆がゆるんでゐるので愚作だと思ひました」。

だが、「掌のにおい」を支配している冷酷さは、無道徳というよりもむしろ、人間同士のものではない行動規範である。そこで求められているのは、人との繋がりにたいする全面的な断念というよりも、むしろ肉体によるものか、魂によるものかは知れないけれど、完全無欠な結びつきであり、それがゆえにあらゆる不完全な関係は捨て去られなければならない。

主人公は、服毒した女性を見殺しにすることを決意した後に、女の広がった瞳孔の「小さな闇」にたじろぐ。


なお温く息づきながら、意識の流れのすっかり跡絶えた女の躰が、抵抗しがたい力で彼の嗜欲をそそってきた。旗志子はいま茂門の思い描き得る限りの、最も完全な女の状態にあった。彼はもういちど旗志子の躰を眺め、抱擁したいと思った。鼓動がたかまり、下着が湿ってきた。そして、女の躰の上から夜具を剝ぎとったとき、彼は不意に、なんの刺戟も受けないで、もう生理的な絶頂がやってきたのを感じた。茂門は慌てて旗志子の上に躰を重ねていったが、衣類で隔てられたまま、女の肉の柔かな軋みが伝わってくると、あっけなく、彼の下腹部で、分泌物を送り出す小さな痙攣がおこっていた。たちあがった彼のズボンの中で、体温とおなじ温度の、粘稠度の高い液体が、そのどろりとした感触だけで、彼の内股を伝って膝のほうへ流れ下っていった。

この、屍姦を思わせる交接は、しかしながら死者に対して行われたものではない。「砂」の凌辱が、生き生きとした官能を求めてのものであったように、服毒した女性に、主人公は確かな生命の手ごたえを感じている。それは、実存主義的な逆説ではない。自殺という暴力によって日常的な遠近法が踏み破られた時に、拡散と混沌が張りつめた緊張を生みだし、鮮やかな現実感を甦らせる。そして、拡散された現実感は、醜悪さとして現れる。小説の冒頭、主人公は女の部屋を訪れるに際して、溝川をのぞき込む。その溝には捺染《なっせん》工場から排出された汚水が流れ込み、薬品の刺激臭が漂い、垢や綿屑、水藻のようなものが繁茂し、巨大な蛭が蠕動しており、まるで臓器のようだ。

この、水の底を覆いつくして、どこまでも拡がっている、無数のよごれたものの凄まじいまでの蠢きを見ていると、茂門は恐れに似た生々しい感動が身裡に甦るのを感じた。深い闇に向かい合うときのように、脅かされた本能がみるみる緊張してゆくのを覚え、それが快かった。胸がドキドキした。

その灰色のものは、全く灰色のものというほかには、どう言っていいかわからないのだった。綿屑のようなとか、うるけた白い蛭のようなとか、どろりとした垢のようなとか言ってみても、ほんとうはそのどれにも似てなんかいなかった。それはどんなものにも似ていない、ただそのようなものであった。

このような光景を、大岡昇平の「野火」や「武蔵野夫人」といった小説を飾っている自然描写と比較してみれば、事態は自ずと明らかだろう。洲之内徹の「掌のにおい」が、「砂」や「棗の木の下」と同じ論理によって貫かれているのと同様に、大岡昇平の「花影」といった戦後を舞台とした小説も、「俘虜記」や「野火」と同じ論理に貫かれている。ただ異なるのは、洲之内の小説が、戦争の論理で書かれているのに、大岡昇平の論理は平時の、戦後のそれであるということだ。洲之内の論理が、常に積み上げる先から破綻をきたし、最後の実感の如きもので持ちこたえなければならないのに、大岡昇平は、神の臨在にいたるまで、明晰な論理を組み立ててゆく。第一回の横光利一賞で候補として轡《くつわ》を並べた二人が、その後対照的な道を歩いたことは、ある意味では当たり前のことだろう。戦後の社会は、大岡昇平に見られるような、平和の論理で戦争を眺める事を選び、洲之内徹のような、戦争の論理で平和を見る者を捨てた。洲之内徹の精神が、ついに復員しなかったとすれば、戦後の市民社会が彼を拒んだのは当然だろう。

洲之内徹が復員し得なかった、という事を小説から眺めていくと、それはドラマが不在であるということと繋ってくる。ドラマがない、という事は、作品の構成論理が破綻しているだけではない。「野火」における、主人公が意を決して人肉を食べようとした時に、左手が突然右手を止めるような、まさしく劇的な展開が洲之内には欠けている。だが、より深刻なのは、そこに出来事を出来事として完結させるような、遠近法がないと云うことである。そのために、あらゆる事件は、そのままに放りだされ、終わる事を知らない。終わりを知らないがために、洲之内にとって、戦争はいつまでたっても過去にならないし、歴史にならない。そこには、いかなる日記にも年表にも書き込めないスコップの手触りや、蠅の足の感触のようなものだけが、残り響いている。

では、なぜ洲之内徹は、戦争にまとまりをつける事ができなかったのか。

そこに、洲之内徹が体験し、自ら選んだ戦争の経験の苛烈さが働いていた事は間違いない。大岡のようにまとまりをつけてしまうには、洲之内の体験は重すぎたのかもしれない。だが、大岡と洲之内の差を、戦争との関係の深い浅いだけに結びつけてしまっていいのだろうか。

∴

近代日本における美学ということを考える時に、岡倉天心から始めるのが習わしである。だが、一体この、余りに明晰であり、博識かつ理念的であるがために無頼漢たらざるを得なかった美術行政家は、美について何か考えたのだろうか。

無論彼は、夥しい日本の伝統的「美術」を保護するための政策を樹立し、「芸術家」を育成するための機関を作り、不品行のためにそこから追放されると、自らの膝下に彼らを集め指導した。いまだに、内外で読みつがれている「美術」についてのエセーから歴史書、研究書までの夥しい文章を書いた。

天心は、今日「アジア主義」と呼ばれているような文脈において、ヘーゲル＝スペンサー的な世界史の文脈を西洋から簒奪し、アジアに、そして日本に「歴史」を与えた。天心にとって、「美」とは文明の、あるいは民族の歴史そのものにほかならず、それがゆえに、考えるべきものは「美しきもの」にほかならなかった。あるいは「歴史」としてあらわれる、「美しきもの」の変遷であり、あるいは「美しきもの」の生涯にほかならなかった。

天心は、あまりに歴史的な、明治という時代の、初期の建設者であったが、しかし歴史にのみ溺れていたわけではない。

西欧の文明にたいして、対話可能な他者として演技する時に、天心はヘーゲル的というよりは、むしろ文明の無意味を説くショーペンハウアー的な仮面を好んで身につけた。天心は、ボストンの鉄鋼成金や鉄道王の豪華な邸宅に身を寄せて、彼らの眼にはさぞやエキゾチックに映ったであろう衣装を身につけ、近代文明の虚飾や貪欲について、ロード・バイロンを思わせるエレガントな英語で語った。

明治人の天心にとって西欧を中心とする「世界史」がきわめて切迫し、現実的な脅威であったのと同様に、ショーペンハウアー的な芸術観も虚妄ではなかった。実際「美しきもの」が与える慰安は、彼にとって貴重なものであり、それは愚行と汚辱に満ちた彼の人生において唯一の救いとも思われたのである。

一服のお茶をすすろうではないか。午後の陽光は竹林を照らし、泉はよろこびに泡立ち、松籟はわが茶釜にきこえる。はかないことを夢み、美しくおろかしいことへの想いに耽ろうではないか。

（桶谷秀昭訳）

という『茶の本』第一章の末尾の言葉は、天心自身にとってきわめて率直な感慨であったことは間違いない。故にここで問うべきなのは、「美しくおろかしいこと」は、ショーペンハウアー的な慰め、あるいは解脱にすぎないのか、という問いであろう。ヘーゲル的な歴史の認識と、この解脱への誘いが、あまりにも率直に結びあわされているがゆえに、出来過ぎた整合性をそこに感じとらざるを得ないが、そこには「歴史」的な物語や真実としては語られ得ない何物かの存在が仄めかされてもいる。

歴史と美の関係については、西田幾多郎が興味深い思索を行っている。西田幾多郎の『哲學論文集第四』には、昭和十五年八月から十六年九月に書かれた四編の論文が収められているが、『第三』において「絶對矛盾的自己同一」という立場に達し、「一般的基礎論」を完了したという自覚のもとに、『第四』では実践哲学にかかわる「特殊問題」が考察された。その中に、「歴史的形成作用としての藝術的創作」と題された美学論も収められている。

「歴史的形成作用としての藝術的創作」で西田幾多郎は、例によって不手際にフィードラーやリーグルなどのドイツ美学を参照しつつ、「歴史的世界の自己形成」の問題から芸術を把えていく。その点からすれば、西田幾多郎の美に関する問いにおいても、天心的な世界史の文脈は踏襲されているかに見える。

西田の立論において興味深いのは、芸術の本質を、アリストテレス的な模倣にではなく、ヴォリンガーを参照しながら抽象に置いた事である。抽象とは無論、アブストラクトの謂ではなく、現在という時間において目の前の環境を切り取り、その裁断のうちにみずからを定位する西田の用語に従うならば「自己限定」に他ならない。

面白いのは、西田が、芸術を抽象作用として見た場合その対象は「醜」になると云って居ることである。そしてエリオットを引きながら美とは伝統によって支えられた「規範的形體」に過ぎない、と云う。

我々が通常、美と感ずるのは規範的形體と云ふ如きものであらう。併し抽象作用的衝動の立場に於ては、何處までも醜なるものが藝術の對象となるのである。

ここで西田幾多郎は、天心においては一体とされていた歴史と伝統を分割すると共に、美を伝統に由来する、様式や規範の問題に限定し、芸術創造の対象は専《もっぱ》ら醜にあるとした。それはまた、歴史が生成する領域が、真善美の領域ではなく、偽悪醜のそれであることを示すことでもあった。

この仄めかしは、昭和十六年という執筆時点を考えるとなかなかに興味深いが、ここでは西田が提出した「醜」が、もっぱら美術的な場所においてはどのように把えられてきたかを考えなければならない。

近代日本美術史の中で、醜悪を最も意識的に取り上げたのは、岸田劉生である。よく知られているように、当初キリスト教への信仰から洋画に接した岸田は、ほとんど独学で同時代の最先端であるフォーヴィスム、印象派を学び取ると共に、西欧絵画の歴史を溯行して、北方ルネサンスを「発見」した。

内村鑑三の影響下にあった初期白樺派と相似した文化環境にいた劉生のピューリタニズムが、デューラーやホルバインの「崇高」な精神性を好ましく感じたことは容易に想像できる。デューラーの「強く寒い精神」の影響のもとに、岸田は精神性の表現としてのリアリズムを完成し、その主宰する草土社は、近代最初の、様式と思想を一致させた美術エコールを形成した。

「崇高」なリアリズムという問題様式は、岸田に宋元時代に描かれた、院体画と呼ばれる静物画への関心を呼び起こした。徽《き》宗皇帝をはじめとするごく限られたエリートによって描かれた、抽象的かつ鮮烈な作品は岸田の「現実」に対する把え方を重層化させた。そしてこの重層化は岸田に、「崇高」からの離反を促した。それを「歴史」の発見と呼んでいいかどうかは解らないが、天心的な東西両文明の様式の中での遍歴の自由が、アトランダムな彷徨ではなく、必然的な探求として意識された時に、不可逆な現実の過程としての「歴史」が顔を覗かせた。

岸田の「崇高」から「醜悪」への移行は、岩佐又兵衛や菱川師宣《もろのぶ》一派の初期肉筆浮世絵を媒介として行われた。肉筆浮世絵の、世俗にまみれた汚さ、醜さのうちに、岸田は「深遠な美」を発見する事で、現実を「抽象」し、美を作り出す隘路を切り拓いたのである。

浮世繪の審美的本質は、裝飾卽ち形の美感ではなく、實際感の持つ合一の快感にあるから、從つてその味覺は、現實をそのまゝ喜び尊ぶものとなる。從つてその美は、第一次的な美的感銘であるところの嚴肅、高貴、幽玄、崇高等の倫理的意義を甚しく缺除するのみならず、むしろその反對のもの、卽ち、現實的、卑近、猥雜、濃厚、しつこさ、皮肉、淫蕩等の味を持つ。(中略)

淫蕩、猥雑は、元來美とは反對するもののやうではあるが、しかし「色氣を含んだ婦女」がどうして美でないであらうか。浮世繪では單に色氣を含んだ婦女に止まらず（中略）肉慾に放恣なだらしない婦人、色好みで厚かましい男（中略）を描く。如何にも如實なる「この世」への描寫である。或る時は凄く、或る時は面白可笑しく、しかもいづれも深い「美」に於てそれ等が寫される。（『初期肉筆浮世繪』）

デューラーに代表されるような、「嚴肅、高貴、幽玄、崇高」の「第一次的」な美から決別した岸田は、娘麗子像の連作に代表される、グロテスクでユーモラスな作品へと踏み込んでいく。

だが、ここで重要なのは、岸田による「生きて、飯や魚肉を喰い酒をのみ、錢湯に入り、色を賣り、又は色を好む」俗世の「汚れ」への開眼が、美術史的、様式的探求の結果として立ち現れたことだろう。

その点において岸田にとって「猥雑」は、必ずしも西田のように単純に「美」と乖離したものではない。むしろ「醜悪」のうちに「神祕」を認める岸田にとって、「醜」は深遠な「美」に他ならなかった。

天心にとって、「美」が一種の解脱の方向を示していたとすれば、岸田にとっても「醜」は一種の解脱であった。それはピューリタニズム的な自己とその倫理への執着からの解放であり、俗な存在として俗にまみれ、その汚辱を楽しむ遊蕩へと、劉生を誘い、その命を縮めてしまったものである。

だが、おそらく天心から劉生までの美を巡る問いの中で働いているのは、「美」に代わって「醜悪」や「愚劣」を掲げる事ではなく、「美」が、「歴史的」と呼ばれるような、不可逆に動きつつある「現實」、あるいは「浮世」のダイナミックな認識を通って、何物かの本質を見る事が、見る者の立場、歴史、真理を掘りくずして行くという不安だった。

∴

余りに人口に膾炙した、「當麻《たいま》」の結末において、小林秀雄は何を云おうとしていたのか。

美しい「花」がある、「花」の美しさといふ様なものはない。

ここで言及されている「花」は、世阿弥の「花」という概念である。「花」を常に所作の工夫の裡にのみ見ようとした能の完成者の自覚を、小林は論じている。その点では論旨にまったく曖昧さはない様だが、それをアフォリズムとして、一種の定式として取り出すと事態は急に不分明になる。例えば、この「花」を植物的な《花》として、あるいは景色や星辰といった「もの」一般と置き換えて見たらどうだろう。おそらく警句として流布している時にはこのような形で理解されている場合が多いと思われるのだが、「美しい『もの』がある、『もの』の美しさといふ様なものはない」といった形で一般化されてしまった時、このアフォリズムは、抽象的観念としての「美」のラディカルな否定の様相を見せる。

だが「花」自体を能演技の所作にかかわる概念として考えた時に、この「美しい『花』」と「『花』の美しさ」という逆転は、単純な形容詞から名詞への移行ではすまなくなる。「花」自体が、きわめて危うい名づけ得ぬものに敢えて付された名前であるとすれば、さらにそこに接ぎ木された「美」の場所は、曖昧模糊としているだけでなく、複雑怪奇ではないか。

この辺りの機微を、青山二郎は、茶道に即して「物」と「観念」という言葉を使いながら述べる。

併し利休の眞の偉さは物を觀念の手がゝりにしなかつた事でありました。彼の「發見」は端的に物であつて……物から茶が生れ、茶に茶器といふ物が利用されたのです。現に眼の前にチラ〳〵してゐる或る物とは、直ぐ何かに役立つ器物でも茶道具でもありません。物と茶道具とは彼にとつて嚴とした二つのものでありました。物を師として仰ぎ、茶道具を友として愛してゐました。その茶道具の方から利休の茶道といふものが自然に生れました。

ところが始めにも一寸觸れました樣に、大成された茶道とか、遺された名器なぞは勿論ですが……實は茶も物も、煎じ詰めた利休の確乎たる精神の前には、所詮は手がゝりである外はなかつたのであります。彼は物の中に利休の神とも謂ふものを見てゐたかも知れません。

（「梅原龍三郎」）

青山二郎独特の、潔癖であるというよりも、正確に事物を語ろうとするがために言葉を省いた、文脈の淡い文章だが、まず戸惑いを覚えさせられるのは、言葉を摑むことの難しさだろう。青山はまず、利休は「物を觀念の手がゝりにしなかつた」と云う。と同時に利休の発見は「端的に物」であると云う。これは如何なる意味か。

利休が竹をぶった切った「物」や、朝鮮の飯茶碗といった「物」を発見した、ということは分かる。

だが「物」を観念の手がかりにしなかった、ということはどういう事だろうか。それはすなわち、先人が作り、茶を嗜む知的サークルの共通了解だった「侘び」とか「すさび」といった観念の表現を、あるいは記号を「物」に求めず、既存の文脈と無関係に、様々な

「物」を見つけだしたという事であろう。それらの、「發見」された「物」の面白さを奔放に組み合わせて、利休は自らの茶を楽しんだ。

利休が見つけだした「物」を、「花入れ」と呼び、あるいは「井戸茶碗」と呼んだ時に、「物」は「茶道具」となり、そして「物」を「茶道具」として成りたたせる何物かを、弟子たちが一種の観念とした時、観念の体系としての茶道が生れる。

ところが青山は、さらに「茶」も「物」も、利休の「確乎たる精神」の前には、「手がゝりである外はなかつた」と語る。先に「觀念」を否定し、そして利休の「發見」した「物」から「茶道」を軽蔑して見せた青山が、ここで口にする「精神」とは如何なるものであろうか。それは「觀念」や「物」と、如何なる関係にあるのか。

青山は、利休の美学を徹底的に「鑑賞」し、その「鑑賞」から観念化した美をそのまま作品とした、光悦、宗達以下の「美しい物を見たいと思つたらこの位美しい物はない」という「美しさ」を軽侮して、「猫が見ても美しい」と評している。

光悦は茶碗の形を破り、利休好みの外に出たと美術史家に言はれてゐる。果してさうだらうか。彼は井戸の茶碗を見た。志野の茶碗を見た。樂茶碗も見た。茶に徹した生活人である。その茶道を光悦は「茶碗」にした。これはありさうな妙なことで、併し誰一人及ばない藝であつた。光悦の茶碗の右に出た者はないのである。

(「琳派について」)

青山は、琳派の極度に装飾化され様式化された表現を、「美し過ぎると分れば何とも退屈なものである」と切り捨てて、美そのものも抽出してしまう「鑑賞」の短絡と傲慢を指摘する。美術は、美しいだけで十分ではないか。そうではない。あらかじめそうと解った美しさだけで出来た美術があるとすれば、それは縫いぐるみか幻灯にすぎない。その当り前の可憐さ綺麗さは、青山の貪婪な眼を腹ぺこにする。

美しさとは、「物」に被っている甘皮のようなもので、それを剝いた時にはじめてひりひりするような「物」の姿が現れてくる。皮などは、いくら食べても腹の足しにはなりはしない。「物」の汁気溢れる果肉こそを、青山の目玉は貪る。

青山は、まず美術品が私たちに与える美しさ、甘さ、陶酔を「感じ」と呼んで、その「感じ」の向こう側に行くこと、つまり皮を剝ぐことの困難を度々語っている。例えば、小林秀雄の骨董開眼について、青山はこのように云う。

手を出し始めた一二年が、小林の苦業時代だつた。何を見ても感じが來る。(中略)小林は眼を見張るばかりで、何を見ても「美しい」なんて言へた顔付きではなかつた。そんな事はずつと落ちつきを取戻してからの話である。美とは複雑微妙な馴合ひに、狎れた人間の言ふ言葉である。(中略)小林は未だ「眼が見える」といふ所まで來てゐない頃だつたので、「感じが來る」あたりで獨りわく〳〵してゐるのが、自分でも隨分何か齒痒いらしくて、同じ様な質問を受けて何十遍話し合つたか知れない。

（「小林秀雄と三十年」）

「感じが來る」と、「見えて來る」という云い回しも理解しにくいものだが、何度も青山はこの成句を用いている。「骨董弄《いじ》りは一生、大概感じで終つて仕舞ふのが落ちである。始めてから二三年すると、小林の眼は漸く『物』が見える様になつて來た」。先程敷衍したように、「感じ」がある種の観念ならば、「見えて來る」というのは、「物」を、あらゆる文脈とは無縁にそれ自体として、そのまま取り出す、「發見」の力だろう。

　この見えて来るべき「物」とは、けしてカント的な「物自體」ではない。それは、利休について青山の語った「精神」の産物であり、目の味蕾が味わう感触である。「精神」が、「物」を見つける時、皮膜としての「感じ」は無縁になる。そこで捨て去られるのは、ただ様々な器がまとっている、「美しさ」に拘わる言説だけではない、来歴とか、考証とか、真贋といった、あらゆる享受の約束事が無化され、改めて発見された「物」の姿に則って再定義されなければならない。

　云うなれば、青山にとっての「美」とは、「物」が見えて来る事にほかならない。「感じ」の皮膜を剝いて、「物」が姿を現した時に「美」が顕現する。

今日出海は、戦争中伊東に隠遁していた青山が、ベッドの傍らに置いた「見事な白磁の壺」を、夜中便所まで降りて行くのが億劫だからと「溲瓶《しびん》の役」に用いていたと書いている。また松永安左ヱ門旧蔵の綾部の皿を灰皿に使っていた。

これらの品は、青山によって見いだされた「物」であるから、「美しい物」だったに違いない。にもかかわらず、それを溲瓶にしたり灰皿にしたりするのは、嗜虐的な衝動によるものではないし、変人ぶった奇行でもない。青山の目は、常に赤裸の「物」を見いだす。見いだされた「物」は、「美術品」ではなく「物」に過ぎないのであるから、小便を入れても、吸い殻を入れても構わない。

だが、「美」が伝承や様式や真贋といった「感じ」を振り捨て、「物」の発現にあるとされた時、ある崩壊が否応なく引き起こされる。もしくは、既に起こってしまっていた崩壊を認識せざるを得なくなる。

この崩壊について、小林秀雄は、北大路魯山人の周辺から出た骨董商、瀬津雅陶堂の体験を引いて書く。小林は、古玩商は、贋物はすぐそれと見分けるようになるが、「ホン物」はなかなか見分けるようにならない、と云う。「小僧さんは嚴格に仕込まれるから、馬鹿でない限り、年季次第で、ニセ物はよく見る様になるが、ホン物をよく見る様になるとは限らない」。なぜならば「ホン物をよく見る」ということは、真贋の鑑別ではなく、その器物の魅力を発見することであって、「それはもう趣味とか個性とかが物を言ふ」個人の資質の問題になるからである。瀬津は、駆け出しの頃、大阪のセリ市で、「志野の素晴しい茶碗」を見つけて、脂汗を流しながら、高値で落札する。すると、先輩の商売人に、これまでの相場の十倍も払ったと、叱責される。志野や織部といった美濃陶器の魅力が認識されて間もない頃である。

東京に還つて或る金持に入れたところ、果して數日後に返された。眠られぬ夜は明けて、茫然と雀の鳴き聲を聞いてゐると、茶碗はいゝのだ、俺といふ人間に信用がないだけだ、といふ考へがふと浮び、突然の安心感でぐつすり寝て了つたさうだ。彼に信用がつくに從ひ、彼の茶碗が美しくなつた事は言ふ迄もない。では美は信用であるか。さうである。（「眞贋」）

「美は信用である」という言い切りは如何にも乱暴だが、云わんとする所は、明瞭であろう。「美」に拘わる金本位制が崩壊してしまったのだ。「美」は、「ホン物」や伝統的評価に支えられた、堅固な実体ではなく、その場限りの信用秩序によって維持されるペーパー・マネーに成り代わったのである。「美」云々は、それ自体として存在しているものではなく、「精神」による「發見」の投機市場が生み出すものにすぎない。青山の「物」が見えるという認識はすなわち、紙幣は金ではなく紙切れだという視線なのである。紙幣を紙として、燃やしたり、鼻をかんだりすることは奇行にほかならないが、その奇行には一国の経済活動を揺るがす洞察が含まれている。

美術における、金本位制の瓦解の背景を、小林はハイファイ・ステレオの発達と結びつけて論じる。

いつか、近所の美術館で、日本の古典的名畫の本物と贋作とを陳列した展覧があつた。それはそれで面白く見たが、かういふ試みが、一般の人々の注意をひくのも、もうしばらくの間であらうと思つた。名畫複製技術の進歩は、やがてホン物ニセ物の古い概念を一掃して了ふであらう。今日でも、尋常な鑑賞方法を以つてしては、どんな人間にも、眞僞の判別の不可能なある種の複製畫はいくらでもある。この傾向が極まれば、ホン物の價値とは、單なる歴史的資料としての價値しか指さなくなるであらう。(「蓄音機」)

ベンヤミンを彷彿せざるを得ないこの文章は、複製技術がもたらす鑑賞環境の変化が、小林を骨董へ駆り立てた事を示している。その点からすれば、骨董弄りとは、美術をめぐる「アウラ」の死における、様々な美意識のなかでの戯れとのみ考える事は出来ない。何よりも肝要なのは、かつて認識を担保していた「真」が死んでしまったという事である。

それでは、一体何が認識を支え、生かし、保証するのかと云う問いが現れる。

骨董とは、真理の瓦解に際しての、認識の冒険に外ならない。ここで小林の語っている、「真／美」の紐帯の解体は、現代思想的用語を用いれば、如何ようにも語る事が出来るだろう。それはニーチェ風に云えば「神の死」であるし、フーコー流に云えば「表象の限界」ということになる。だがおそらく最も小林の営みに近かったのは、西欧哲学における真理の成り立ちを、適性としてのロゴスから、驚異としてのアレーテイアに移行させたハイデガーだろう。ただし青山のアレーテイアは、「物」としての白磁の壺に小便をすることだったが。

骨董的認識において、最も大事なのは、「真」に「美」がとって代わるという事ではない。「真」などという担保はなく、ただ「物」があるという事である。「美」は「物」を剥き出しにしていく欲深な目の動きにしかないという事。「中將姫のあでやかな姿が、舞臺を縦横に動き出す。それは、歴史の泥中から咲き出でた花の様に見えた」。

中将姫の相貌が「美しい」のは、面が「物」に過ぎないからである。だが、この「物」はなんと疲弊しているのだろうか。それは「盥廻し」に使われる以前に、既に裸に剝かれてしまっている。この「物」のあでやかさは、救い難く窶れている。まるで、人間のように。

∴

洲之内徹に復員を許さなかったものを、一言で云えば、美ということになるだろう。『気まぐれ美術館』に先だって書かれたエセー集『絵のなかの散歩』に、海老原喜之助の「ポアソニエール」について描いた文章がある。「ポアソニエール」は、魚を入れた籠を頭にのせた婦人の像で、背景は描かれずに緑色に塗られてそこから水色の服を着た女性が浮かび上がっている。魚の白い腹の美しさと、女性の顔にかかる影の鮮やかさから、生命の歓びに溢れた、澄んだ陽光の強さが感じられる。この絵を戦時下に見た感銘と、戦後に苦労して自らのコレクションに収めるまでの経緯を、洲之内は記した。

洲之内は昭和十八年頃、山西省の太原の司令部に働いている時、現地にいた保井という新聞記者に、「ポアソニエール」の入った画集を見せられた。洲之内が当時、従事していた仕事が、共産軍の根拠地壊滅作戦のための資料作成だったことは先に書いた。

そういう明け暮れの中で、どうしようもなく心が思い屈するようなとき、私はふと思いついて、保井さんの家へ「ポアソニエール」を見せて貰いに行くのであった。その「ポアソニエール」は一枚の、紙に印刷された複製でしかなかったが、それでも、こういう絵をひとりの人間の生きた手が創り出したのだと思うと、不思議に力が湧いてくる。人間の眼、人間の手というものは、やはり素晴らしいものだと思わずにはいられない。他のことは何でも疑ってみることもできるが、美しいものが美しいという事実だけは疑いようがない。絵というものの有難さであろう。知的で、平明で、明るく、なんの躊いもなく日常的なものへの信仰を歌っている「ポアソニエール」は、いつも私を、失われた時、もう返ってはこないかもしれない古き良き時代への回想に誘い、私の裡に郷愁をつのらせもしたが、同時に、そのような本然的な日々への確信をとり戻させてもくれた。頭に魚を載せたこの美しい女が、周章《あわ》てることはない、こんな偽りの時代はいつかは終る、そう囁きかけて、私を安心させてくれるのであった。

この文章は、海老原喜之助にとってだけではなく、洲之内徹のエセーの中でも代表的なものとして挙げられることが多い。現在宮城県美術館に収蔵されている洲之内コレクションの中でも、まず第一に「ポアソニエール」の名前が上がるのは、この文のためだろう。たしかにこの文章は、「ポアソニエール」の魅力を余すところなく描いているだけでなく、美術を語る時に発揮される洲之内の、丁寧かつ臆面のない饒舌さが、下ろし立ての包丁のように新鮮な滑らかさで働いている。

だが、太原で「ポアソニエール」を見ていた洲之内徹が、同時に捕虜の死体を毎日埋葬し、その土の重みを忘れないだろうと思い、また凌辱のうちに「生き生きした官能」を味わっていたであろう事を、私は考えてしまう。「周章てることはない、こんな偽りの時代はいつかは終る」という「囁き」を聞く洲之内は、同時にそれを深く諦めていた、諦めざるを得ない体験をしていた事を私は知っている。

「こういう絵」を創り出した「ひとりの人間の生きた手」はまた、宿営地で逃げ惑う無力な女性をとらえる手でもある。

「ポアソニエール」の、「知的で、平明で、明る」い、誰憚《はばか》るところのない「日常的なものへの信仰」と、「砂」の「人間そのものが気紛れに、くだらなく浪費されている」世界はどのように結ばれているのか。

それが、まったくの反対物である、対極にあるのだ、という云い方は出来るだろう。洲之内徹自身そのような書きぶりをしている。だが本当にそうなのだろうか。そこに、ある種の詐術と有罪者の衒いがあるように思われる。本当に「ポアソニエール」の陽光と、「掌のにおい」の白い蛭の姿は、正反対に位置しているのか。

まったく逆に、そこには本質的な差異はないのではないか。洲之内徹は、戦争が終わり、「ポアソニエール」の世界に戻っていったのではなく、「人間そのものが気紛れに、くだらなく浪費されている」世界のなかに、「ポアソニエール」を見いだしてしまったからこそ、復員することが出来なかった。

なぜならば、「ポアソニエール」の美とは、けして大岡昇平的な、出来事に始末をつけ遠近法に収めることで決着がついた事にしてしまうような視線によって、オランピア・ヴィスタから生まれたものではないからだ。「平和」というものが、「野火」のように、すべてをドラマ化し、再構成してみせることだとするならば、この陽光の強さは余りにも断片的であり、局部的であり、見えないものが多すぎる。「ポアソニエール」の画面は、実は「どこまでも拡がっている、無数のよごれたものの凄まじいまでの蠢き」が垣間見せる、あるいはそのような醜悪さに対して見開かれた眼が、時に自失して眺める光景なのだ。

『帰りたい風景』におさめられた「うずくまる」という文章の中で洲之内徹は、喜多村知の「マドリッド」について覚えた違和感について記している。喜多村の個展をするために、長野の画廊に作品をもちこんだのだが、この「マドリッド」という絵が気になって仕方がない。気に入っているのだがうまく把えられないのである。「ズッコケているようで、カチッとしているようで、こんどの展覧会の中で私のいちばん好きな絵でありながら、なんとなく正体が摑めない」。

「マドリッド」は、喜多村と云えば誰もが思い浮かべるような画面構成で描かれた作品である。画面一杯に、やや明るい様々な色彩が乱舞していて、明らかな描線やマッスというものはとらえ難い。とらえ難いままにやや放心するように見ていると、色彩が突然町並みの賑わいそのものとなって観るものを包み込む。単なる混沌と見えていたものが、突然に光輝を帯び、自分のいる箇処よりもあざやかで明確な世界として現れる、喜多村の画面が与える経験について、洲之内徹はこう記した。

その晩は、画廊主の山口さんが取っておいてくれた、善光寺の斜め前のホテルに泊った。部屋は六階であった。私は早くからそこへ行って本を読んでいたが、そのうちに、ふと雨の気配を聞いたような気がして、立って行って窓を開けてみると本当に降っていた。時計を見ると十一時半であった。

そして、そうやって、雨に濡れた長野の夜景を見ているうちに、私は突然、あの「マドリッド」が解った、と思ったのだ。

いつもなら見えているはずの志賀高原あたりの山々も、雨と闇の中ではただ黒々としているだけで、山とも雲とも見分けがつかない。長野駅がどの辺にあるのか、国道18号線がどの方角になるのか、どのビルが何のビルか一切判らず、ただ、広告のネオンや、街燈や、その街燈の反射する濡れた瓦屋根のかすかな光りや、どこかの旅館らしい建物の窓の、赤味を帯びた四角なあかりなどが、黒一色の市街の中に散らばり、輝いているばかりである。しかし、その、一切説明抜きの、説明のつけようのない風景の中に、本当の、じかの風景があった。これが風景というものなのだ、とその風景が私に語りかけていた。同じことを、夜と昼との違いはあるが、喜多村さんの「マドリッド」も私に語りつづけていたのだ。

そう気がついたとき、突然、私は非常に幸福であった。そして、幸福とは、こういう瞬間のことなのだ、ということにもそのとき気がついた。


ここで洲之内が描いている「じかの風景」とは、無論喜多村の画面の事であるが、同時にそれは「掌のにおい」の溝川の「無数のよごれたものの凄まじいまでの蠢き」でもある。と同時に、ここで語られている「幸福」は、「ポアソニエール」の与える「信仰」や確信と同一である。では、この幸福は、「砂」で描かれた、宿営地の女性を強姦する生々しい官能とどのような関係にあるのか。

実を云うならば、そこには遥かな区別はない。その事を誰よりもよく知っていたのが、洲之内徹である。洲之内徹の見出した作品が魅力的なのは、青山のそれが「酷使された慰安婦たちの肉体」にすぎないのに対して、「恐怖と敵意に硬」ばっている「ひきしまった肉体」であるからだ。服毒した女性に体を重ねるようにして、「説明抜きの、説明のつけようのない」、「じか」の何かに接する事。その幸福と興奮。

洲之内徹は、戦争を巡る小説で書こうとしていた物を、絵を語る事で把えた。その後も洲之内は小説を書きつづけたが、それは抜け殻でしかなかった。

洲之内が、絵と出会う事で小説が書けなくなってしまったのは、些か逆説めくが洲之内にとって絵を語るという事が、語らない事を学ぶ事に他ならなかったからである。

絵について述べる洲之内の文は、かなり遠くから迂回に迂回を重ね、身辺の雑事や昔の体験、そして対象となる画家のエピソードなどをヨタヨタと巡りながら、ゆっくりとしかし有無を云わさずに読者を絵の前に引っ張っていく。そして、絵の前で、洲之内は沈黙する。

戦争小説において、洲之内は決定的な事ばかりを、しかもその現場において語ろうとしてきた。大岡昇平も決定的な事を語ったが、それは「戦後」からだった。絵についての文章の中でも洲之内は、その現場に居続けたが、決定的な事を露わには語らない。だが、その沈黙はあの「蠢き」を回避するためではない。むしろ、情景としてでなく「じか」にその「蠢き」を感じ、あるいは「蠢き」そのものとなる為に洲之内は沈黙し目を閉じるのだ。瞑目することは、ただ見ない事ではない。見ないことであると同時に、眼球に、じかに、瞼が、皮膚が、触れるということだ。世界を戦争としてしか見られないがゆえに、小説を書けなかった洲之内は、絵と出会うことで文章が書けた。文章が書けると云う事は、言葉によって戦争を起こし、継続しうるという事である。決定的な事に囚われるのではなく、みずから決定的な事を重ねる自由を手に入れたという事だ。洲之内は宿営地に出撃する討伐隊のように、軽やかに画家たちの間を歩き回り、獲物を漁った。

青山の表現を借りれば、洲之内の戦争とは、一切の「感じ」がない場所である。そこでは如何なる価値も、有価証券も一片の紙切れとして「くだらなく浪費」される、「物」でしかない。そして絵画とは、洲之内にとって、そのような「物」と「じか」に触れさせてくれる何かである。

その点からすれば、洲之内にとって批評とは、戦争に他ならない。それは何かしらの優れた作品を選ぶというよりも、むしろ選んだり、選べなかったりすることのできない何かと、つまり「敵」と、出会うことである。「敵」の、「捕虜」の肢体に洲之内はのしかかる。その時洲之内は瞑目し、「美」と「幸福」が訪れる。

死人は瞑らない。

三島の一、安吾のいくつか

舟はゆっくりと動きだした。

江口の君と名乗った者を前後に挟んで、三人の遊女が乗り込んだ舟は、片肩を脱いで棹を取る間もなく、川を滑りだし、めくるめく速度で、月を追い越し、その速さで、冷たい闇を青く熱した。

ゆったりと、さんざめき、華やぎが、奏でられる楽と共に訪れ、忽然と耳を聾するばかりに高まったかと思われた途端、淀の水上に数えきれない程の舟が顕われて、あまた歴世の歌姫たちが、扇を揮い、声を弾かせ、その反映に川面を、金襴よりも輝かしく照り返した。

ワキ　不思議やな月澄みわたる水の面《オモ》に　遊女《イウジョ》のあまた歌《ウト》ふ謡《オウタイ》　色めきあへる人影《ヒトカゲ》は
　そも誰人《タレビト》の舟やらん

シテ　なにこの舟を誰《タ》が舟とは　恥づかしながらいにしへの　江口《エグチ》の君《キミ》の川逍遥《カワジョオヨウ》の　月
　の夜舟《ヨブネ》をご覧《ラン》ぜよ

ワキ　そもや江口の遊女《イウジョ》とは　それは去りにしいにしへの

シテ　いやいにしへとは　ご覧ぜよ　月は昔に変はらめや

ツレ　われらもかやうに見え来たるを　いにしへ人《ビト》とは現《ウツツ》なや

シテ　よしよしなにかと宣《ノタモオ》ふとも

ツレ　言はじや聞かじ

シテ　むつかしや

川辺で回向を試みていた僧侶と、船上の遊女たちが、こもごも掛け合い、声を搾り、対話をした後に、あたかも幻灯が覆ったように、いつの間にか舟影はかき消えて、静寂と観相への集中が粒立ちはじめる。口々に漏れる言葉から船上の客の正体がわかったように思われ、またこれらの夥しい人影と歌声の由来がわかったと信じられた途端に、江口の君が進み出て、再び、湧き出た音楽が、宇宙の実態と宿命を語り聞かせようと試みる。

紅花《コオカ》の春の朝《アシタ》　紅錦繡《コオキンシウ》の山　粧《ヨソオ》ひをなすと見えしも　夕べの風に誘はれ　黄葉《コオヨオ》の秋の夕《イウ》べ　黄纐纈《コオコオケツ》の林《ハヤシ》　色を含むといへども　朝《アシタ》の霜にうつろふ　松風蘿月《シヨオフウラゲツ》に　言葉を交《カ》はす賓客《ヒンカク》も　去つて来たることなし　翠帳紅閨《スイチヨオコオケイ》に　枕《マクラ》を並べし妹背《イモセ》も　いつの間《マ》にかは隔《ヘダ》つらん　およそ心なき草木《ソウモク》　情《ナサ》けある人倫《ジンリン》　いづれあはれを遁《ノガ》るべき　かくは思ひ知りながら

「面白や」という詞と共に、あらゆる物体の速度や心の速さをあざ笑うかのように、金地の唐織の装束を纏ったシテは、緩やかに舞いはじめる。本金妻紅の扇を翳《かざ》し、振り上げ、扇ぎながら、眠りの如く、蘇生の如く、舞いは止まない。

舞い終えたのかと思うと、復た言葉が溢れだした。

実相無漏《ジツソオムロ》の大海《タイカイ》に　五塵六欲《ゴジンロクヨク》の風は吹かねども

右へ、左へと歩き彷徨《さまよ》っていた江口の君が、正面に立った。

一度跪き、立ち上がりながらその右手を、宇宙全体を覆すようにして、軽やかに、事もなく挙げ、そして下した。

思へば仮りの宿に　心留《ト》むなと人をだに　諫《イサ》めしわれなり　これまでなりや帰ると
て　すなはち普賢《フゲン》　菩薩《ボサツ》と現はれ　舟は白象《ビャクゾオ》となりつつ　光とともに白妙《シロタエ》の　白雲《ハクウン》にう
ち乗りて　西の空に行き給ふ

江口の遊女の身から、八方に光が放たれ、周囲に無影樹が立ち並んだ。遊女が普賢菩薩に化身すると足元の舟は、岩塩のように白い象となって、足音も厳しくこちらに歩み迫るかと思うと、氷河の如き腹をみせて、遥かな勾配を上り去っていく。

ざわめきが、立ち上がった。

白象が去りつつある、その時に、今しも普賢菩薩への化身が成就したと覚るその同じ拍子、小鼓の一打ち、踏む足の一撃の、微細《こま》かく広大なずれのうちに、耐え難く、重苦しく、ありとあらゆる事物と想念が、ありとあらゆる場所から繁茂した。

ありとあらゆる音と動きと言葉が、身体と布と響きが、一つに集中して、見ようと努める心が作り出す奇跡の起こるその時に、混乱が露呈する。仰ぎながら、昇天を見詰めるその同じ眼が、煮えたぎる混沌を覗く。

そこに、消えるものと、現れるものの、隙間が厚く横たわる。

∴

政治家と云う言葉がある。

政治家とは、何者か。

今日私たちは、代議制のなかで、投票という手段で選ばれて議会を構成し、そこで法律や条例を作り、予算などの処置を決める者たちを、政治家と呼んでいる。その「政治家」たちのなす行為を、政治と呼ぶ。

確かに、法や予算を通じて、社会や国を制作していくこと、その制作のために様々な利害を調整し、あるいは「力」を利用することは、政治である。

その目的のために「権力」を奪いあい、その「権力」をより強力なものとして作り改め、「権力」で社会体制を作りあやつる事や、あるいは体制の制作のための価値観、思想の体系を作りあげることもまた、政治と呼んでいいだろう。

あるいは私たちは、手際よく仕事をまとめていく事に秀でた建築家や学者などを、「政治家だ」と表現することがある。

政府や企業とわたりをつけて、大規模な建築のための予算や資金等を獲得したり、学者の団体に影響力を発揮して研究計画を円滑に進めることは、政治に違いない。

だが、またこのような行為だけを「政治」とみなすことは、人間の営為、制作を極めて狭く見せ、そのために政治を限られた領域に限定してしまう事を意味し、その限定は同時に人を取り巻いている様々な事物を忘却させてしまう。

政治家とは、人なのか、仮面なのか。

例えば、近代日本の歴史を物語るについて、繰り返し語られてきた場面がある。剽軽《ひょうきん》な風さえ見受けられる小身煥発の男と、体軀顔貌の重厚さのために鈍さまでが徳を成しているかに見える巨漢が、薩摩と呼ばれていた地方藩の江戸屋敷で対面している。

我《われ》西郷に申て云、「大政返上之上は、我が江城下は、皇国之首府なり。且、徳川氏数百万之禄地を保つ所以《ゆえん》のものは、幕府之入費に充《あ》てむが為也。此二つは、宜敷大政と共に其御処置如何を伺ふべきなるべし。況哉外国交際の事興りしより、其談ずる所、独《ひとり》徳川氏の為にあらず、皇国の通信にして、我が私にあらず。印度、支那の覆轍《ふくてつ》、顧《かえり》みざらむ哉。今日天下の首府に在て、我が家之興廃を憂て一戦、我が国民を殺さむことは、寡君《かくん》決て為さゞる所。唯希《ねが》ふ所、御所置公平至当を仰がば、上天に恥ぢる所なく、朝威是より興起し、皇国化育之正敷《ただしき》を見て、響応瞬間に全国に及び、海外是を聞て、国信一洗、和信、益《いよいよ》固からむ。是の意我が寡君独り憂て、臣輩之不解之所なり」と云々。西郷申て云《いわ》く、「我壱人今日是等を決する不レ能。乞ふ、明日出立、督府江言上すべし。

亦、明日侵撃之令あれども」といつて、左右之隊長に令し、従容《しょうよう》として別れ去る。亦、彼が傑出果決を見るに足れり。嗚呼伏見之一挙、我過激にして、事を速《は》やうし、天下人心之向背を察せず、一戦塗《ちにまみれ》レ地、天下洶々《きょうきょう》として不レ定《さだまらず》。薩藩一、二之小臣、上 天子を挟み列藩に令して、出師迅速、猛虎之群羊を駆《か》るに類せり。何ぞ其奸雄成る哉。

（「慶応四戊辰日記」）

敵と味方に別れて、血で血を洗う争いを続けてきた二つの勢力の主宰者が、直接に対面し、多くの言葉を費やす事もなく、矛を納め、敗者は恭順に徹し、勝者は寛貸を自らに課す。三百年間継続してきた体制が、干戈を交えずに崩壊し、新しい治世に路を開くという対話。

云う迄もなく、対話の果実は僥倖として齎された訳ではない。

近代化を巡る闘争の中で、既存の体制を保持しつつ抜本的な改革を推し進めようとした党派は、民族的起源にまで溯る文化的習俗的権威を擁した革命勢力との戦闘に敗れ、瓦解の寸前にあるかに見えた。

敗者の側は座して死を待つつもりは毛頭なく、自滅する覚悟を固めさえすれば致命的な損害を革命軍に与え得る事を、重ねて仄めかしていた。その一方で、軍事訓練等で深い関係をもってきたヨーロッパの陸軍大国との援助関係を断ち、当時の国際社会を切り回していた海洋国との連携を新たに図って、生まれつつある新国家の担い手たちに圧力を加えていた。

にも拘わらず、そのような背景は、この対話の光芒を些かも減ずるものではない。実際には、首府の街区、行政機構、市民生活は些かも損なわれることなく新時代へと移行し、帝国主義と呼ばれる風潮によって、虎視眈々と介入の機会を狙っていたとされる諸外国に如何なる参画も許さなかった。

だがこの会談が繰り返し想起され、語られ続けなければならないのは、勝安芳《やすよし》と呼ばれる敗者の、旺盛な交渉能力と端倪すべからざる現実感覚のためではない。また東征大総督府参謀という重職にあった、西郷隆盛の、総攻撃の決意を瞬時に降伏受入れに転栣して見せた精神的柔軟さと懐の深さのためでもない。

此処に、一つの伝統の精華として現れた、交渉と対決、権力の奪取と委譲にかかわる典型が、つまり日本人にとっての政治の、一方の理想が、見事なまでに鮮やかに、淡筆ではあるけれども、描かれている。

その見事さは、必ずしも道具立てによって形造られたものではない。確かに背景は整い過ぎる位に整っている。瓦解しつつある伝統的統治勢力と、勃興しつつも何処に赴こうとしているのか全く知らない革命家たちの対比と協和。七百年近い逼塞から、再びリアル・ポリティクスの前面に押し出された古代的な権威の年若い継承者と、老いた封建制を自らの手で縊りつつその再生を企図した英邁すぎる将軍の相貌。陰謀とテロルと諜報が入り乱れる舞台裏。自国の利益を確保しようと牽制し合う列強たち。極度の緊張と一触即発のきな臭さを、阿吽の呼吸で駘蕩とした気分の中に納めてしまう主役たちの度量と高貴さ。

勝は晩年に残した座談の中で、その交渉相手について、このように語っている。

坂本龍馬が、かつておれに、先生しば〳〵西郷の人物を賞せられるから、拙者も行つて会ツて来るにより添書をくれといツたから、早速書いてやつたが、その後、坂本が薩摩からかへつて来て言ふには、成程西郷といふ奴は、わからぬ奴だ。少しく叩けば少しく響き、大きく叩けば大きく響く。もし馬鹿なら大きな馬鹿で、利口なら大きな利口だらうといつたが、坂本もなか〳〵鑑識のある奴だヨ。西郷に及ぶことの出来ないのは、その大胆識と大誠意とにあるのだ。おれの一言を信じて、たつた一人で、江戸城に乗込む。おれだつて事に処して、多少の権謀を用ゐないこともないが、たゞこの西郷の至誠は、おれをして相欺《あいあざむ》くに忍びざらしめた。この時に際して、小籌浅畧《しょうちゅうせんりゃく》を事とするのはかへつてこの人のために、腹を見すかされるばかりだと思つて、おれも至誠をもつてこれに応じたから、江戸城受渡しも、あの通り立談の間に済んだのサ。

（『氷川清話』）

勝が繰り返し語っている、西郷の大きさとは何だろう。

その大きさとは、徳目や、度量や、情勢判断や打算すべての総和より大きい何物かであった、と云うことが出来るかもしれない。そしてその何物とは、政治としか呼びようがないものだろう。

背景と条件を一つの場所に集約し、伸《の》るか反《そ》るかの岐路を指し示し、現在と将来の公衆の眼前に顕らかな決断を迫るような場面を設定し得たのは、つまる処、その集中において、制作を超えた何物かを招きよせるためではなかったか。その意識が、彼等の政治の大きさに他なるまい。

彼等の政治は、極めて意志的な、人工の産物であると同時に、極度の集中によって、天地が覆り兼ねない、混沌の、虚無の、伸るか反るかの露呈であろうとする。

ここで露呈するものが、カオスであり、測り知れない何ものかだ。今はまだ、実在している体制を、残影へと、旧時代へと押しやり、未だに実在はしていない、夢であり、計画であり、虚構にすぎない体制が現実になる、そのすれ違い、同居において立ち上る、いずれもが、虚ではなく、また実でもないという微細な、しかし長大な時間。

故にカオスは、談判の破綻によって齎されるものではない。

確かに勝は、会談が決裂した場合に備えて、江戸を灰燼に帰し、無人の野に変える方策を、準備していた。江戸の市街が燃える光景は、無残であったに違いない。けれども大いなる破壊も一つの制作なのだ。その大いなる火は、あるいは何物かの母体となりえたかもしれない。

炎よりも恐ろしいものを、もっと不定形でいかなる姿をとるかを知れない何物かを、西郷と勝は、会談の瞬間に覗いた。

その瞬間にうごめいたのは、虚が実になり、実が虚になると云う転換の恐しさではなかった。虚が在るのでもなく、実が在るのでもなく、ただその間だけがある、という怖さ。

∴

だが一体、人は何を見るのか。

如何にして心に、脳裏に、身体の感覚に、像と感覚を作ることが出来るのか。眺めること、あるいは歴史と云い、物語と云う整理の手前で、ただ起こり来て浮かびあがる夥しい事や物の中で、立ち上がるのは、ただ一つの心の傾き、意志とよばれている向かい、作り、露わにしようとする集中だけである。

にもかかわらず、問いは残る。意志が、集中においてめざすのは、ある事件であり、奇跡なのか。むしろ、その成就の時にゆったりと姿を現す、まがまがしい混沌そのものなのではないか。

『江口』と呼ばれる謡曲が、終わろうとする時の事である。終わりは近づき、終わろうとしていたにもかかわらず、いつまでもその時は来ず、遅延している。

確かに、普賢菩薩と化身したシテは、扇を翳しながら、橋がかりを去っていった。笛の音が止み、地謡たちは緊張を解いた態である。うしろにかしこまって居た後見たちは次々と潜戸から退場していく。

客席にも、弛緩した空気が漂っているのだが、しかしまだ完全には解放されない。というのも、小鼓の房を弄んでいる傍らを、ワキとワキツレたちが、ゆっくりと移動しているからだ。蘇芳香《すおうのこう》の装束を纏った僧侶たちは、竦んだ蝶か蜂鳥のような姿態を、橋がかりの上に滑らしている。

その張り詰めた均整は、まだ演技が、曲が終わってはいないことを明確に主張している。彼等の、留まるよりも静かな歩みが、舞台に、観客たちにこわばりを強いている。

観る者は、虚構から、現実へと帰ったのか、帰ることを許されたのか、決められない。宙づりの感覚が会場全体に立ち込め、未決定の息苦しさが徐々に強い不快感として輪郭づけられる。持続と結末の鬩《せめ》ぎ合いから、今まで私たちがいた所が夢なのか、あるいはこれから入ろうとしている所が夢なのか、分からなくなる。もしかしたら、金襴の装束が舞っていた、今もなお眼前を歩む僧たちが属している世界が真実であり、帰り支度を始めようか、拍手をしていいのかと迷っているこの客たちの世界が、むしろ虚ろなのかもしれない。

引き伸ばされた瞬間の不愉快さが、次第に不安となり、意識は混濁してくる。このような混乱は錯覚に過ぎないと意識しながらも、最前にみた水上の光景がいっそうはっきりとした手応えで思い返され、その想起がいよいよ今、露になった混沌を深く、広大なものに見せるのであった。

演能が見せるものを、奇跡と云ってもいいのだが、それはいかなる奇跡だろう。

旅の僧侶が、かつて西行が立ち寄ったという遊興の里江口で、また遊女と出会い、その女が、西行と歌を交わした君の魂であったことが、奇跡なのか。あるいは、江口の里で、出会った魂がかつての絢爛を、目映《まばゆ》く現出させたことが、奇跡なのか。卑しいとも謗られる遊女が、至高の普賢菩薩の化身であったことが奇跡であるのか。

だが、遊女が普賢菩薩であるということが奇跡であるためには、人は遊女が何者であり、普賢菩薩が何者であるかを知っていずばなるまい。

何者かが何者である、という事は既に知識であり、そこに起こりうるのは、知識が知識に引き起こす波立ちにすぎず、今眼前に起こった出来事からは、先程目の前にした「奇跡」からは、はるか遠くに隔たっている。

西欧古代の仮面劇の舞台において、一つの存在を呼ぶ時に用いられていた一つの言葉から、二つの言葉が生まれた。明確な顔と内的な充実をもった存在としての「人（パーソン）」と、うつろな実体なき、しかし外見からはその性格や来歴が鮮やかな「仮面（ペルソナ)」である。

観る者は、遊女と思えた「人」の、遊女としての存在が「仮面」であり、その正体としての「人」が普賢菩薩であることに驚くだろうか。普賢菩薩ははたして「人」なのか。「人」にもまた仏性ありとするならば、何故にあまたの人々と枕を交わす遊女に仏性があることが奇跡なのだろう。

そもそも「仮面」と云い「人」と云う、そこには何程の差があるのか。私たちが自分であり、個人であると納得しているような規定のうちで、凡そ衣装や役柄ではないものがあるのだろうか。

あらゆる「人」の、「人」が「人」であることが、「仮面」にすぎないのだとしたら、あるいは、あらゆる「仮面」が「人」にほかならないとすれば、一体何が実体であり、何が現れなのか。それはただ、問うことの罠なのか、あるいは問い自体を氾濫させている何ものかの仕業なのか。

水上に立ち現れた、遊女たちの姿が想い返される。

橋がかりで、舟に乗り込む時に、少し足を挙げ、頭を下げ、そして面を挙げた時に、面をつけて装束を纏った「人」は、白い顔をした一人の女になった。舟上から彼女たちが、こちらに投げかける視線は、紛うことなき彼岸からのもので、彼女らの眼に観られているという意識が私の胸を、生々しい怖れとともに、金盥のように洗い流していったのだった。

やはり、「人」と「仮面」は同じものであり、一つなのだ。一つであることが齎す、仮象であると同時に実体である何ものかの力。

同時に双方であるという事に、すでに混沌が含まれている。

その混沌から、一へと向かう意志が必ず惹起する交錯と不可知から逃れるために、人はその一つを「仮面」と「人」の二つに分ける。

分ける事で、この世界を虚と実に、夢と目覚めに区分し、秩序づけたつもりになる。そのような思い込みから秩序は思想へ、理念へ、認識の意識へと変奏されていく。

だが思想は、何物かを、歴史を制作しない。

『江口』に込められていると云う、すぐれて仏教的といわれるような「思想」や「教義」は、何らかの奇跡を現出させただろうか。もしも思想が、それだけで奇跡たりうるのならば、なぜ人は舞台を構成しなければならないのか。

グローブ座の座付作者であったシェークスピアが、川を渡ってくる客たちを楽しませ興奮させるためだけに、後に大悲劇と呼ばれる作品を書いたように、「思想」もまた何ものかの名前でしかなく、あきらかなのは眼前の光景であり、光景が秘めている、秘めつつ何よりも明らかである、私たちが阿呆のように奇跡と呼ぶしかない、何ものかの力なのだ。

それが罠であると知りつつ、このように問うことも出来る。一体誰が、何者が、この奇跡を作り出し、私に押しつけているのか、と。

この光景を作り出しているのは何なのか。

耳に響く謡の詞か、目に突きささり臨在する役者の身体なのか、地を蹴る笛の響きか、恍惚を追い求める観客たちの精神なのか。

言葉か、目か、心か。

あるいはこの作品を作ったと云われている、観阿弥という名前をもった者なのか、その演じるすべを洗練したとされている世阿弥や禅竹、さらにそこに連なる者たちなのか、あるいはこの光景の背骨を形作っている、西行と呼ばれた歌詠みの思い出なのか、あるいは歌物語へと結集して行く、回想と継承への願いとしての伝統なのか、背景となり刻印を押す歴史なのか、信仰なのか、芸なのか。

むろん、それらの総てであって、どれとも分かつことは出来ないし、分かつことは分析してみせるという納得のための、さらなる戯れにすぎまい。すべて同じことであり、一つなのだ。「人」が「仮面」であり、「仮面」が「人」であるように。

「一」であるという事のなかに、あるいは一を作りだす集約自体に、あまたの、夥しい不定形なもの共が蠢いている。意志が作りだす集約としての、一つとは何なのか。何によって一つなのか。世のはじめから一つなのだろうか。

つい先程まで、舞台の上ではただ僧侶が一人旅していたのだった。

これは諸国一見の僧にて候　われいまだ津の国天王寺に参らず候ふほどに　このたび思ひ立ち天王寺に参らばやと思ひ候

その僧が、里の女と出会って、遊里の跡を尋ね、問答をしているうちに、霊が名乗りを上げ、何やらという高僧の奇瑞が語られる。

また播磨の国書写の開山性空上人　さる奇瑞を御覧ぜられ　このところへおん出でなされ候へば　これなる川音が　法華経の観音品を唱へ申し　一分奉釈迦牟尼仏　一分奉多宝仏塔と唱へ申して候　やがて上人も法華経の普賢品を唱へなされて候　閉目即見開目即失とおん唱へなされ候へば　今の江口の長は　生身の普賢菩薩と現はれ　舟は大白象となり　あまたの上臈は二十五の菩薩と御なりなされ　そのまま御天上なされ候へば性空上人は名残りを惜しみ給ひ　はるばると跡見送り給ひたると申し候

語りが終わるや、月の不思議を思う感嘆とともに、現世を、実体を現していたかと思われた舞台の上は、幻想の、壮大なヴィジョンを映しだす。だが、誰が一体、実体が幻影であり、幻影が実体でないと云えるのか。

実際、能の舞台は、「幻影」と「現実」を常に同時に呈示している。観客は、シテやワキの振る舞いに神経を集中しているのだが、にもかかわらず道具を取り出したり、片付けたりする後見の動きを視野から排除することはできない。時に後見は、序の舞の途中で、シテの装束を直したりするし、鼓は鼓で、シテが舞う背後で、陰気な顔を傾けて、鼓胴を撫でていたりするのだ。

だが、本来ならば「劇」から排除されるべき要素が舞台上に同居している点にこそ、能形式の卓越があることは間違いない。つまり能は、その上演に際して、「劇」の内側と外側を明確に線引きせず、劇の内部に日常の所作を含みながら、同時にその縁の不在によって観客席まで、あるいはさらに会場の外に至る世界までを、柔らかな領域として包み込んでしまう。

「劇」とその外側が明確でなく、幻と現実が同居しているがために、観る者はごく容易に能の世界に引きずり込まれ、そして虚と実が閥ぐ、その中間に、間に取り残されてしまうのである。

云う迄もなく、虚と実の並行、同居という企みは、作品自体の構造にも反映している。前半に「現実」を物語る前シテがあらわれ、後半「幻想」を現す後シテへと変わる構造をもった能演劇は、「複式夢幻能」と呼ばれている。そのような呼称は、おそらく正当なものなのだろうし、またその成り立ちについて、勧進能からの移行や精神分析的な仕組みに至るまで、これまで様々な説明が施され、認められ、蓄積されている。

ただ私がここで興味を覚えるのは「複」ということである。たしかにこの舞台は、分裂している。何よりもシテと呼ばれる演じ手が、「前」と「後」に分かれている。

だが、「前」にしても、「後」にしても、それは一人のシテであり、一人のシテであるからこそ、分かつことが出来る。その点では分裂しつつ一なのだ。

私は、「複」という通名に異議を唱えているわけではない。「複」であるから、分かたれているからこそ「一」であるということに、問いの罠のただ中で驚きたいと願っているだけだ。その願いのなかで、むしろ「一」があきらかになることを待ち望みながら。

ただはっきりしているのは、「前」と「後」という構造が展開ではないという事である。それは現世から彼岸への移行でもないし、意識的な領域から無意識の大海へと降り下る事でもない。

「前」と「後」が分けられるのは、ついにそれが同一であるということ、仮象と実体、夢と現実は、一つの同じものだということを示すためである。「前」と「後」は、ヘラクレイトスの竪琴のように、緊張し合い、等しき物として溶けあわず、弁証法的に統一もされない一なるものであること、混沌が混沌であり、一なるものであるということ以外にはいかなる区別もありえないことを示すために、里の女は普賢菩薩となり、舟は白象となる。

いや、示す前にすでに化身ははじまっている。

分かたれたものが一つに合わさる、現実の名を持った「人」が「仮面」と変る、その頂きの高原に於て。

∴

「現代のマキャヴェリ」と呼ばれたクルツィオ・マラパルテは、自ら「憎む」と公言しているほど鮮烈な効果を、第二次世界大戦前夜のヨーロッパ諸国、特に独裁者たちの間に巻き起こした著書『クーデターの技術』の中で、繰り返しカオスの、混乱の重要さを指摘している。

マラパルテによるならば、クーデタを企画し、あるいは防ごうとする者の大きな錯覚は、クーデタの目的が、政府の打倒であると認識してしまうことにある。

クーデタを政府を軍事的に打ち倒す事だとする認識は、必然的に戦略的発想を、政府の武力と反乱側の武力との対決に限定する。武力対武力という視野に立った反乱者は成功をしないし、防ごうとする政府は覆らざるをえない。

マラパルテは、十月革命の前夜、トロツキーが、後に最も恐るべき敵となるジェルジンスキィに以下のように指示を与えたと書いている。「赤衛兵はケレンスキー政府の存在を無視しなければならないこと、機関銃で政府と戦うことが問題ではなくて、国家を奪いとることこそが問題であること、また、共和国会議や各省やドゥーマは反乱戦術の見地からすれば、重要性をもっておらず、武装反乱の目標と見なされてはならないこと、そして国家の要所は、官僚、政治の組織、またタヴリーダ宮殿、マリア宮殿や冬宮ではなくて、技術組織、すなわち発電所や鉄道や電話や電信や港やガスタンクや水道であること」(『クーデターの技術』)。

トロツキーは、政府の中枢を攻撃する事ではなく、国家を成り立たしめている基本構造を覆すことで、大きな混乱を作りだし、その中で既存の政府を溶解させ、新しい国家を樹立した。

ジェルジンスキィをはじめとする、ボリシェヴィキの中央委員会は、反乱軍と政府を対決させせなければならないと主張し、また大衆的なストライキを組織しなければならないとトロツキーに反論した。

それに対しトロツキーは「ストライキを起すことは必要でない。ペトログラードを支配している恐ろしい混乱は、ゼネストよりも効果的である。国家を麻痺させ、政府が反乱を抑え得ないようにするのは、混乱である。ストライキに頼ることができないから、われわれは、混乱に頼るのだ」と、トロツキーの戦術が、あまりに楽観的な状況観察に基づいていると考えて、委員会は反対の立場を取っていたのであるといわれていた。現実には、トロツキーはむしろ悲観的であった。彼は、人々が思っていたより、ずっと重大に状況を判断していた。彼は、大衆を信用していなかったのである。彼は、反乱は、少数しかあてにできないことをよく知っていた。大衆を政府に対する武装戦闘に引き入れながら、ゼネストを起すという考えは、幻想でしかなかった。少数のみが反乱活動に参加することになろう。(中略)

トロツキーの戦術に対する中央委員会と委員会の反対は、反乱の成功を危くしたかも知れない逆説的状況をうみだしていた。クーデターの前夜、二つの参謀本部、二つの計画、二つの目標があったのだ。労働者と脱走兵の集団を頼みとした委員会は、国家奪取のために政府を打倒しようとしていた。千人の人間の支持を背景にしたトロツキーは、政府を打倒するために、国家を奪取しようとしていた。マルクスでさえ状況はトロツキーの計画よりも委員会の計画の方に有利であると判断したであろう。しかし、「反乱は有利な状況を必要としない」と、トロツキーは断言していた。(同上)

「反乱は有利な状況を必要としない」という言葉は、恐ろしいものであるのと同時に、かつて誰一人明確に喝破し言葉にしなかった真実である。云うまでもなく、何人かの優れた「政治家」たちは、その事を認識していただろう。だが、ここまで反乱を「技術」の問題として明確に語ったものはいなかった。

クーデタが、必ずしも有利な状況を必要としないのは、クーデタは、あらゆる政治と同様に、「技術」の、カオスにかかわる制作技術の問題であるからだ。

政治的混沌が大事なのは、結局われわれが生きているのはカオスでしかないからだ。そこではあらゆるものが等価であり、あらゆるものが可能であり、何もかもが許されており、すべてが仮初めであり、秩序や調和が永続するという信仰は、疲労でなければ、迷いにすぎず、世のはじめから既存のものは何もなく、すべてが作られたものであり、必然などは何ひとつなく、ただ政治だけが、つまり制作の意志が存在しているということを教えるからである。この世には虚も実も存在しはしない、ただ虚実の皮膜だけが存在しており、人間たちに出来ることは、虚と実をない交ぜにして捏ね合わせ、厚い膜を、その表情を作ることだけだ、と。

逆に云えば、民主主義とか、社会主義とか、三権分立といった言葉や理念は、いかにそのような機構が制作され、見かけ上機能しているように見えても、あるいは思想体系として整備されていても、「大きな」政治から見れば、カオスから目を逸らし、あるいは逃避するための隠れ家にすぎない。あるいは、そのような理念が、政治を麻痺させ、制作を枯渇させると云ってもよいかもしれない。

マラパルテの『クーデターの技術』は、一九三一年に出版されたために、ソヴェト革命やファシスト党のローマ進撃、ナチス党のミュンヒェン一揆失敗などを論じながら、ヒトラーの政権奪取については言及していない。

その書かれざる一章を、三島由紀夫は書いた。年来の同志レームを処刑して、その指揮する突撃隊を粛清し、左派を弾圧して、保守派や国防軍から最高権力者として承認されたヒトラーは、鉄鋼王クルップを官邸に迎えて語り合う。

ヒットラー　そんなレームでも、ひとつぐらゐは、肯綮《こうけい》に中《あた》つたことを言つたものです。あいつはかう言ふのが口癖だつた、エルンストは軍人で、アドルフは藝術家だと。そのたびに私は腹を立てたものだが、今にしてみれば、彼が多少憐れみをこめて言つた藝術家といふ呼名が、彼の單純な頭では思ひも及ばなかつたひろがりを持つてくる。あいつには夢ばかりがあつて、想像力がなかつた。だから自分が殺されることにも氣づかなかつたし、他人に對して殘酷になりきることもできなかつたのです。あいつの耳と來たら軍樂隊の吹奏樂しかわからなかつたが、私のやうにもつとワグナーを聽くべきだつた。あいつはもう一つで美をつかみそこねたが、それといふのも、この地上で美を築き上げるには必要不可缺のこと、つまり、自分の考へる美の根據を知るといふ努力をしなかつたからです。いつかあなたは言はれましたね。自分自身を嵐と感じることができるかどうか、つて。それは何故自分が嵐なのかを知ることです。なぜ自分がかくも憤り、なぜかくも暗く、なぜかくも雨風を内に含んで猛り、なぜかくも偉大であるかを知ることです。それだけでは十分でない。なぜかくも自分が破壊を事とし、朽ちた巨木を倒すと共に小麦畑を豊饒にし、ユダヤ人どものネオンサインにやつれ果てた若者の顔を、稲妻の閃光で神のやうに蘇らせ、すべてのドイツ人に悲劇の感情をしたたかに味はせようとするのかを。……それが私の運命なのです。

クルップ　その嵐は來るだらうか。夜空は陰々滅々として星影もなく（ト露臺へ歩む）雲が夥しい死體のやうに折り重なつてゐる。夜氣《やき》は私の膝には毒だが、この部屋にゐるとこもつた血の匂ひで息が詰る。（露臺から）アドルフ、銃殺はまだつづいてゐるのだね。

（『わが友ヒットラー』）

クルップが口にする「嵐は來るだらうか」という言葉は、三島の自問に聞こえる。果して優れた「藝術家」であり、劇の制作者であった三島は、自らを嵐と、大いなる破壊の力、カオスとして感じることがあっただろうか。「露臺」の上で。

∴

あらゆる政治は、劇として上演される。
あるいは、あらゆる劇は政治であると云ってもいいかもしれない。
政治は現実であり、舞台は夢だというのは、「人」は「人」であり、「仮面」は「仮面」だと云うような言葉の遊びにすぎない。

政治も、劇も、一つの奇跡を、集約を求めて、森羅万象と拘わり、その力を借りて企む、意志的な宴であることにはかわりない。

「劇」はただ眺めるものであり、「政治」は誰もが参加するものだという物云いは、歌舞伎の見物が舞台に与える力と、民主主義と云われる制度のなかで、有権者という観客がもちうる力を比較してみればすぐに崩れる。

にもかかわらず、政治には「劇」とは異なる、別の制作がある。「一」へと収斂しようとしない、カオスに拘わる技術、統治にかかわる技術である。

歴史を、事件を、権力闘争にかかわる政治の技術を「劇」として考えるならば、カオスをカオスのままに把握し治める技術が一方において存在している。

虚と実の皮膜、その月陰に於て、あくまで「仮面」と「人」の一致と分裂の緊張を、その緊張の裡の飛躍を求めるのが劇であるとしたならば、「一」をもとめず、むしろ散漫を散漫のまま、皮膜を皮膜として呈示する技術がある。

戦争が、人間の制作するもっとも大きなスペクタクルであるとするならば、その後に露呈するカオスもまた、巨大なもの。

けれども私は偉大な破壊を愛していた。運命に従順な人間の姿は奇妙に美しいものである。麴町のあらゆる大邸宅が嘘のように消え失せて余燼をたてており、上品な父と娘がたった一つの赤皮のトランクをはさんで濠端の緑草の上に坐っている。片側に余燼をあげる茫々たる廃墟がなければ、平和なピクニックと全く変るところがない。(中略)

あの偉大な破壊の下では、運命はあったが、堕落はなかった。無心であったが、充満していた。猛火をくぐって逃げのびてきた人達は、燃えかけている家のそばに群がって寒さの煖をとっており、同じ火に必死に消火につとめている人々から一尺離れているだけで全然別の世界にいるのであった。偉大な破壊、その驚くべき愛情。偉大な運命、その驚くべき愛情、それに比べれば、敗戦の表情はただの堕落にすぎない。(『堕落論』)

「偉大な破壊」を愛し、その美しさを嘆賞した坂口安吾は、戦争下の黙示録的な壮大さと、緊張が失われた戦後の虚脱と弛緩を、「堕落」と規定する。

だが、堕落ということの驚くべき平凡さや平凡な当然さに比べると、あのすさまじい偉大な破壊の愛情や運命に従順な人間達の美しさも、泡沫のような虚しい幻影にすぎな

いという気持がする。（中略）
人間。戦争がどんなすさまじい破壊と運命をもって向うにしても人間自体をどう為しうるものでもない。戦争は終った。特攻隊の勇士はすでに闇屋となり、未亡人はすでに新たな面影によって胸をふくらませているではないか。人間は変りはしない。ただ人間へ戻ってきたのだ。人間は堕落する。義士も聖女も堕落する。それを防ぐことはできないし、防ぐことによって人を救うことはできない。人間は生き、人間は堕ちる。そのこと以外の中に人間を救う便利な近道はない。（同上）

だが、ここで安吾が語っている「人間」は、当時猖獗《しょうけつ》を極めたヒューマニズムがあてにしていた「人間」ではない。安吾の「人間」とは、「堕落」を約束された、不定形な存在であり、対面している世界だけではなく、その中で生きる自分自身をも混沌として、不可知な存在として認識している、することを強いられているような存在である。

　その点からすれば、坂口安吾の「堕落」は、黙示録的な美の否定であるだけでなく、イデアルな存在、「人間」にかかわる理念的・理想的イメージの否定であり、それ故に倫理からも、道徳からもすりぬける。

　だが人間は永遠に堕ちぬくことはできないだろう。なぜなら人間の心は苦難に対して鋼鉄のごとくでは有り得ない。人間は可憐であり脆弱であり、それ故愚かなものであるが、堕ちぬくためには弱すぎる。人間は結局処女を刺殺せずにはいられず、武士道をあみださずにはいられず、天皇を担ぎださずにはいられなくなるであろう。だが他人の処女でなしに自分自身の処女を刺殺し、自分自身の武士道、自分自身の天皇をあみだすためには、人は正しく堕ちる道を堕ちきることが必要なのだ。（同上）

さらに安吾は、「堕落」の終焉を、新しい「武士道」「天皇」の誕生を語っている。その点からすれば、「堕落」はカオスではなく、カオスを方向づけていく、何らかの制作であると考えられるだろう。ただしその制作は、制作を拒む制作であり、あるいは理念ならざる理念なのだ。

確かに安吾は、その小説の中で何度も混沌を描き、混沌自体を現出させようと試みてきた。

その日から白痴の女はただ待ちもうけている肉体であるにすぎずその外の何の生活も、ただひときれの考えすらもないのであった。常にただ待ちもうけていた。伊沢の手が女の肉体の一部にふれるというだけで、女の意識する全部のことは肉体の行為であり、そして身体も、そして顔も、ただ待ちもうけているのみであった。驚くべきことに、深夜、伊沢の手が女にふれるというだけで、眠り痴れた肉体が同一の反応を起し、肉体のみは常に生き、ただ待ちもうけているのである。眠りながらも！　けれども、目覚めている女の頭に何事が考えられているかと云えば、元々ただの空虚であり、在るものはただ魂の昏睡と、そして生きている肉体のみではないか。目覚めた時も魂はねむり、ねむった時もその肉体は目覚めている。在るものはただ無自覚な肉慾のみ。それはあらゆる時間に目覚め、虫のごとき倦まざる反応の蠢動を起す肉体であるにすぎない。（『白痴』）

『白痴』の女の描写は、意識も意味ももたない、肉体と欲望の塊を描き出しているのではなく、無定型な堕落が行きつくべき一つの極限として形作られている。

白痴であることは、ある種の混濁かもしれないが、白痴であろうとすることは、まぎれもない意志であり、倫理、あるいは倫理の残滓である。実際人は容易に、安吾の中にある、爽やかなもの、親密なもの、生気に満ちたもの、緊張したものへの飢えを、けして口に出されない愁訴を聴くだろう。明確に名ざされず、対象化されない喪失や断念が、堅固な意志となって混沌を混沌のまま示し受け入れる事を促している。

伊沢の会社では「ラバウルを陥すな」とか「飛行機をラバウルへ！」とか企画をたてコンテを作っているうちに米軍はもうラバウルを通りこしてサイパンに上陸していた。

「サイパン決戦!」企画会議も終らぬうちにサイパン玉砕、そのサイパンから米機が頭上にとびはじめている。「焼夷弾の消し方」「空の体当り」「ジャガ芋の作り方」「一機も生きて返すまじ」「節電と飛行機」不思議な情熱であった。底知れぬ退屈を植えつける奇妙な映画が次々と作られ、生フィルムは欠乏し、動くカメラは少なくなり、芸術家達の情熱は白熱的に狂躁し「神風特攻隊」「本土決戦」「ああ桜は散りぬ」何ものかに憑かれたごとく彼等の詩情は興奮している。そして蒼ざめた紙のごとく退屈無限の映画がつくられ、明日の東京は廃墟になろうとしていた。

伊沢の情熱は死んでいた。朝目がさめる。今日も会社へ行くのかと思うと睡くなり、うとうとすると警戒警報がなりひびき、起き上りゲートルをまき煙草を一本ぬきだして火をつける。ああ会社を休むとこの煙草がなくなるのだな、と考えるのであった。

(同上)

情熱の訴えを口に上せないところに、坂口安吾の倫理はあり、ゆえにその倫理は確かであると同時に、貧相なものだ。

貧相たらざるをえないのは、安吾の論理が、統治の論理にほかならないからである。混沌を、堕落として方向づけると同時に、把握すること、危うい建設に挑むのではなく、カオスをカオスと承認し、維持しつづけること、その保守のつつましさが、堕落を肯定する大胆な身振りの下で、敗北の維持を、平和を制作している。耐え難い荒廃を、そのままに是認する意志は、剛胆から発する如くに見えて、実は周到な現状維持の計算と小心な回避に裏付けられている。それがゆえに、一つの現在、ステイタス・クオゥとなったカオスは、何が生起するか解らない「間」や皮膜ではない、乾ききって不毛な、それ故に安全なレジームなのだ。

いかなる数をも数えず、「いくつか」と大雑把につかんで見せる、その鷹揚な振る舞いの裡で、一を回避し、奇跡を呼ばない、「ただ」「ただ」「ただ」という白痴の断言は生存を保証している。

∴

「複式夢幻能」と相前後して成立した、我が国に、そして中世に独特な形式としての枯山水庭園の原型であるとされている西芳寺の庭も、「複式」の構造をもっている。云うまでもなく西芳寺は、天龍寺の開山、夢窓疎石の創建である。

上下二段に分かれた庭は、上部がいわゆる枯山水の形式を採り、下段が池泉回遊式をとっている。「苔寺」という命名は、下段の庭に由来する。歴史家たちは、下段の池泉式庭園は夢窓の手になるものではなく、西芳寺の前身、穢土寺の頃に築かれたと説明している。

訪れる者はまず、木漏れ日の中で、艶めかしく表情を変える苔に包まれた膨らみと、その膨らみに抱かれた明るい水面を眺める。静寂と清しさの中で、池泉回遊式庭園が、極楽浄土の有り様を現出しようとする企図により生まれた形式であることを訪れた者は思いだす。

だが、その落ち着きと湿った手触りに満ちた浄土の彼方、上の庭園にあるのは、荒涼と乾ききった、生命の影を排斥した岩と石が連なる風景である。

枯山水が、墓そのもの、墓の庭園化であり、墓のコスモロジィにほかならないことを、私は以前に論じた事がある。

六十五歳の夢窓が、西芳寺の庭園を築いた時、念頭においていたとされる公案の一つは、『碧巌録』第十八話の南陽忠国師と唐の代宗との対話だったと云う。

南陽忠国師は六祖慧能の弟子。深山の断崖で座禅三昧の生活を四十年余り一人で過ごしたが、唐の七代皇帝粛宗に強いられて国師として長安に呼びだされ、二十年の時を過ごした。

夢窓は、隠遁生活への志を時の権力との関与により断たれた忠国師の姿に、北条氏に招請され、後醍醐帝、足利尊氏の帰依を受けた自らの姿を重ね、果たされなかった求道への願いを込めたものと柳田聖山氏は解釈している。

『碧巌録』の公案はこのようなものだ。粛宗の死後、後嗣となった代宗は、年老いた忠国師に何か望みはないかと尋ねた。師は、自分の死後に無縫塔を建立してくれと語る。無縫塔とは何か、と重ねて尋ねる代宗に師は応えず、耽源山に隠れ棲んでいる弟子に聴けと云う。

忠国師の死後、代宗は使者を派して、師の真意を問い質す。漸く出会った弟子は、使者の質問に答えず、ただ偈を唱えるだけだった。

湘之南、潭之北、
黄金充つる一国有り
無影樹の下、一隻の合同船はあれども
瑠璃殿の何処にも知る人ぞ無き
（『碧巌録』第十八則）

禅の公案や偈を生分かりに解釈して見せるほど愚劣なことはあるまい。ただ言葉だけをみれば、湘の南、潭の北で示されるのは古来、支那で神仙が住むとされた場所、黄金の国は黄泉、無影樹は黄泉に立ち並ぶ、自ら輝く故に影をもたない樹木、合同船は、生きる者総てが乗り合わせる巨大な船である。つまり浄土の光景を歌ったものだろうか。瑠璃殿とは、忠国師が引き止められていた王宮のこととする説もあるが、むしろ総てが輝く黄金の国の、透き通った空虚を示しているようにも思われる。

夢窓は、西芳寺の庭に、湘南亭、潭北亭、瑠璃殿、合同船といったこの偈から得た題材を盛り込んでいる。夢窓は、下段の池泉回遊式庭園全体を、無縫塔と呼んだ。

無縫塔は、元来釈迦の遺骨を納める舎利塔を意味する。

舎利塔の、仏舎利を容れる器は、合わせ目のない、つまり一個の岩や一本の太木から削り出した器でなければならなかった。そこから無縫と云う言い回しが生まれたのであろう。

だが、夢窓が浄土のあり様を写したとされる回遊式庭園を、無縫塔として示したのは、そこに釈迦の存在、その宝蔵を語りたかったためではあるまい。むしろ無縫と云う言い回しに拘ったのではないか。

縫い目もなく、裂け目も解《ほつ》れもなく、一時に何者かの胎内から生まれてきたように一体であり、一つであるもの。そのような「一」として庭園を示すことが、夢窓には肝要だったのである。

見凝らす限りの視野に植え込まれ、様々に自生した樹木、草、羊歯、隈無く地表を柔らかく覆う苔、陽差し、静寂、空気、岩、足音といった総てが一として浄土をなしている事。これら総てが、人工の、細工を凝らした趣向でありながら、全体としては縫い目がなく、産みだされたように、そのままである事。完全な水々しい皮膜に裂け目なく地表が、大地が被われている。

庭園が一である事は、必ずしも、庭園の、浄土の再現としての現れが完全であることを意味している訳ではない。

その制作の工夫が、いかなる破綻や露呈もなく、無欠のヴィジョンを形作り、体験を提供するという自負でもあるまい。

庭を構成している各々の要素は、一つ、一つの細工、結構に於いて、いかなる意味でもその独立、あるいは個々としての存在を侵され、溶け合わせられることはない。紅葉の葉は年毎に生え、色を変え、落ちて朽ちるが、岩はその移り変わりを見ているだけである。

無論、高度かつ細心な制作の意識が、これらの要素を何らかの中心に差し向けている事は確かだろう。

だがそのような演出によって庭は、縫い目なきものになるわけではない。ある一つの焦点によって「一」として統合されるわけではない。

むしろ、あらゆる破綻や、個々の無秩序な誕生や死滅を包含する認識と、そのようにしか生きえないという覚悟が、「一」を生み出している。

その「一」なるものを生みだす試みが、政治である事は云うまでもない。

南陽忠国師の公案に事よせて庭園を作った夢窓は、政治を疎んじたのか。

私はここで、南北朝以来、大灯国師などとの比較において繰り返されてきた、権力主義者と云う夢窓批判を改めて検討しようとしている訳ではない。

夢窓は尊氏の委嘱を受けて、天龍寺を創建した。大灯は既成寺院を嫌って、鴨川の河原の、餓死者の屍の中に身を隠して、皇室に召し出された。夢窓には、夢窓の政治があり、大灯には大灯の政治があって、夢窓は夢窓が作るべきものを作り、大灯は大灯の作るべきものを作ったにすぎまい。ただ、作るべきものの形が違っただけである。

将軍の権力を「利用」したからといって夢窓を売僧《まいす》呼ばわりするのは、禅や信仰に対する子供じみた思い込みにすぎない。夢窓は確かに、将軍の「力」を借りただろう、だが大灯もまた、盗賊や婆娑羅の「力」を借りたのではないか。人は夢窓が、金襴の袈裟を着たと批判する、だが大灯もまた死臭の滲んだ衣を被っていた。いずれにしろ人はついに、肉という衣からは逃れられない。

或いは、人里から離れて、山間に棲んでも、人は何かを作る営みつまり、寝場所を作り、座る場所を作り、そして心に何かの響きを、歌を作り、たとえ誰一人伝える者がなくても偈を作ることから逃れられない。

そして作ることにおいて、人は岩や雨や太陽や草木の「力」を借りざるを得ない。そこに西芳寺と、違いがあるのか。

さらに云えば、街を逃れる事に何ほどの意味があるのだろうか。深い谷に隠れて、あらゆる人との交わりから逃れたつもりでも、自分という他人からはついに逃れられない。人から逃れたとしても、座っている自分の周りには夥しい事物があるではないか。ついに私たちは真空に存する事を許されないのである。

「人」はついに「仮面」であり、物が実体であるというのも、浅薄な思い込みである。足元の小石を一つ凝視しただけで、それは正体というようなものを見せはしないし、持たない、油断ならない相手であることが分かるだろう。物に実体などというものは存在しないという結論に、原子物理学は漸く到達したと聞くが、その結論は私達の一瞥に含まれていた。

故に人の力を借りてでも、物の力を借りてでも、ついに生きていくことは、何かを作ることに他ならない。

制作を意識した時に、人は膨大な人や物に囲まれている自分をみつけ出すだろう。あるいは自分の心の広大さと索漠さに直面するだろう。実体などない事に茫然とするだろう。制作を試みる者が、出会うこのような何ものかを、一まずカオス、混沌と呼ぶことにしよう。

無論、カオスと名前をつけた時から、既に制作は始まっている。

そして、制作のために、このカオスを案配し、支配を試み、あるいは妥協し、逃避し、思いだし、忘却することが、政治なのだ。

人と人の間に働く力を、凝視するのが政治なのではない。国土もなく、山野もなく、風も雨もない所で政治がありうるだろうか。それらの総体としてのカオスを、ある制作のために動かして行くこと——それが国だろうと、庭だろうと、一篇の詩だろうと——が、政治の政治たる所以なのである。政治が政治たりうるのは、演劇や絵画などと同様に、すぐれて人間的な領域に見える制作行為が、実はあらゆるもの、カオスとしての世界全体を相手としているということを認識した時だけだ。

西芳寺の庭を制作するにあたって、夢窓が倦んでいたとすれば、それは政治ではあるまい。死者の群れや山中に止まれば、政治から逃れる事が出来るなどとは、夢窓は考えていなかったろう。

もしも政治から逃れ得る場所があるとすれば、それは影の無い老木が生い茂るという浄土しかあるまい。だが、その浄土もまた——経典のイメージであろうと、偈のヴィジョンであろうと——制作されたものである事にこそ、夢窓は倦み疲れていたのである。故に夢窓はむしろ、庭として浄土を作る事を選んだ。意識に観ぜられる浄土に挑む、より完全な、縫い目なき「一」なるものとして。

『江口』が、西行法師にかかわる説話にもとづき、その歌の往還を、その中に包含しているとすれば、西芳寺の庭園も、平安期の池泉回遊式庭園をその内部に含んでいる。そのような視点から見ると、双方ともに、王朝の精華を呑み込んだ、中世の創造になる「複式」の構造をもっていると考えられるかもしれない。

だがにもかかわらず、複式夢幻能と枯山水は異質なものだ。寧ろ、根本的に対立していると云ってもいいかもしれない。

つまり、ここに「一」にかかわる、あるいは政治にかかわる二つの立場と対立が示されているのだ。

『江口』において現出した浄土は、晴れやかに、儚く現前しながら、虚と実が重なり行き違う、「一」をめぐるダイナミズムにのっとって展開され、疑うまでもなく、無縫の皮膜に被われている。

だが、西芳寺の庭園は、無縫であるべき浄土にたいして、外側を、「一」に回収されない物の臨在を示している。その「一」の外側が、上段としての枯山水にほかならない。浄土の亀裂なき完結を嘲笑う、荒廃の、無機質の露呈。

たしかに、謡曲の中にも、枯山水的な作品はある。例えば『石橋』。支那の仏教遺跡を旅する寂昭法師の前に、文殊菩薩の浄土へ繋がると云う細く長い石の橋が現れる。その橋を渡ることの不可能を説いた童子が、後シテとなると、文殊菩薩の乗り物と伝えられる獅子に変じて、石橋の上を戯れ踊り狂う。

浄土の手前でたてがみを振り、尾を掲げて舞う獅子の姿にも、ニヒルな哄笑が、救いを求め、存在の意義を求め、至高のなにものかを求めることへの、あるいはそのようなものに衝き動かされて試みられる隠遁から寺院創建までにいたる制作全体に対する、大いなる笑いが窺える。

だが、そのニヒリズムにもかかわらず、『石橋』は、あの一つとしての浄土を、その色合いが異なっているとしても形作っているのだ。

『石橋』は、現在では殆どの場合前シテの部分を省いて、後シテの、獅子の舞の場面だけが演じられている。

同様に、枯山水形式の庭園は、西芳寺のように池泉回遊式庭園を伴わずに造営されている。このような省略は、それぞれの表現がより本質的な部分のみを残していく、一種の発展において必然的に起こったものだろうが、それはまた同時に、能と作庭の双方に元来はあった制作にかかわる姿勢、政治的な意識を隠蔽するという働きをもしてしまっている。獅子の舞が、浄土のある一つのイメージであるのに対して、枯山水は作られるものの外側であり、「一」に対して常に余り、はみ出し、制作の不能と不可能を注視している。

重要なことは、にもかかわらず枯山水も、制作されるという事である。枯山水の石組は、制作され得ぬものの制作を目指している。人がついに制作から、そのための政治から逃れ得ないとすれば、制作されぬもの、制作の「一」から逃れさり、余るものは、有りえないのか。それが制作である限り、それは実は余剰でも、脱出路でもない。そこに差異がありうるとすれば、制作における政治のみが照らし出し得る。あからさまな体制や価値の建設を避けて、華やかな劇として歴史を描くことを回避する、むしろ無機質な、同じき物の連鎖、回帰として世界を眺め、いかなる事件や災害も割れ目を生じないような、人工を衒わない、自然を装った政治への意志が。

小林秀雄は、政治を、「精神」のない「巨獣」と表現したことがある。

政治とは巨獣を飼ひならす術だ。それ以上のものではあり得ない。理想國は空想に過ぎない。巨獣には一とかけらの精神もないといふ明察だけが、有效な飼ひ方を教へる。この點で一歩でも譲れば、食はれて了ふであらう、と。

（『考へるヒント』）

∴

小林の言葉は、明快だ。だが人は容易に、「精神」のない「巨獣」の姿を思い描けるものではない。政治学者たちが説く、リアル・ポリティクスとは何か。理念を排して政治を、利害と利害、欲望と欲望の対立と見るような構図は分かり易いが、利害というのはいかなるものか、欲望とはいかなるものか、自分の存念すら人は明確に把握し得るものではない。人間の欲望は、何を求めるのか。その対象として、金銭や、地位を挙げる事は出来る。だが、また金銭や、地位に伴う権限と名誉も、何がしかの対象を得るために用いられる過程にすぎない。次々に経巡る欲望の連鎖の中で、唯一あきらかになるのは、人の想念は、その周りを囲む事物と同じく数限りなく際限がないということである。

事物の存する限りどのような破壊も人はなすことが出来るし、どのような欲望も抱くことが出来る。

これらはなほし小事《せうじ》なり。今年石川河原に陣を取つて、近辺を管領《くわんりやう》せし後は、諸寺・諸社の所領、一所も本主に充《あ》て付けず、ことさら天王寺の常燈料所《じやうとうれいしよ》の庄を押さへて知行せしかば、七百年よりこのかた一時《いちじ》もさらに絶えざる仏法常住の燈《ともしび》も、威光と共に消えはてぬ。またいかなる極悪《ごくあく》の者か言ひ出だしけん、「この辺の塔の九輪《くりん》は大略赤銅《たいりやくしやくどう》にてあると覚ゆる。あはれ、これを以つて鑵子《くわんす》に鋳《い》たらんに、いかによからんずらん」と申しけるを、越後守聞きてげにもと思ひければ、九輪の宝形《ほうぎやう》一つおろして、鑵子にぞ鋳させたりける。げにも人の言ひしに違《たが》はず、膚《はだへ》くぼみ無くして磨《みが》くに光冷々たり。芳甘《はうかん》を酌《く》みてたつる時、建渓《けんけい》の風味こまやかなり。東坡《とうば》先生が人間第一の水とほめたりしも、この中よりや出でたりけん。上《かみ》の好むところに下《しも》かならず従ふ習ひなれば、相集まる諸国の武士ども、これを聞き伝へて、われ劣らじと塔の九輪を下ろして、鑵子を鋳させけるあひだ、和泉・河内の間、数《す》百箇所の塔婆《たふば》ども一基《き》もさらにすぐなるは無く、あるいは九輪を下ろされ、ます形《がた》ばかりあるも有り。あるいは真柱《しんばしら》を切られて、九層《きうそう》ばかり残るも有り。二仏の並座《へいざ》は瓔珞《やうらく》を暁の風に漂《ただよ》はせ、五智の如来は烏瑟《うしつ》を夜の雨に潤《うるほ》せり。ただ守屋《もりや》の逆臣《げきしん》ふたたびこの世に生れて、仏法を亡ぼさんとするにやと、あやしき程にぞ見えたりける。

（『太平記』）

『太平記』巻第二十六で、四条縄手に楠木正行軍を破った、高師直、師泰は、そのまま軍を吉野に向かわせる。途中河内に軍を止めた高兄弟は、由緒ある社寺の所領を奪っただけではなく、茶道楽のために、伽藍や塔の頂にある九輪を奪って鑵子に鋳直させた。

平重衡から織田信長まで、寺社を敵に回し、あるいはその堂や仏を火にかけた者は数知れないが、それはいずれも生きるか死ぬかにかかわる戦いの上での事だった。だが高兄弟は、全く恣意的に、気持ちの向くまま寺院を凌辱し、破壊して何の痛痒も感じていない。まさしく南北朝という混沌を生きるに相応しい、強靭で旺盛な精神がそこにあらわれている。

カオスは人間を解き放ち、天真爛漫な冒瀆と恣意を許す。カオスの中の振る舞いにおいて、人は神であり神は人であるような、化身の、建設と破壊が「一」つの行為の中で顕現し、歴史の制作を図る政治が輝きだすのだ。

小林は、政治における精神の不在を云った。

だが、むしろ、「制作」が、精神に先んじているのではないか。

心中の「瑠璃殿」は、あらゆる権威や敬虔な怖れの裡に守られてきたものを、狂気や興奮ではなく陽気な戯れの裡に打ち壊した、その残骸から建てられる。

だが、大いなる敗戦の後のカオスからは、このような破壊は、意志の面影は、片鱗も湧き出なかった。天地を彩るような憎悪も現れることがなく、茸のように無害な信仰が、焼け跡をなだらかに覆った。

「極悪」の者、悪という怖れすら知らない破天荒な強者を、坂口安吾の作品はその面影も見せていない。「悪」と言っても、せいぜい、自分の妻に、誰かの二号になれと迫る『金銭無情』の哲学者ぐらいである。

安吾の意志が貧相であり、滑稽であるのは、それが悪ではなく、むしろ現在を、つまり破綻の持続として秩序を維持し生き続けるための道徳であるからだ。安吾は戦後を、ただ焼跡だけでなくその日常の回復までも含めて、維持として、生存の継続として、構成しているからである。

三島由紀夫にもまた、安吾とは別の貧相さが強いられていた。その貧しさは、見事とし か云いようのない、三島の短編小説において、最も顕著にあらわれている。七つの橋を渡り切るまで口をきかなければ願い事が叶うという花柳界の信仰を奉じて、月の夜を歩く四人の女たちが、一人、二人と、腹痛で歩けなくなったり、知己に声をかけられたりで脱落していき、最後の橋を置屋の娘と女中が二人で渡る。

……このとき、満佐子は男の聲に呼びかけられて、身の凍る思ひがした。パトロールの警官が立つてゐる。若い警官で、頰が緊張して、聲が上ずつてゐる。

「何をしてゐるんです。今時分、こんなところで」

満佐子は今口をきいてはおしまひだと思ふので、答へることができない。しかし警官の矢繼早の質問の調子と、上ずつた聲音で、咄嗟に満佐子の納得の行つたことは、深夜の橋畔で拜んでゐる若い女を、投身自殺とまちがへたらしいのである。

満佐子は答へることができない。そしてこの場合、みなが満佐子に代つて答へるべきだといふことを、みなに知らせてやらなければならない。氣の利かないにも程がある。満佐子はみなのワンピースの裾を引張つて、しきりに注意を喚起した。

みながいかに氣が利かなくても、それに氣のつかぬ筈はないのであるが、みなも頑なに口をつぐみつづけてゐるのを見た満佐子は、最初の言ひつけを守るつもりなのか、それとも自分の願ひ事を守るつもりなのか、みなが口をきかない決意を固めてゐるのを覺つて呆然とした。


（「橋づくし」）

確かに巧く出来ている。花柳界に住む女たちの、立場や年齢の違いによる意識の色合いを、空腹や踊りの役といったディテールによって浮き上がらせ、銘々の願いの濃さと切迫を、願かけが成就するかというサスペンスの中で示す趣向は、手堅く鮮やかで、三島の筆は、自由自在に女性たちの意識の中に立ち入り、効果的なアクシデントを配置して間然する所がない。故にまったく退屈だ。

安吾は、このようなどうでもいい作品を、その生涯に一度も書こうとしなかった。いかにヒロポンが脳髄を駆け巡り、心臓がただ救心の力だけによって脈打っているような時でも、安吾は手練の技、年来の技巧といったものに頼ろうとはせず、ますます愚にもつかず、無意味で面白くもなんともないものを書こうとした。

このような性向は、深く考えられた、しかし安吾の文筆生活においてごく初期から準備されていた、道徳に由来している。

世界平和のためではなく、競輪のイカサマのためにこそアンガージュすること。

ファルスとは、最も微妙に、この人間の「観念」の中に踊りを踊る妖精である。現実としての空想の——ここまでは紛れもなく現実であるが、ここから先へ一歩を踏み外せば本当の「意味無し《ナンセンス》」になるという。かような、喜びや悲しみや歎きや夢や嚔《くさめ》やムニャムニャや、あらゆる物の混沌の、およそ有ゆる物の矛盾の、それらすべての最頂点《パラロキシミテ》において、羽目を外して乱痴気騒ぎを演ずるところの愛すべき怪物が、愛すべき王様が、すなわち紛れもなくファルスである。知り得ると知り得ないとを問わず、人間能力の可能の世界において、およそ有ゆる翼を拡げきって空騒ぎをやらかしてやろうという、人間それ自身の儚なさのように、これもまた儚ない代物には違いないが、しかりといえども、人間それ自身が現実である限りは、決して現実から羽目を外していないところの、このトンチンカンの頂点がファルスである。もう一歩踏み外せば本当に羽目を外して「意味無し」へ墜落してしまう代物であるが、もちろんこの羽目の外し加減は文学の「精神」の問題であって、紙一枚の差であっても、その差は、質的に、差のはなはだしいものである。(「FARCE に就て」)

現実再現のメディアとしての言葉でなく、写実や説明の道具でもない、その「絶対的な領域」にある言葉の芸術と云う象徴主義的な意識を、マラルメ的潔癖ではなく、チャンバラ仕立ての勢いで追い詰めていくことは、矢張りある種の探究なのだった。制作への意志が絶滅させられる地点において最高度の制作を行うという意志は、アプリオリに破れかぶれの装いを持たなければならなかった。厄介きわまる文脈だの意味だのといった、しがらみを洗い流し、手を切るためには笑いが必要なのだった。哄笑はもう叶わないとしても、失笑のための時間はあった。嵐にはなれなくとも、禿頭から鬘を拉致し去る突風なら吹かす事が出来るはずだった。

ファルスという、「絶対」の言葉による枯山水を坂口安吾が試みたのだとすれば、三島由紀夫は劇的な形式を終生追求した。これはあまねき誤解なのだが、古典的とも云われる、秩序形式の整った作品は、けして理知的な世界支配、論理的な制作への意志のみによって組み立てられているものではない。正反対に、理知や論理によって構成されている現実を踏み破り、その向こう側にある何物かに触れるためにこそ、合理的手腕は尽くされる。だが、その何物かは、計算では辿りつけないがゆえに三島由紀夫は、ただただ巧みなだけの作品を書き残さなければならなかったのである。それらの「成功」は、三島がデーモンに、カオスに捧げた供物だった。

にもかかわらず、時に、それは、三島の作品に影をさした。

公園を徘徊して、吸い殻を集める老婆。若い詩人は老婆と対話をしている裡に、八十年前の恋に身を灼かれ、悪趣味なハイカラ舞踏会のただ中で雷に撃たれる。

詩人　きいて下さい、何時間かのちに、いや、何分かのちに、この世にありえないやうな一瞬間が來る。そのとき、眞夜中にお天道さまがかがやきだす。大きな船が帆にいつぱい風をはらんで、街のまんなかへ上つて來る。僕は子供のころ、どういふものか、よくそんな夢を見たことがあるんです。大きな帆船が庭の中へ入つて來る。庭樹が海のやうにざわめき出す。帆桁には小鳥たちがいつぱいとまる。……僕は夢の中でかう思つた、うれしくて、心臓が今とまりさうだ……　（「卒塔婆小町」）

この待たれている「一瞬間」は、老婆の「ありえないことなんか、ありえません」という論理によって打ち破られるかに見える。しかし取り逃がされた奇跡は、挫折によってこそ聖別され、失寵した聖人は、追放のためにこそ人間たちの外側から臨在しているのだ。神の啓示を受けて少年十字軍の一員として出発しながら、欺かれて奴隷として売り払われ、神の助けを待ち望みながらいかなる救いも訪れぬまま、はるか日本にまで流れてきたフランス人は、ありえない光景として、そのままの夕日を眺めている。

安里は自分がいつ信仰を失つたか、思ひ出すことができない。ただ、今もありありと思ひ出すのは、いくら祈つても分れなかつた夕映えの海の不思議である。奇蹟の幻影より一層不可解なその事實。何のふしぎもなく、基督の幻をうけ入れた少年の心が、決して分れようとしない夕燒の海に直面したときのあの不思議……。

安里は遠い稲村ヶ崎の海の一線を見る。信仰を失つた安里は、今はその海が二つに割れることなどを信じない。しかし今も解《げ》せない神祕は、あのときの思ひも及ばぬ挫折、たうとう分れなかつた海の眞紅《しんく》の煌めきにひそんでゐる。

おそらく安里の一生にとつて、海がもし二つに分れるならば、それはあの一瞬を措いてはなかつたのだ。さうした一瞬にあつてさへ、海が夕燒に燃えたまま默々とひろがつてゐたあの不思議……。

（「海と夕燒」）

短編や戯曲の構築は、形式や秩序への意志によってなされるのではなく、むしろ制作がついに直面する、奇跡が現出すると同時に露呈する混沌によって完成される。

建設と混沌の相克は、云うまでもなく、三島が私淑したフランス古典主義悲劇のテーマであると同時に、処女作以来たびたび取り上げた南北朝期において繰り返されたドラマでもあった。

そのドラマの最高潮に、足利義満の存在が谺している。

足利義満は、日本国王を名乗った唯一の人物である。

その名乗りは、明国との交渉の中で企まれたものだったが、義満は明国の使者たちを奴にして自らの輿を担がせた。

義満は、支那天竺に於いても、誰一人建てなかった七重塔を三度建てた。応永六年に相国寺に建てた最初の七重塔が焼けた後に、天罰を語る周囲を顧慮せずに再建し、その塔が再び焼けると又建てた。義満は、自らの正室の母親を妾にして子供を儲けた。

さらに南北朝の合同を実現し、征夷大将軍と内大臣を兼ね、武士、公家双方の最高位を極めた。

その精神は、高兄弟と同様の、自らの意志と欲望以外の何物も認めない完全な恣意であり、その遊戯の混沌のただ中に、誰一人構想すらしなかった高層の塔を建て、絶対的な権力を作り上げたのである。

足利義満が、世阿弥を寵愛したこと、その庇護が能演劇を繁栄と洗練に導いたことは、改めて指摘するまでもないだろう。

又曰く大和猿樂兒童、去る頃より大樹寵愛、同席して器を傳ふ。斯くの如き散樂は、乞食の所行なり。而して賞翫近侍するの條、世以て傾奇の由。財産を出し賜はり、物を此の兒に與ふるの人、大樹の所存の叶ふ、因つて大名競つて賞を賜ふ。（『公忠公記』）

「大和猿樂兒童」が、世阿弥である事は云うまでもない。世阿弥の精神が、大樹義満の意を迎えるために、大名公家らが財貨を降るように贈るポトラッチの許で育まれた事、そのような事物の豊饒かつ無意味な蕩尽こそが、「複式夢幻能」の母体である事は、何を意味しているのか。

それは義満の劇としての能は、義満の政治と区別し得ない、同一の事件であるという事である。

義満の政治と能は同じものであり、その混沌とあらゆる価値の転倒という虚無の中で、建設としての政治が強力であったことと、能が未だに私たちの目の前に奇跡を起こし得るということは、同一の事態なのだ。ラシーヌの悲劇とモリエールの喜劇が、ルイ十四世の政治そのものであるのと同様に、「複式夢幻能」は義満の政治自体である。観阿弥が、娼婦を普賢菩薩にしたように、義満は戦乱の瓦礫のただ中に七重塔を建て、地上に「黄金の充つる一国」を作りだした。ありとあらゆる想念の恣意を、そのまま実現することによって、義満は現世が彼岸であり、娑婆がそのまま涅槃たりうる事を示したのである。夢と現実を寸分なく一致させる至高の権力が、「複式夢幻能」の政治学にほかならない。そこには確かに、小林秀雄の云うように「精神」はあるまい。義満の政治では物と心を分かつ淵が乗り越えられているのだから。

ゆえにそれは虚無であるとも言える。すべての夢が現実であるように、総ての現実は夢にほかならないのだから。だが、この虚無は、何と豪華で、血腥く、豊饒なのだろうか。『中世』以下、足利時代にかかわるニヒリズムの物語を何度も書き、『近代能楽集』を書いた三島の虚無は、瓶子の中の空ほどの容量しかなかった。

私はさつき、死に直面する行動がニヒリズムを養成するといふことを言つた。陽明學の時代にはニヒリズムといふ言葉はなかつたから、それは大鹽平八郎（中齋）の中齋學派がとりわけ强調した「歸太虚」の説の中に表はれてゐる。「歸太虚」とは太虚に歸するの意であるが、大鹽は太虚といふものこそ萬物創造の源であり、また善と惡とを良知によつて辨別し得る最後のものであり、ここに至つて人々の行動は生死を超越した正義そのものに歸着すると主張した。彼は一つの譬喩を持ち出して、たとへば壺が毀されると壺を滿たしてゐた空虛はそのまま太虛に歸するやうなものである、といつた。壺を人間の肉體とすれば、壺の中の空虛、すなはち肉體に包まれた思想がもし良知に至つて眞の太虛に達してゐるならば、その壺すなはち肉體が毀されようと、瞬間にして永遠に遍在する太虛に歸することができるのである。

（『革命哲學としての陽明學』）

だが三島は、その「政治」において、「革命」のための「行動」において、「太虛」なるものを信じていたのだろうか。無論三島由紀夫は、みずからの身中に、把みきれない「虛」を感じていただろう。

三島由紀夫の生活。それは、総べての時間にそうした上機嫌な仕上げが施されている生活なのだ。日本では真実指折りの、イヴニング・ドレスの似合う夫人。街と工場と海が見えて、ロイド眼鏡のように対になった二つの丸い三階の部屋。時間厳守。ビフテキ。それからボディビル・センターで彼の胸に繁る汗の玉。胸毛が程良く誰にも見えるように割れているポロシャツ。電話口での流暢な英語。ナルヒト親王と同じクラスの愛嬢。そして、時々投げ込まれる精神異常者のファン・レター……。こんな完璧な世界があるだろうか。

（堂本正樹『三島由紀夫の演劇』）

だがこの空虚が、「萬物創造の源」であるとは、到底思えなかったのではないか。三島由紀夫が信じていたのは、劇だけ、自らが劇をなし得るという、確信だけだった。

三島由紀夫が、自衛隊駐屯地で行った、最後の政治が、同時に三島由紀夫の劇の完結であることは改めて云うまでもないだろう。その事件が常に、懐疑や猜疑を引き起こすのは、私たちが劇と政治を、つまり「人」と「仮面」を分かたなければ気がすまないからだ。三島由紀夫が、その政治において真剣であり、真実であったことは疑いのないことである。政治としても、劇としても。「何という名優として私は死ぬことか！」

この瞬間に芸術と現実を一致させたこの小暴君は、何と小心翼々としていることだろうか。そのカラクリ細工のような短編小説と同じく。

坂口安吾は「破滅型」だと云われる。だが、その破滅とは一体何なのか。いかなる破れ目を彼は露呈しているか。「やぶれかぶれ」を口にすることは、むしろあらゆる衝動を先取りし、予測していることを意味するのではないか。

一切建設しようとしない事は、何一つ整理され片付けられていない部屋が、いかなる混乱も起こりようがないという意味で清潔なのと同様に、完全な建築なのである。

しかしながら、芭蕉の庭を現実的には作り得ないという諦らめ、人工の限度に対する絶望から、家だの庭だの調度だのというものには全然顧慮しない、という生活態度は、特に日本の実質的な精神生活者には愛用されたのである。大雅堂は画室を持たなかったし、良寛には寺すらも必要ではなかった。とはいえ、彼等は貧困に甘んじることをもって生活の本領としたのではない。むしろ、彼等は、その精神において、余りにも欲が深すぎ、豪奢でありすぎ、貴族的でありすぎたのだ。すなわち、画室や寺が彼等に無意味なのではなく、その絶対のものが有り得ないという立場から、中途半端を排撃し、無きに如かざるの清潔を選んだのだ。（「日本文化私観」）

安吾の「実質的」を卑怯と云う事は出来ないだろうが、その「実質的」とは何の謂か尋ねてみる必要があるだろう。それは伏見神社脇の素人下宿のように「実質的」なのか、それとも混沌をそのまま混沌として秩序化し、体制化する政治において実質的なのか。

実質が語られる時には、すでに効率にかかわる現実が措定され、信じ込まれている。その現実は、おそらく、虚と現実が交錯し時に交替するような「現実」ではなく、はじめから、たかの括られた、沈潜や隠遁といった身振りの中で計測されているような歴史なき現実なのである。

だが、ここで留意しなければならないのは、このような「現実」との関係、制作の意志の隠蔽は、近代日本の政治、むしろ顕在的な政治の不在と緊密に結びついている。和辻哲郎は、なぜ近代日本は、独自の演劇をもつことが出来ず、旧時代の継承に甘んじなければならなかったのかと問いかけた(『日本精神史研究』「歌舞伎劇についての一考察」)。明治以降の日本の演劇が輸入と伝承に終始して、独自の形式を発明できなかったのかという問いは、そのまま近代日本における政治の不在、政治的建設の不在と、並行する、同一の問題であることは間違いないだろう。

河竹黙阿弥と同世代の元勲たちが去った後に、あからさまな建設を標榜する政治家が消滅したわけではないとしても、彼らは劇を、歴史を制作することは出来なかった。この事は近代日本という時代を考える上で極めて重要な問題であると同時に、生涯戯曲を書き続けた三島由紀夫が、その不毛と直面していたことを語っている。

近代日本を統治してきたのは、むしろ自然と無作為を装った政治手法であり、その現状維持とアプリオリな割り切りは、小説作品の「現実」と踵を接している。近代日本文学の主要ジャンルが小説であり、戯曲ではないことと、今日にいたる政治風土の問題は、密接な関係をもっている。

いずれにしろ坂口安吾が、近代の、特に戦後において明らかになった非「劇的」な、夢窓疎石的政治を、散文において露にしてきたことは間違いない。

私が思い出すのはくだらないことばかりで、ラモーが肥だめに落ちて(朝の散歩に檀家の自転車を借りラモーを連れて私は石神井公園を一周するならわしであった）溺れそうになったのを、必死になってひきあげたが、私もラモーも糞まみれになって大声をあげて泣き出したい気持で檀家へ帰って来たこと。「三文ファウスト」を読めば、ああ、そういう心境であったかと思いあたるのだが、トッピだと思われるほど突然に睡眠薬を飲んで、たちまち狂気になり、ライスカレーを百人まえ注文にやらされたこと、などである。

檀家の庭の芝生にアグラをかいて、坂口はまっさきに食べ始めた。私も、檀さんたちも芝生でライスカレーを食べながら、あとから、あとから運ばれて来るライスカレーが縁側にズラリと並んで行くのを眺めていた。

（坂口三千代『クラクラ日記』）

安吾を考える場合に、見逃してならないのは、その狂気は、自ら巧んだものであるということだ。無論このような行為が、演技であるということではない。だが安吾は、こうした振る舞いを真剣に行うために、睡眠薬を飲み、ヒロポンを打つという作為をした。三島由紀夫の計算にたいする、安吾の狂気。しかし睡眠薬中毒もまた、ある種の制作行為なのだ。自らの意志で理性を失い、計数を脱して、何ものかの本然に従い、みずからを天来の無縫者として示す事。けして「一」に帰着しない、「いくつか」であり続けること。にもかかわらず、人は、政治は、「制作」を逃れることができない。

縁側に並ぶ「ライスカレー」は、何と見事な、枯山水を現出していることだろうか。

いつでもいく娼婦、または川端康成の散文について

ジャクージという風呂があって、その半ばに割った卵の殻のような湯船に身体を滑り込ませようとする。

それは無人のプールの傍らにあって、外気とは別乾坤となったドームの、くぐもった湿気と反響を欠いた聴覚が齎す眩暈《めま》いに取り巻かれている。

身を沈めると、途端に膨大な泡が四方から噴き出して来て、身体が震え出し、何ともつかない唯全体としか呼び様のない全てが揺り動かされる。振動の中では、肉も震えであり、思考も震えであり、感情も震えにすぎない。

ガラスの外側には、曇天が広がっており、その下に自動車を運転したり、机に向ったり、大きな荷物を台車で運んでいったりする人々の姿が見えた。意味もなく軽蔑という言葉が浮かんでくる。

かすかに陽光が降って来て、金色の反映を、泡の、押し合い止まり破れる表面に拡げていく。自分自身がシャンパンとなり細く薄く澄明なガラスの壁に沿って昇って行く。泡が魂となる。あるいははじめから魂も泡なのか。

湯船の縁には、「RELAX」と、大きなクローム・メッキの文字が埋め込まれている。

丸く、きらきらとした無数の、ただ昇っていく、死でもなく生でもなく、夢でもなければ、現実でもない、無数の小さな泡として、すべてが終わったと云う安心と虚無。

∴

川端康成の名前は、ノーベル賞受賞に際しての講演「美しい日本の私」などを引き合いに出されながら、日本を美的な対象、あるいはイメージにおいて扱う者の代表として挙げられている。その当否は別として、そこで想起されているであろう川端の言説を実際に読んで見ると、戸惑うほど文脈を取りにくい。例えば明恵の「月」の歌について川端はこう述べている。

いはゆる「月を友とする」よりも月に親しく、月を見る我が月になり、我に見られる月が我になり、自然に沒入、自然と合一してゐます。曉前の暗い禪堂に坐つて思索する僧の「澄める心」の光りを、有明けの月は月自身の光りと思ふだらうといふ風でありす。（「美しい日本の私」）

「あかあかやあかあかあかやあかあかやあかやあかあかあかあかや月」という歌を語った

この文を、かいなでに、いわゆる日本的心情や自然との合一を唱えるロマンティスムの文章として片付けてしまわないで、精確に読もうとすると、ここで何が語られているのか、にわかに理解しがたい。「沒入」とか「合一」と云う前に、ある意味では歌よりも前に、川端の意識は、「月」や「我」という両極を浸食してしまっている。

私も一休の書を二幅所藏してゐます。その一幅は、「佛界入り易く、魔界入り難し。」と一行書きです。私はこの言葉に惹かれますから、自分でもよくこの言葉を揮毫します。意味はいろいろに讀まれ、またむづかしく考へれば限りがないでせうが「佛界入り易し」につづけて「魔界入り難し」と言ひ加へた、その禪の一休が私の胸に來ます。究極は眞・善・美を目ざす藝術家にも「魔界入り難し」の願ひ、恐れの、祈りに通ふ思ひが、表にあらはれ、あるひは裏にひそむのは、運命の必然でありませう。「魔界」なくして「佛界」はありません。そして「魔界」に入る方がむづかしいのです。心弱くてできることではありません。（同上）

このような話を、国際的に価値のあるとされている賞の贈呈式で語る神経とは一体如何なるものだろうか。勿論、エキゾティシズムを誘発するミスティフィカシオンを疑うことは可能だろうが、それにしてもなんと不可思議な——つまり文意だけでなく、そのような場所で「魔界」を語るという意図自体までもが――文章だろう。およそ人に共感というものを期待していない、読む者もそれを持ちようがない文章ではないか。

三島由紀夫は、川端康成を語るのに、まずその来客接待の態度の不思議さを語っている。川端は、来客を拒まず、誰も彼も平気で迎え入れ、といって一人一人応接するでもなく、長居するのに任せていた。

この過度に無頓着な姿勢は、往々にして無自覚な客をして「親切」、あるいは「間口の広さ」と受け取らせ、誰もが自分を川端門下と錯覚させる処世術と考えることは可能だろうし、あるいは大勢の客にとりまかれていたいという心性を見いだし、そこから川端の根深い「孤独」などというものを分析することも可能に違いない。

日常の末端に至るまで、(敢えて云うならば) 古典主義的な、均整と秩序を浸透させようと試みてきた三島には、誰彼と云わず訪問者を迎え入れ、またその膨大な客たちを交通整理することなく居間に雑居させて、好き放題にふるまわせる川端のやり方は、人間的な事物への無関心、あるいは軽蔑の現れと思われた。「川端さんは一体時間が勿体なくないのかしら」という率直な疑問は、川端に対するかなり本質的な問いの筈である。

このような問いを川端の生活姿勢そのものに投げかけることは、けして三島の云う生活にたいする軽蔑、蔑視といった評価によって止まるものではない。「生活蔑視」なるものが川端の生活、あるいは生きることの主調としてあるとしても、それでは川端が執着していたのは一体何だったのか。無頓着な自殺にいたるまで多くの小説を書きつづけた川端に、執着すべき何物もなかったのか。

「美」には執着していたと云うのは簡単だし、あるいは正確でさえあるかもしれないが、しかし川端にとっての「美」が如何なるものなのか、三島の拘泥していた美的なるものとどう違うのか、などと考えてみれば、それはほとんど何も語っていないに等しい。

三島は、川端の「生活蔑視」を、小説に対する基本的な姿勢と通底させ、その文体の不在を指摘している。三島に拠るならば、文体とは作家にとって「世界解釈の意志」にほかならず、そのような意志を川端はまったく持っていない。

たとへば川端さんが名文家であることは正に世評のとほりだが、川端さんがつひに文體を持たぬ小説家であるといふのは、私の意見である。なぜなら小説家における文體とは、世界解釈の意志であり鍵なのである。混沌と不安に對處して、世界を整理し、區劃し、せまい造型の枠内へ持ち込んで來るためには、作家の道具とては文體しかない。

（「永遠の旅人」）

だが、にもかかわらず、川端の作品が、それを「世界」と呼ぶことは出来ないにしても、またそれが無定型な広がりの感覚に貫かれているとしても、登場人物や設定、筋立てなどといった、一定の枠組みを持っており、しばしばその枠組みがある種の完成度を持っていることも否定できない。文体の不在は、生活の蔑視と同様に、川端におけるある欠落を示すとしても、一体、何が何から欠けているのか分からないのだ。とするならば、「世界解釈の意志」を持たない川端の作品を私たちが読み得るのは何故だろうか。

ところで、川端さんの傑作のやうに、完璧であつて、しかも世界解釋の意志を完全に放棄した藝術作品とは、どういふものなのであるか？　それは實に混沌をおそれない。不安をおそれない。しかしそのおそれげのなさは、虚無の前に張られた一條の絹絲のおそれげのなさなのである。ギリシアの彫刻家が、不安と混沌をおそれて大理石に託した造型意志とまさに對蹠的なもの、あの端正な大理石彫刻が全身で抗してゐる恐怖とまさに反對のものである。（同上）

「おそれげのなさ」という形容は、川端康成という人物の風貌なり、逸話なりを念頭に置いた時、説得力を備えている。だがまた、虚無という言い回しを一応は呑み込むとしても、そこに「一條の絹絲」を張っておきたいという意志は何なのだろうか。何に発するのだろうか。

川端のニヒリズムを云々するのは易しい。だが、虚無と何故直面せざるをえなかったのか、あるいはいかなる事象を虚無として川端が対していたのかは、容易には解り難い。中上健次は、川端康成の小説世界に対してきわめて強い拒否を示している。「世界の表層の表層に自分は接触してやっていくんだ、実体など関係ないんだということですよね」という川端評価は、日本を美的イメージとして表象し続けているという、柄谷行人氏らの、川端批判を導くものだろう。

あの鬼火で書いたような美しさみたいなもの、非常に透明というか。じゃあれを好きかというと、うなずけない。僕が求めているのは、詩というのはやはり人に生きよと、おまえはそれで正しいから生きよ、もっと熱くなれ、と言葉自体が語りかけるような言葉のエネルギーがなくちゃ詩じゃないと思うんだ。あの人の文章はすごくきれいなんだけど、エネルギーがある言葉で紡いでいって、きれいなものを出すというんじゃない。何もエネルギーなしに、何のポテンシャルもなしにすっとやっちゃってる。それが詩かというと違う。不思議な文章なんですよ。

（「川端康成の妖と気」中上健次、辻井喬、『国文学』昭和六十二年十二月号）

「言葉のエネルギーがなくちゃ詩じゃない」という中上の発言は、川端の言葉におけるインポテンツを捜し当てているというよりもむしろ中上自身の、その肢体や言動とは裏腹の、弱さ、薄さを輪郭づけている。「生きよ」と云わなければならない、甘さとひ弱さが炙り出されてしまうのは、中上が押したり引いたりしている地平とは別での、川端の勁さであり、ふてぶてしさのためだろう。

「人に生きよ」等と語ることは、川端には想像もつかないことだ。川端はむしろ「生きよ」と言われなくてもこの世があるということが厄介であると呟かざるをえない。それはまた同時に、敗戦後青年たちを死に誘ったとして批判された保田與重郎が、岡倉天心に言寄せて語った「死んでもよい」という気分とも異なったものであろう。

「『眠れる美女』でも、要するにポテンツとインポテンツで言うと、ポテンシャルがないからあんな名作ができるんですよ」と中上は云うが、川端はむしろ射精を恐れないのではないか。射精を無限に引き伸ばし、そのポテンツをあるいは快感を誇示することを川端はしない。『眠れる美女』の、「娘ももう一人おりますでしょう」という結末近くの一句をつかまえて三島は、「エロスの側から人間主義へ投げかけられたもつとも痛烈な一句」と語ったが、軽蔑されているのはむしろポテンツにこだわり、勃起に小心翼々とし、射精を引き伸ばし、そこに快楽を求めようとする、そのような地点で生命を見、力を見る視点にほかなるまい。人間主義とはそんなものだ、と云ってしまえばそれだけの話ではあるけれど。

川端が軽蔑しているのは勃起であり、射精にほかならない。それは川端が射精をしないということではない、射精を恐れないということだ。
今日、川端が一時のように多くの読者を集めず、文学専門家の関心も、「生きよ」と語る中上らに譲っているかに見えるのは、川端の如き強さに、私たちがもはや耐えられず、浅薄な理屈と腕っ節のひけらかしを、強靭さととりちがえることで自身を甘やかしているためだろうか。

単純に言うと魔界というのは別な世界のモデルですよね。つまり、アナザーワールドというか、アウトオブワールドを提示しているわけでしょう。でも川端の場合、世界がないんだから、社会がないんだから、魔界があるはずがない。こんなふうにその時期、その時期に読み解かれて、深読みする人間はこれからもいると思うのですよ。この文章が問題なんですからね。（同上）

川端の云う「魔界」を、「別な世界」とする見方の、浅さは今さら指摘するまでもないだろう。川端の魔界とは、世界というが如きパースペクティブすら成り立たないような身も蓋もない現実であり、そこでは、あらゆる構築が（小説、禁忌、曼陀羅、論理、観念）成り立たない。それは仏も菩薩もいない世界であり、人間にとって、つまり「生きよ」などという言葉を聞きたがる人間にとって、もっとも油断できない敵地であり、誰の味方でもありえない、誰一人救わないような場所であり、散文なのだ。

∴

『いつでもいく娼婦の話』

いつでもいく娼婦がいた。

彼女はいつでも、どんな客とでもいった。

本当にいった。

彼女も巧むことは知っていた。知っていたからこそ、いつでもいかずにはおれなかった。

彼女はいった。いつでもいった。

いくことは彼女の仕事ではなかった。客と寝て、よろこばせることに、本当にいくことは含まれていない。

仲間たちは、そんなことをしていると体がもたないと忠告した。第一、お客たちもよろこんではいない。かえっておびえているほどだ、わからない女だと。

たしかに彼女は人気がなかった。でもおかしな連中からは好まれていた。みな心邪まで、均衡を失った男たちだった。彼女が紳士ではない客をとるというので、さらに仲間たちは彼女を軽蔑し、嫌悪した。

ある時、元締めが彼女を呼んで尋ねた。なぜ、おまえはいつもいかないと気がすまないんだ。それが本当の寝ることだと思っているなら、心得ちがいもはなはだしい。おまえは、自分一人の了見にかかわることだと考えているかもしれないが、そうはいかない。おまえのやっていることは、すべての娼婦への侮蔑だ。

おまえが、ただの淫乱ならばゆるしてやろう。でもおまえは快楽のためにいっているのではない。むしろ、客が得るべき、そして客がおまえに与えたと思いこむことのできる湿った驕りを踏みにじっているだけだ。このままならば、おまえにもう客をとらせるわけにはいかないね。

彼女は小声で弁解をした。私に大袈裟なつもりなどというものはないのです。ただ私は、誰もが待っているそれを、あるいは待っていないにしてもその先にあると知っているそれを通りすぎないではいられないのです、それを越してしまわないと安心できないのです。

その言葉を、元締めは容れなかった。

彼女は元締めに謝り、心を入れ替えると誓ったが、それでもいくことしかできなかった。そのうちに、ふたたび娼婦たちの間で彼女を批判する声が高まってくる前に、彼女は体を壊し、みすぼらしくなって、よほどの物好きでも彼女を買わなくなった。それでも彼女は客がつくといき、いっているうちに死んでしまった。

いつから、いつでもいく娼婦の話を考えるようになったのか、という事から話を始めた方がよいかもしれない。

もう二十年以上も前の事だ。イギィ・ポップというミュージッシャンがいた。その頃の彼のステージは凄惨だった。といって私がそれをまのあたりにしていたわけではない。洋書店に並ぶ音楽雑誌の片隅に、毎号のようにイギィに関する記事が掲載されていた。それは記事というよりは事故記録とでも呼んだ方がいいような代物で、何月何日、イギィはシカゴのステージで大量の出血をして病院に運ばれたとか、デトロイトでは呼吸困難になってステージが中断されたとか、骨折したといった事が細かい字で書いてあった。それを私は息を呑む思いで立ち読みし、光景を思い浮かべていた。

後にヘビィ・メタルの元祖とされるようになる、当時としては飛躍的に重厚で衝動感に満ちていた音の中で身をよじりながら、イギィはいくことばかりを求めていた。一回ごとの演奏の中で、歌い叫ぶことを通して、陶酔を、音との一体感を、唯一無二の実感の向こう側に行こうとするジャンキィのボーカリストは、ただ自分の身体を縦に奥深く掘っていく以外のことができなかった。Search and destroy！ 捜し出して、破壊しろ！

彼が見つけだしたのは、彼だけだった。だからイギィは、精神だの、肉体だのがつまったズダブクロをぶち壊すことにした。マイクスタンドで体中を突き刺し、客席に撒かれたガラス片の上に身を躍らせ、コードで首を吊った。それは自虐ではなかった。ただ彼は、その向こう側にいきたいだけだった。あの、ときたまやってくる充足感などというものをあてにせず、いつもいつも絞りだすように無理やり絶頂を作りだし、その後の味気なさの中に立ち尽した。趣味のよい見世物ではなかった。だが私は見世物ではないそれを、どうしても見てみたかった。野卑な好奇心からばかりでなく。

それと同時期にというか、今も健在のローリング・ストーンズというバンドがある。彼らは、常にクールだった。いくことなど、はじめから念頭になかった。誰にも真似の出来ない、高揚と倦怠が込められてないまぜになった単純なグルーヴ。神話的な不良性と、しぶとさ。彼等のステージは、出来上がったものではないが、いつも完璧で、観客をつねに満足させた。興奮させ、陶酔させた。彼らはクールなままで。

イギィに比べれば、ストーンズはプロフェッショナルだというだけではない。イギィは一人よがりなだけで、ミュージッシャンとしても失格だと言えるかもしれない。いつでもいく娼婦は、娼婦ではない。

だが、こと表現なり何なりという事象を考えた場合に、いくことを除外してしまって、そのような営みが成り立つと考えられるのだろうか。

武智　僕は道八（鶴沢道八）さんに「道八さんの知ってる太夫さんの中で、一番義太夫のうまい人は誰でしたか」と質問したことがあるんです。「それは大隅太夫です」「その次は」「組太夫です」「次は盲目の住さんです」「その次は誰」と聞いたところ、しばらく黙っていて「大掾師匠は、やっぱり偉うございました」で「その次は」といったら返事しないいんですよ、考えちゃって……。僕は五人いわせようと思ったんですがね。それでね「越路さんですか？」とこちらから聞いたら、しばらく考えて、「……いや、次は古靭さんだす。越路太夫は音《おん》がつかえまへんでした」といったんですがね。

三津五郎 偉かったんですね。

武智 音づかいということには、うるそうございましたね。ただ、その時道八さんに、「大隅さんと古靭さんの違いは？」と尋ねたら、即座に「大隅さんには明日がありまへんでした。古靭さんは明日を考えて語ってはります。そこが違います」と答えましたね。

（『芸十夜』坂東三津五郎、武智鉄二）

ここで「明日がない」と語られている大隅太夫は、常に舞台で死ぬと広言し、舞台で落命した伝説的な太夫である。

「明日がない」とは如何なる意味だろうか。翌日の公演に余力を残さず、総ての力を使い尽くしてしまうという事だろうか。死力を振り絞って語り唸る太夫の意識に、明日がないということは、毎日舞台に上がり、撥の音に声を震わせるような日々のくぎり、けじめ、つらなり自体が消えてしまっているということではないか。それは、その場かぎりという一瞬が現れるということではない。むしろ今もなければ明日もない、日々の連なりとは異なった、白々とした連なりに直面してしまうのではないか。舞台で死のうとすることは、死への覚悟から最も遠い。それは生や死といった分別とは異なった連なりのなかで生きてしまうことだ。

このような姿勢が芸であるとしたら、きちんと期待されるようにふるまい、伝え、分析することへの軽蔑にほかなるまい。巧むことから最も遠く。

この辺りの機微は、繁雑なのだが、いくということは、表現者や演者が、ただ自己陶酔とかカタルシスといった何らかの手ごたえを感じるということではない。それは云うならば、個々の所作や節回しといった要素を加算し融合することで出来上がる全体性とは異なった、一体なるものに身を浸すと云う事であり、そのような所作で伝え、語り得るものではない何物かを、つまり人間には「明日」などというものはなく、「今日」すらもないのだということを、問い聞かせるより早く連なりそのものの実在をあきらかにするものだ。

∴

澤野久雄は、祇園に拘わる川端の伝説を記している。

京の祇園で、舞妓を十何人か集めて、お座敷の一方に一列にならばせる。川端さんは、彼女等の一間半ほど手前に正坐して、あの目で舞妓の顔を、姿を、一人ずつ順々にながめてゆく。視線が、彼女等の一人のこらずを充分見きわめると、またもとに戻って、端から順々に目を凝らす。その間、何も言わない。娘たちもだんだん、不気味になって来る。しんとしてしまう。やがて、二時間か三時間かの、重苦しい沈黙が積み重なる。と、川端さんは急に微笑をうかべて、

「ありがとう。御苦労様。」

（「川端康成と女性」『新潮』昭和四十七年六月臨時増刊号）

この光景は、『眠れる美女』での、疑似死体愛好よりも無気味なものであろう。好色家のよく耐えるものではないし、漁色家にも無理だろう。美術の愛好家にも、よくなしうるものではない。娘たちを並べて何を川端は見ていたのか。むしろわざと無個性に、そして心持ち鈍重に作られた処に味のある、殊更に濃厚でいびつな化粧としつらいの底に一体何を凝視していたのか。

おそらく娘たちは、強姦される以上の屈辱感を味わったに違いない。しかし要点はそのような屈辱や苦しみを相手に与えている事に川端が無頓着であることだ。苦しみを喜ぶのでもなく、目を瞑っているのでもない。もっと野太いアパシィのようなもの。

この点で川端康成は、サド・マゾヒズム的な能動と受動の綾を作りあげていく永井荷風や谷崎潤一郎とは遠く隔たっている。川端の視線には、荷風の窃視が秘めている嗜虐の欲求も、谷崎の憧れ、思慕という距離と視角の物語性が織り成す被虐的傾きもない。ただただ冷静な、身も蓋もない肉薄があるだけだ。

その点で、川端の作品が女性の憤激を買うのは当然の事だろう。「女の読み手としての読後の、このいわれない侮蔑と屈辱の感覚は何なのであろう」（三枝和子「川端の傲慢」『恋愛小説の陥穽』）。女性の屈辱や驕りに対して敏感な谷崎、荷風よりも川端が怒りを買わなければならないのは、屈辱といった大袈裟な身振りすらも、川端が気に止めないからである。

それは冷酷と云ってよいかもしれないが、自らの血の冷たさに酔うことのない、平熱の冷酷である。

雛の間は雌雄の分らぬ小鳥がある。小鳥屋はとにかく山から一つの巣の雛をそつくり持つて歸るが、雌と分り次第に捨ててしまふ。鳴かぬ雌は賣れぬのだ。動物を愛するといふことも、やがてはそのすぐれたものを求めるやうになるのは當然であつて、一方にかういふ冷酷が根を張るのを避けがたい。（中略）夫婦となり、親子兄弟となれば、つまらん相手でも、さうたやすく絆は斷ち難く、あきらめて共に暮さねばならない。おまけに人それぞれの我といふやつを持つてゐる。

それよりも、動物の生命や生態をおもちやにして、一つの理想の鑄型を目標と定め、人工的に、畸形的に育ててゐる方が、悲しい純潔であり、神のやうな爽かさがあると思ふのだ。（「禽獣」）

この文章で川端はめずらしく自己を分析しているが、恐ろしいのは「畸形」に「悲しい純潔」を見て、人間性を厭う川端の心ではなく、このような冷酷を「神のやうな爽かさ」と言い切る口吻の、落ち着きだろう。自らの冷酷に興奮を重ねて悦ぶ人間性から程遠い冷淡が、川端の執拗きわまる欲望を裸のままに押し出している。まさしく、「心弱いものにかなふもの」（「美しい日本の私」）ではない。

畏友横光利一の、敗戦後の死に捧げた弔辞の中の高名な一節で川端が語ろうとしたのも、「神の爽かさ」に他なるまい。

横光君

僕は日本の山河を魂として君の後を生きてゆく。

「山河を魂」とするという云い廻しで示されているのは、例えばドイツ・ロマン派的な、自然を含む森羅万象を人間精神と通底するような領域とみなし、その一体感のうちに自己を膨張させる汎神論ではない。むしろみずからの魂を、人間たちの精神とは無縁な、冷たく厳しい、しかし何者もかき消すことの出来ない量感をもった存在にして生きていくということだろう。それ故に、この魂は、決定的に、精神的なものと呼ばれるような事物と無縁であり、そのアパシィが打ち出す欲望は、唯物論的としか云い様がないほど確固としている。

この無頓着、無神経と創作の背景は明らかに結びついている。川端は、『伊豆の踊子』が完成するまで、ほぼ無銭で湯ヶ島の旅館に四年間滞在しつづけていた。無名の作家を四年間にわたって旅館側に優遇させたのは、処世の巧みさというよりも、神経を越えた強い、肯定など必要としない何物かのためだろう。伊豆を旅する芸人たちとその娘の可憐な姿を書いた出世作を、四年間身じろぎもせず、慮りもせずに書き続けた強さは、圧倒的なものである。まさしく書くという事は、「心弱い」ものには押し通すことの出来ない営みである。「私は幼くから孤兒であつて、人の世話になり過ぎてゐる。そのために決して人を憎んだり怒つたりすることの出來ない人間になつてしまつてゐたが、また、私が賴めば誰もなんでもきいてくれると思ふ甘さは、いまだに私から消えず、何人からも許されてゐる、自分も人に惡意を抱いた覺えはないといふやうな心持と共に、私の日々を安らかならしめてゐる」(「文學的自敍傳」)。

川端の欲望はいくことを恐れない。それは、射精を遅延させる演技を持とうとしない、山や谷のような欲である。いくことを恐れず、射精し、いった後の、何とも云えないモノトーンな持続において、つまり終わった後にむしろ勃《た》つ欲望なのだ。

いく事を恐れない、というより、そこに特段の差異を認めないもの、つまり射精に欲望を集約しないものは、人間たちの自己意識と無縁であるばかりでなく、あらゆるけじめ、人間がこの世に作りだしている敷居や境界に頓着しない事になる。

実際川端は、徹底してけじめに無頓着である。

橘正典氏によるならば、川端康成の作品の中で、何れが処女作なのか決められない。

川端康成の処女作はどの作品かは諸説がある。彼自らが異なった場所で、「ちよ」(大正八年六月、一高文芸部機関誌「校友会雑誌」)「招魂祭一景」(大正十年四月、「新思潮」)「十六歳の日記」(大正十四年八―九月、「文藝春秋」)の三つをそれぞれ処女作と呼んでいるので事はやっかいである。(『「伊豆の踊子」の位相と構造』『異域からの旅人』)

さらにまた夫人によるならば、いつ結婚したのかも、不分明なのだと云う。

よく研究者の方からいつ結婚したのかと聞かれます。でも皆さんが今日考えているような形での「結婚」ということですと、ちょっと困ってしまいます。私どもの場合は、ごく自然に自然にいっしょになったわけですから、どこに一線を引くかということは難かしいことですし、また意味もありません。

（「出会い」『川端康成とともに』川端秀子）

川端においては、処女作や結婚ですら、明確に記されない。無論、世の中に決着のつくことなど何もない。だがけじめがないからこそ、人間たちは秩序を作り、差異を見いだそうとしてきた。カオスにけじめを記すのが人間にとって最も基本的な欲望であるとしたならば、そのような努力を放棄している者は、人間にとって不気味な客ではないか。

今東光は川端と、『伊豆の踊子』の執筆をした旅館を訪ねた折のエピソードを記している。

僕の知っている伊豆湯ケ島の湯本館は古ぼけた木造の旅籠屋《はたごや》だった。最初に行った時、病み上りの亡妻は甚だ不服だった。温泉宿といえばもっと良い旅館だと思ったのだろう。僕は何にでも感謝の念の薄い女房の不満に腹が立ち、むっつりして先ず入湯した。彼女も僕に背を向けて押し黙って浴槽につかっていた。そこへ川端康成が入って来た。これにはちょっと驚いた。吾々夫婦が入っていたら大概は遠慮するだろう。それが赤の他人でもだ。まして仲の好い友達だけに遠慮するだろうと思うのに、彼は平然として夫婦で入っている湯へ飛び込んで来た。

「良い湯だろう」

と風呂好きの川端は凝然と女房の裸体を見つめながら言ったものだ。

（「本当の自殺をした男」『文藝春秋』昭和四十七年六月号）


川端の行動は、非常識といってすまされる事ではない。人間たちが作っている敷居を気にしないというより、そもそもそんなものは見えないし、感じることができないのである。そして、実際にないのかもしれない。

山岡荘八は川端の死の直後書いた文章の中で、昭和二十年に、従軍記者として特攻基地の鹿屋で同室になった時の印象を書いている。


その時の川端さんは小さな手帳に何か記入するだけで、仕事らしい仕事をしようとせず、狭い部屋で向いあって筆を走らしている私の原稿用紙を、無遠慮にそばから覗きこんでいた。私は当時、硫黄島で玉砕した栗林大将の伝記を週刊朝日に連載中だったので、一週一度は嫌でもこの凝視にさらされることになった。あれだけ文章を大切にする人に、瞬きもしないで頭の上から覗かれていたのでは、筆も躰も凍りつきそうになって来る。

「――ちょっと脇を向いていてくれませんか」

たまりかねて、私が頼んでもニヤリとするだけで、決して眼はそらさない。そんな覚悟で書くのかと笑っているように思えた。

その川端さんが、定期便と呼ばれていた敵機の爆撃のおりに、私と躰をつけて狭い防空壕の中で息をひそめていた事がある。文字どおり大地が小波のように揺れる猛爆だった。と、敵機が去ると同時に、

「――山岡さん、もう小鳥が鳴き出しましたよ」

と、川端さんは私に注意してくれた。爆弾が大地で炸裂する瞬間まで鳴いていた小鳥が、敵機がそれをおとしおわると、人間どものまだ何を考える余裕もないうちに、再び賑やかに囀りだした、この間三秒というのである。（「眼」『文藝春秋』昭和四十七年六月号）

山岡はこの文章に続いて、「その川端さんが亡くなった。咄嗟に私はホッとしたのを忘れ難い」と記している。追悼文に「ホッとした」とは穏やかではないが、その実感は解らないではない。

∴

谷崎潤一郎は変転を繰り返した文章においてけしていく事をしなかった。いずれにしろ濃密で細やかな言葉のつらなりは、射精にいたる過程をひきのばし、その遅延を隅々まで

楽しもうとする健啖によって支えられている。その貪婪は、萎えて、衰え、死滅する明日を一時も忘れない理知に相等しい。

　幸子の家から蘆屋川の停留所までは七八丁と云ふところなので、今日のやうに急ぐ時は自動車を走らせることもあり、又散歩がてらぶら〱歩いて行くこともあつた。そして、此の三人の姉妹が、たま〱天氣の好い日などに、土地の人が水道路《すゐだうみち》と呼んでゐる、阪急の線路に並行した山側の路を、餘所行きの衣裳を着飾つて連れ立つて歩いて行く姿は、さすがに人の目を惹かずにはゐなかつたので、あのあたりの町家の人々は、皆よく此の三人の顔を見覺えてゐて噂し合つたものであつたが、それでも三人のほんたうの歳を知つてゐる者は少かつたであらう。幸子には悦子と云ふものがあるので、そんなに隱せはしない筈だけれども、その幸子さへどうしても二十七八以上には見えず、まして嫁入前の雪子はせい〴〵取つてゐても廿三四、妙子になると十七八の少女に間違へられたりした。だから雪子などは、本來ならばもう「お孃さん」だの「娘《とう》ちやん」だのと呼ぶのには可笑しい年頃なのだけれども、誰もさう呼んでゐて奇妙に思ふ者はなかつたし、又三人ながら派手な色合や模樣の衣裳がよく似合ふたちなのであつた。それは衣裳が派手であるから若く見えると云ふのではなくて、顔つきや體つきが餘り若々しいために派手なものを着なければ似合はないと云ふのが本當であつた。貞之助は、去年此の姉妹に悦子を連れて錦帯橋へ花見に行つた時、三人を橋の上に列べて寫眞を撮つたことがあつて、その時詠んだ彼の歌に、——美しき姉妹《おとゞい》三人《みたり》居ならびて寫眞とらすなり錦帯橋の上、と云ふのがあつたが、全く、此の姉妹はたゞ徒に似てゐると云ふのとは違つて、それ〴〵異なつた特長を持ち、互に良い對照をなしながら、一方では紛ふ方なき共通點のあるところが、見る人の目にいかにもよい姉妹だと云ふ感を與へた。（『細雪』）

「美しい」としか云い様のない、三人姉妹の並び立つ姿にかかわる倦むことのない饒舌は、まぎれもなく、いずれ訪れる嫁ぐ日、衰えの日、すべての麗しきものが滅びる明日への距離感に急き立てられている。それが、距離感であるのは、明日の到来が恐れられているからではなく、明日があるからこそ、言葉は視線と心境をなぞるようにして、様々な事情の綾を織り出し、迂回しつつその相貌のあらわれ様のニュアンスを説き明かし、そしてただただ美しいと感嘆してみせる。

故に谷崎の距離感は、文章において、いかに静止した画面としてではなくても、ある種の画像を作りだす。その画像は「今日」であり、様々な事情や細部が停滞している空間であり、「明日」を見透す奥行きの如きものだろう。

谷崎的な文章を、日本的なティピカルなものと考えることにも、西欧的なものと考えることにも何の意味もない。にもかかわらず、典型的な西欧近代小説のリアリズムの文章と谷崎を比較する誘惑を感じるのは、その文章が構成する空間の感覚を、つい東西における絵画のあり方の位相と結びつけてみたくなるからだ。

アウエルバッハに拠るまでもなく、西欧のリアリズムと、遠近法の関係はきわめて緊密だ。平面に空間を閉じ込め、その奥行きの中に歴史と精神を表象しようとした遠近法の骨法は、物語を立体化し、そのパースペクティブを社会化として把えた近代小説の技法とパラレルに考えることが出来るだろう。

谷崎の文章のあり様は、大和絵といった様式や絵巻といった形態よりもむしろ屏風絵を思わせる。それも誰ヶ袖屏風や、花車屏風といった、錯視的効果を狙ったものと近い。

確かに、ヨーロッパの近代絵画にも、とくに遠近法の初期には、舞台装置を描いたり、建築物の構造を借りたりといった錯視的な成り立ちによって奥行き感を出そうとしたものが少なくない。だが、ヨーロッパにおけるこのような企みは、平面に奥行きを閉じ込める（閉じ込めてあるように見せる）錯視のために働かれたものである。

だが、谷崎における、空間錯視の試みは、その虚構を永続させるためよりも、畳み片付けるためのものなのだ。

今眼前にある、菊や藤や梅というあらゆる季節の花々を満杯に盛り上げた車台の豪奢で艶やかな姿は、牛に引かれて消えさる前に、畳を擦る音とともに現れた小童によって片付けられてしまう、その時を待たれている。待たれているが故に、いつかは取り去られることが自明であるが故に、饒舌を誘うのだ。

∴

川端康成の「魔界」は、一切の区切りが、けじめがない世界である。それは人間と自然という敷居すらない、アパシィの世界だが、ただ非人間的と云ってよいのかどうかはわからない。むしろ、「山河を魂」とする、より強力な人、あるいは心の在り方が実現されているように思われる。いずれにしろその無感覚は途轍もなく強力なものだ。強力であるからこそ、ある感覚には敏感でもある。物云わぬ山が、一瞬にして紅くなるように。

川端のけじめのなさは、生死という、人間にとっての境をすら軽蔑する程徹底したものだ。

その軽蔑は、自殺に際して、もっとも強く表明されている。三島由紀夫の、入念に準備され、演出された最期に比べれば、遺書もなければ、書きかけの万年筆の蓋さえ閉めていない、ふと思いたってとしか云い様のないあり様で、駆け足で死んでいる。どのような意味づけも拒む、まったく無頓着な死に方。作家という意識的な種族だけでなく、世間一般の自殺者のなかでも、このように自分の生命を気軽に捨てうる者は稀である。

実際、川端が、生死という境をどれだけ意識していたのか、かなり怪しいものである。秦野章の選挙中、三島由紀夫や日蓮上人が夜半部屋を訪れたと公言して周辺を慌てさせたと云われているが、それを錯乱と片付けてよいのか。むしろ、川端にはその類いの来訪がありえた、そのように考えた方が自然であるように思われる。せいぜい選挙応援の疲れから、それまで敢えて云わなかった事を口にするようになったというのが本当ではないか。川端の作品では、死者が平気で登場人物として現れる。そのような趣向をシュルレアリスムの影響等と考えるべきではないだろう。川端は「現実」を「超」えよう等とはしない。ただ山や谷のようなリアリティを生きているだけだ。

私は七年前に死んでゐるが、生き残つてゐる友人の西寺とときどき短い話をする。長話はめつたにしない。お互ひにつかれるからだ。（「地獄」）

川端にはあの世がない。あの世がないから、この世もない。ただ無際限に広がっていく連鎖があるだけだ。

故に川端は、谷崎潤一郎のように成仏を目指すことが出来なかった。母に、弥勒のような女性に、憧れるようなことをしなかった。そうした川端のリアリティを簡潔に示す言葉こそが、「魔界」にほかならない。

「魔界」はけしてモノトーンな世界ではない。それはむしろ、碌でもないものがぎっしりと詰まった、賑やかで退屈な場所だ。「反橋」の冒頭で語り手は、死んだ旧友須山が梁塵秘抄の歌「仏は常にいませども現ならぬぞ哀れなる、人の音せぬ暁にほのかに夢に見え給ふ」を書いた色紙を見て、意外の念に打たれ自分でも書いてみる。

私もこの歌をおぼえて歸つて人からあづかつてゐる紙に書いてみたりしました。乾山が造つたといふ硯と木米が造つたといふ筆とで書きましたのが、實は佛よりもおもしろかつたのではなからうかと思えるほど、私には現にも夢にも佛は見えないのでありますけれど、やはり須山とおなじやうになにかこの歌に心ひかれるものがあつたのかもしれません。(「反橋」)

「魔界」には、美術品の事々しい名前や、事物の彩り、様々な言葉の欠片が渦巻き、賑やかな虚無が迸る。無論そこには、川端の居間を占領していた様な下らない取り巻きや知己たちも集まってくる。けじめを作らない川端の身辺は低劣を極めていて、平和アピールだの、文革への抗議だの、選挙演説だのが溢れかえり、それがために常に文壇の最も陽の当たる場所にいて、ついにはノーベル賞まで貰った。

青山二郎や小林秀雄といった、古美術愛好家にとって、もっとも理解しがたく、不気味な存在であったのも、川端であった。

前に見たように、青山らの骨董の眼目は、「買う」ことにあった。「買う」という一事において、精神と物が対峙する、その一瞬を、価値なき時代における唯一の価値が、判断が、賭けが成り立ち得る機会として青山らは骨董を発明したのである。

川端は買わない。

というよりも、勘定を殆ど払わない。ノーベル賞の二千万円の賞金をかたに、何億円もの美術品を買ったと云われているが、それらの殆どが未決済のままだったろうことは想像に難くない。「買う」という一瞬すらも、そのけじめすらも踏み倒してしまう川端は、骨董愛好だけでなく、青山的なものを背景に成立した昭和の批評の、もっとも厄介な敵にほかならない。

川端が買うという事すら、その最後の手続きすら無視しえたのは、青山らが背景としたベンヤミン的な状況——前々章で論じた複製技術をもとにした唯一なるものの解体——に脅かされていないからである。川端が美術に執着するのは、美術品が個別の無意味を最も極端に示す無慈悲な物、もっとも山河に近い何ものかだからである。

美術品、ことに古美術を見てをりますと、これを見てゐる時の自分だけがこの生につながつてゐるやうな思ひがいたします。さうでない時の自分は汚辱と悪逆と傷枯の生涯

の果て、死のなかから微かに死にさからつてゐたに過ぎなかつたやうな思ひもいたします。（同上）

此処で川端の云う、「生」への「つながり」は、救済などではなく、否定の、虚の確認に外なるまい。

川端には、もとより、唯一なる人の個性などというけじめはなかった。一人の人間は多くの人間でありえ、二人の人間は同じかもしれなかった。ある作品に複製があろうが、自らの所蔵品がコピィであろうが、一向に構わなかった。というより、そのような振幅を、けじめを恐れず受け入れることにこそ、川端の真骨頂はあり、また魔界を魔界として生きる愉悦があるのだ。

「再婚者」で語り手の男は、先の夫と死に別れて自分と再婚した妻が、はたして先夫と結婚したのは同じ妻なのかと疑う。

この不安を辿つてゐると、先夫と私とが重ねて結婚してゐる妻は果して前と後と同一の人間であらうかといふ疑惑にも行き着くのである。あまりに卑近な面かもしれないが、例へば一人の女に二人以上の男がある場合、その女はどの男にも性的に同一の人間とは限らぬなどと、年のせゐで多少わかつてゐるから困つたものである。（中略）前に別の男がその女に植ゑつけた癖、教へこんだ好みなども、もう私達には嫉妬の種、憎悪の的といふ、貧しい受け取り方ばかりではないのである。よく仕込まれた娼婦や召使を珍重するのと似通ひはないかと、嚴しく言へば多少疑へぬこともあるまいが、素直にただ自然に實つた天の美果、その女の得た生の恩寵といふ風に感受する方が多いのである。

（「再婚者」）

逆に「しぐれ」には双子の娼婦が登場して、二人の存在が不分明になる。「女の方でもふたごを賣りものにして、わざと髪形から着物までそつくり同じにしてゐる」ために、旧友須山とともに何度も通って遊ぶうちに、どちらがどちらと寝たのかわからず、同時にそれは語り手と須山の個別性をも損なってしまう。「二人で一人、一人で二人のやうな、このめづらしい娼婦には官能の刺戟ばかりでなしに精神の麻痺がありましたが、それがさめた後の今は須山と私とはお互ひの憎しみをかくすやうに顔をそむけあひ女をなかにして歩くのでありました」。

須山は雙生兒の娼婦の家の歸りにときどきこんな風に言ふことがありました。

「君は今日のやうに墮落したことがあるかい。」

「あるさ。生れる時からだ。」と私は横を向いてしまひます。

「あいつらがふた子なのがいけない。しかもそのふた子は、造花の妙をつくしたやうによく出來てゐる。君はあの二人の存在について眞劍に考へたことがあるかい。」

「ないね。」と私はやはりすげなく答へたのでありました。

須山がなくなつてからも私はふた子のところへ行つたことがあります。須山の死の話をいたしますと二人とも悲しんで見せましたが、一人の女の目からだけ二粒三粒涙がこぼれました。須山がよけいに遊んだ方の女であるのか、私はよく見分けがつきませんでした。須山と二人で行つた時ほどおもしろくもありませんでした。（「しぐれ」）


同一性の綻びを嘗めるようにして楽しむ川端の無感覚が、一方の極に達したのが『千羽鶴』だろう。

父と息子、母と娘という四人の男女の交錯は、性と茶道の二つの通路で交錯し、親子の世代的、その身体的、美意識的差異は溶解し、消えてしまうかに見える。


茶碗の飲み口には、文子の母の口紅もしみついてゐるとのことだ。

口紅が茶碗の口につくと、拭いてもよく取れないと、母が文子に言つたさうで、菊治がこの志野をもらつてからも、口のひとところがよけいよごれてゐるのは、洗つても落ちなかつた。無論、口紅のやうな色ではなく、薄茶色だが、ほのかな紅もさしてゐて、それは口紅が褪せて古びた色と見えないこともなかつた。しかし、志野のほのかな赤みかもしれない。また、茶碗に使へば飲み口はきまるから、文子の母より前の持主の口のよごれも殘つてゐるのかもしれない。でも、不斷湯呑にした太田夫人が、一番多く使つただらう。

（『千羽鶴』）

向付けの離れと思しい桃山志野の、柔らかく盛り上がった長石釉の白い肌についた、あるかないかの滲み。それは亡き母の口紅の名残かもしれず、茶碗そのものの焼き色かもしれず、前の所有者のものかもしれず、ただそこにある物が辿り、今ある姿に沈澱し解しえないものとして置かれているだけだ。

人間の心も身体も同じようなもので、自分の体は自分ではなく、両の腕で抱いている身体もその娘のものかどうかはわからない。その行為の後のたゆたいの中でただすべてが緩やかに通りすぎていくだけだ。

∴

川端は、谷崎による源氏の現代語訳にたいして、きわめて批判的であった。というよりも、古典を現代口語に翻訳する、ということ自体を否定している。

「谷崎源氏」は原文と讀み合はせてみて、忠實な逐語的でありながら谷崎氏自身の「創作風」、自身の文章にも忠實である譯業に、敬讃を新にするのだが、谷崎潤一郎氏は明治の東京育ち、まあ江戸の名殘りの人のせゐで、その語彙、語感に江戸のひびき、匂ひがありはしないだらうか。江戸風でありはしないだらうかといふのが、「谷崎源氏」を讀む私の疑訝である。

日本古典の現代語譯は無用無益、あるひは有害とする方が、古典にたいする愛尊のまことであらう。事實また嚴恭には現代語譯の不可能であることを、私は身をもつて感じてゐる。「源氏」を「湖月抄」の木版本で讀むと、小さい活字本で讀むのとはかなり感じがちがふやうで、私はおどろくのである。私のノオベル賞は、飜譯によつて審査されたのをゆゑとして辭退したらどうであらうか。つきつめては考へなかつたし、明らかに口に出すのもひかへたが、その思ひはスエエデンへ行くまでの私に去來はしたのであつた。

（「鳶の舞ふ西空」）

留意して欲しいのは、川端が谷崎の翻訳だけでなく、翻訳という営為そのものを批判していることである。けじめなく、拘りのない川端の、翻訳全般に対する否定は格別なものに見える。

現代語という「理解」しうる言葉に移し変える事の拒否という形での古典と翻訳に対する意識は、川端が敗戦直後に固めたとされる、「私はもう日本のかなしみしか歌はない」とする誓いに近似したものであろう。

与謝野、谷崎、円地、と連なる源氏物語の現代語訳の連なりは、ある視角から見れば、まがう事なく近代日本人の学問と言語の、研鑽の記念碑であろうが、逆に見れば、いかなる無理と非情を近代日本人と日本の言葉が強いられてきたかという、忌まわしい傷痕である。それは、日本の山河が負った傷とも相等しく、そのような傷を痛む場所に、川端の悲しみは棚引いている。

この悲しみを川端はあらかじめ見つけていたわけではない。それは、自身戦下に、近代語訳を志して木版本と向かい合った経験から把みとられた。

敗戰のころ、燈火管制の暗さ、横須賀線電車の荒れのなかで、私は木版大字の「湖月抄」本を讀みつづけ、現實を忘れて恍惚に遊びながら、「源氏物語」がまつたく今日の自分の世界と同じに感じられるおどろきを新たにした。また、「源氏物語」を現代語に飜譯するために、この一年間ほど讀み親しむにつれて、現代譯の不可能を感じ強まるのに合はせて、その不必要も感じ強まつた。

怠け極まりない大學生の私は英文學科一年で國文學科へ移るのに、「相手は日本語だから。」と言ったものだが、その通りであると今も思ふ。「源氏物語」はむづかしくとも純な日本語だから、原文で誰にも讀めるし、原文で讀むにしくはない。語意、語釋にこだはりなく、ただ氣樂に讀み進んでゆけば、そのうちにおのづから分つて來るし、おのづから味はへて來る。

（「茨木市で」）

ゆえにその悲しみは、ある感情というよりも、持続する何ものか、痛めつけられ、損なわれていながら野太く続いている根本的な響きへの共鳴にほかならない。

その前、少年のころ、私は古典文學の一語一句の解釋にこだはらずに讀み散らしてゐた。勿論註釋本によつたのであるが、註釋に停滯せずに讀み進んでゐた。それでも、日本語日本文のしらべは傳はつて來る。日本の情感はかよつて來る。古典によつて過去の日本語を通つておくことはよい。現代語譯だけで讀むのはだめである。その一方、外國文學も日本語譯だけで讀まぬのがいいのだらう。また、外國文學からは學んでも、日本文學からは特に學ぼうとする必要はない。おのづからな親しい流れが觸れて來るところがあればいいのだらうと思ふ。いづれにしても自國の文學である。

（「古典を読む人々へ」）

川端が語っていることの凄じさは、翻訳や古典研究といった近代的な古典文学へのアプローチに面と向って冷水を浴びせている故ではない。

学習や研究に先立つ、私たちの言葉や、文章にたいする了解や姿勢、無意識の前提そのものを柔らかく決然と否定しているのである。川端は、ここで、理解とか、伝達といった言語に対する理知的な了解を否定し、それは何よりも「おのづから」なる「親しい流れ」によって染みとおって来るものだ、行くものだ、と語っている。

そこでは、個々の言葉の意味や文脈は問われない。むしろ問うても仕方がない。意味など成り立たないし、意味の伝達も、それによる理解も成立のしようがない。我々は言葉によって、発信したり、伝達したりするのではなく、ただ「おのづからな親しい流れ」が、流れの方から「觸れて來る」のを信じ、待ち望むことしか出来ない。

このような川端の「悲しみ」や、「おのづから」といった言葉は、本居宣長の古典観を想起させるかもしれない。だが両者は似て非なるものだ。宣長が「もののあはれ」と語る時、それはあくまで合理的かつ個人的な判断の範疇のなかでの、意識の運動を指しているのに対して、川端の「悲しみ」は、個々の人間が人間であること自体を溶解させて行くような、より深い、アパシィとしての永遠なるものを指しているからである。それは重ねて云う事になるが、保田與重郎の「天地」とも違っている。保田の天地は「有情」なのだ、川端の山河と異なり、むしろ対極にある。

藝術作品は必ずしも永遠不朽でなくてもよいとは思ひます。たとへば時事政治思想のなまな作品のやうに、その時その年だけしか働かぬものも、それはそれの意味はありませう。また永遠不朽の藝術も假りのすがたとも考へられもしませう。そして、この世に滅びぬものはないのです。それよりも、この世にあらはれたからにはなにものも滅びはしないのです。滅びても滅びないのです。

そのやうな思ひはわたくしのうちにあります、空、虚、そして否定の肯定ですが、それはともかく、藝術は永遠不朽のたましひを宿さなくてはならぬものでせう。わたくしは少年のころから日本の古典文學を少し讀みかじりましたので、ただ目を流すやうに讀んだだけですけれども、若い時のそれがぼんやりにしろ頭に殘つてをりまして、薄色にしろ心を染めてをりまして、今日の文學を讀みます時にも、千年あるひは千二百年以來の日本の古典、傳統が、わたくしのうちになんとなくただよつてゐるやうな氣のすることがあります。

(「日本文学の美」)

谷崎の源氏物語の現代語訳に対する批判は、あるいは翻訳の必要性の否定は、「この世に滅びぬものはないのです。それよりも、この世にあらはれたからにはなにものも滅びはしないのです。滅びても滅びないのです」という意識に基づいている。私たちは、字引を繰り、文脈を取り出し、場面を検討し、背景を考証して、古典を、言葉を理解したつもりになる事が出来る。それは浅薄なことだが、その浅はかさが人間たちの世界を、秩序を支えている。もしもこの世に悪というものがあるとすればこの「滅びても滅びない」ものの「親しい流れ」に耳を傾けろと語る言葉こそが、その極にあるものではないか。無論、川端にそのような区別はないが。

翻って言えば、川端的な視点に立つのならば、文章を書くという事は、何らかのメッセージを、情報を、受け手の理解にむけて伝達することではない。そのような営為を通して、地平なり枠組みなり世界なりを虚構することではない。書くことは、何よりもこの流れを、受け手と投げ手、意図と理解を等しなみに押し流して露呈するけじめのない、魔界の広がりに呑み込んでいくことにほかならない。自分が他人であり、他人が自分であるようなけじめのない場所を作り出すこと。

谷崎潤一郎的な、近代的な散文が、射精にむけて、つまり伝達や理解といった絶頂に向かい、その迂回と遅延を巡って形作られているとするならば、川端のそれは、射精といく事が過ぎた後の、自他を溶かし不分明にしていく太々しい持続を原基としている。

∴

京都の、祇園にある個人美術館に、村上華岳の「冬の山」と題する作品が所蔵されている。側を通りかかって常設展をしている度に見るのだが、およそこれほど、虚無的な絵画というものはない。白隠《はくいん》の墨絵など比較にならないような恐ろしい、とりつくしまのない虚無が現出している。

紙に墨で描いたごく荒っぽく見える作品である。前面に、蕨のように縮こまった枝を広げた樹木が三、四本描いてある。後ろの山影はもっと手抜きで、子供のイタズラ描きのように、ウネウネと薄墨で掃いてあるだけだ。

にもかかわらず、この画面は、華岳のどのような濃厚でしっとりとした画面よりも恐ろしく胸にせまってくる。それは枯れ木の山のように見えるけれど、けして寂しくはない。むしろ賑やかで、陽気な印象すらうける。だがここには、あらゆる人間的な秩序なり思いこみといったものがない。思わせぶりも、焦らしもない。誘惑もなければ強制もない。山を、枯れ木を、ただそのものとして受け止めなければならないところまで行った者の、どこにも逃げ場のない正面からの光景があるだけだ。

中上健次がいみじくも、「生きよ」と語らないものは「詩」ではない、と語ったその云い方に従うならば、川端の文章は正真正銘の散文だろう。人間的な、あらゆるファンタジィ、救済のイメージから伝達、理解のメカニズムにいたるまでの幻影を振り払って、最も無味乾燥なところで書かれているこの文章こそが、散文の名前に相応しい。まるで古陶磁や骨片のように、原野に撒き散らされている。

真の散文作家として、川端は、常に何の見込みも持つことなく、筆をとった。

三島の文学は、筆を下してから書き終るまでの一篇の主題は、全部と言いたいところだが、少しの余裕を残して言えば、八九分通りは出来上っている。それに反して、川端氏は筆を下すまでに、主題はおろか、自分が今度何を書きたいのか、何も知ってはいないのである。人が質問したら、「そんなこと知るもんですか」というだろう。つまり頭のなかは空っぽなのである。

（「絶体絶命の境」山本健吉）

徒手空拳で原稿用紙に向かわざるを得ないのは、計画だの見込みだのというものも、結局は人間どもに「生きよ」と囁く甘い「詩」にすぎないからである。ただ言葉の、けじめのない流れに身を浸すもの、射精を恐れないものだけが、散文作家たり得るのだ。何かを書くのではないもの。何もないところで書くもの。そこではじめて言葉は散らばり、魔界の賑やかな虚無を明らかにする。

川端の書をご覧になったことがあるだろうか。初めて見る者は、誰もがその姿に撃たれずにはいない。それは凡そ、この世の住人が書いたものと見えない、まさしく魔界の産物である。極度に滲み、痙攣し歪んだ姿形は、川端の散文的な本質が現れたものにほかならないように思われる。

河盛好蔵氏は、川端の自殺直後に開かれた座談会で、このように語っている。

これから川端さんの文体の研究家がぞくぞくあらわれると思いますよ。日本語に新しい可能性をみつけたような文体ですから。川端さんの文体を詳細に研究したら、日本語に思いがけない大きな革命を引き起した文学者ということになるかもしれません。

（「川端康成 人と文学」河盛好蔵、中里恒子、福永武彦、『新潮』昭和四十七年六月臨時増刊号）

川端の文章の新しさを語る事が、全く無意味だとは云えない。それは、川端の文章が典型的に日本的なものだ、と語るのよりは有意義だろう。だがその新しさは、今日も明日もない場所における新しさなのだ、そのようなものがありうるとして。最早、引用という事をしたくないので、どのような作品でもいいから、川端の文章を手にとって欲しい。そうすれば、その文章が、常に語られる感受性の豊かさによってではなく、むしろ無感覚によって成り立っていることが分かるだろう。主体と客体、自分と他者、現在と過去、原因と結果というあらゆるけじめを押し流すアパシィによって川端の文章は成り立っており、その文がなすのは、伝達ではなく、露呈であるという事があきらかだろう。

日本の山河を魂とするという川端の誓いは、いった後の睦言の冷えの中で、書く事は何よりも、意味やイメージを伝えるのではなく、あらゆるけじめのない広がりを共有し侵食することだと囁き続ける。「あなたはどこにおいでなのでせうか」(「反橋」)。

小林秀雄／わかちえぬものと直接性、
もしくは、流れろ、叩け、見ろ、壊せ！

黒人音楽の魅力と云っても、数え切れない程多岐に亘る物だし、自分がその多様さをどの程度味わい得ているかという事は大いに疑問であるのだが、差し当たって何よりもこれこそと感じているのは、詞である。

例えば、スリム・ハーポというブルース・マンがいて、彼の持ち歌というか、名曲に『シェイク・ユア・マネーメーカー』がある。

この曲では、きわめて標準的なブルースのコード進行に従って、やや性急な調子で、「シェイク・ユア・マネーメーカー／シェイク・ユア・マネーメーカー／シェイク・ユア・マネーメーカー／シェイク・ユア・マネーメーカー……」という具合に同じフレーズが繰り返される。勿論、ブルースであるから、実演においては、その時その時で、マネーメーカーの部分がペインメーカーになったり、ハートブレーカーになったりと変化するのだが、基本的には「シェイク・ユア・マネーメーカー」一本槍だ。

連呼される「シェイク・ユア・マネーメーカー」という詞の意味を詳かにする必要があるだろうか。敢えて解釈すれば、男が、金を稼いできてくれる女を歓ばせるために、とにかくベッドで彼女を「シェイク」しろ、というほどの話である。腰を動かし、揺すって、

揺すって、揺すりまくれ、とただその事だけを歌っているのだ。

だからこの曲を、ヒモ、ジゴロ、マックロウの類いの歌だと考えるのは、的はずれとは云えない。だが同時に、どんな男にも、稼ぎ手であっても、一種のヒモ根性の如き依頼心が、特に寝床において生じる機微を把えているとも考えられるし、また女性に対して、男をシェイクしろ、と励ましているとも考えられないことはない。

だが、肝心なのは、この「シェイク・ユア・マネーメーカー」という繰り返される言葉である。「おまえの稼ぎ女を揺すれ」という歌詞のポエジーのあり方だ。

黒人音楽や、ミュージッシャンに接して、しばしば味わう、即物的としか云い様がないような、じかの手触り。ゲイトマウス・ブラウンというのは門のように口の大きい男だし、ブラインド・レモン・ジェファーソンと云えば盲に決まっている。その、身も蓋もない、直截な言い切りに、外では味わう事の出来ない、それこそ掘り出したばかりの、鶴嘴の匂いがする岩塩を嘗めるような爽快さを感じるのだ。だから「シェイク・ユア・マネーメーカー」という詞は、普通の名詞、動詞などを集めてつくった一節なのに、他の何にも用いきれない固有名詞のように響く。そう、まさしくすぐれた黒人ミュージッシャンは、固有名詞だけで語っているようだし、その音楽全体が固有名詞のようだ。

優れたブルース・マンの楽曲に触れると、その歌詞だけではなく、ギターの音色やアンプリファイアの調整までもが、何やらきわめて直截な、直接に自分の頭脳や身体を撫で、摩り、揺すぶってどこかに連れていくような感覚を味わう。この、直接さと、固有性はきわめて緊密な関係を持っている。

だが、この「直接性」というのは如何なる性質なのだろうか。音楽における直接性とは何だろう。

改めて云う迄もないが、私が「直接性」というのは、プリミティブという事ではない。と云うよりも、プリミティブと言い換えてみても仕方のない事なのだ。確かに、私の「直接性」への感嘆ぶりには、ある種の憧憬が、つまり自分はけして「シェイク・ユア・マネーメーカー」などと歌い出す事が出来ない、そのような発想をもつ事が出来ないだろうという距離感というか懸隔の感覚から分泌している憧れがあるだろう。その距離感のなかに倒錯、つまりいずれにしろ自分が生きている環境とは比べものにならないほど厳しい境遇を生きてきたブルース・マンたちに憧れるという一種の不遜や、退廃がある事も事実である。だが、本質的なのは、むしろ、彼等の言葉に「直接性」を見てしまう時に、私の感性や意識もまた彼等に働きかけているという事、どちらが、どちらに働きかけている等と考える事が無意味な近さで、じかに固有名詞のような感触が浮き上がるという事だ。

近代物理學の成功は、物的世界が、デカルトの言ふ「圖形と運動」で嚴密に記述出來るといふ假說の上に立つてゐた。或る孤立した系は、各瞬間に、三次元空間內に或る配置を持つ諸要素から成り、この配置の變化は、時間の總ての價について完全に確定されてゐる。この自然現象の普遍的な確定性といふ信條の上に築かれてゐたが、物理學者は、この信條の崩壞するのを目の當り見たわけである。光を使用せず電子を測定する事は出來ないが、電子を見るとは、光の光子を電子に衝突させ、これによつて電子の位置も運動量も變へて了ふ事に他ならない。物理學者が、否でも承認せざるを得なかつた事は、對象をいよいよ間近に見れば、眼と對象との間に行はれるエネルギー交換の作用が明るみに出て來るといふ事實であつた。だが、これは考へてみれば、極めて當然な事である。感覺を度外視して、いかなる觀測も考へられないし、感覺は感覺器官なしに働きはしない。從つて、觀測の行はれるところ、外界と觀察者の身體との間の、エネルギーの交換は必至である。嚴密に言へば、天空の星も、望遠鏡で覗かれればその運動を變ずる筈である。

（「感想」「第五十一回」）

天空の星の位置を変えるような目玉、そのずれを認識してしまう目玉を。

∴

小林秀雄は、読者の眼前に鐔を、鉄味が匂うが如く近くに突きつけているように語りだす。鐔を見、集めるようになって暫く経つのだが、まだまだ合点のいかない点が少なくないと云い、講釈を始める。鑑賞や蒐集の対象となるような鐔は、室町以降のものであり、鐔とはまさに応仁の乱を頂点とする大乱の時代が、生み出した工芸だ、と。「政令は無きに等しく、上下貴賤の差別なく、同僚親族とても油斷が出來ず、毎日が、たゞ強い者勝ちの刃傷沙汰に明け暮れるといふやうな時世」において、最少の必要物としての凶器の付属品が、必要品として底の位置から、乱の中で秩序を求め、平常心を探り、文化を探す人の心が実用から装飾を芽生えさせるに至った軌跡が鐔には、自ずから象《かたど》られている。生々しい鉄の塊といった風情と素朴極まる装飾の一致において、最初期の工匠たちの作品が、最も優れている、と小林は云う。

鐔好きの間で、古いところでは信家、金家と相場が決つてゐる。相場が決つてゐるといふ事は、何んとなく面白くない事で、私も、初めは、鐔は信家、金家が氣に食はなかつたが、だんだん見て行くうちに、どうも致し方がないと思ふやうになつた。(「鐔」)

勿論、様々な形でその魅力を語ろうとは試みているのだが、「どうも致し方がない」と済まされてしまっては、信家、金家の何が、どこが、なぜいいのか一向に分からない。しかも、この両巨匠は、来歴すらも明らかでなく、一人の作者なのか、工房だったのか、幾世代か続いた名乗りなのかも不分明で、その上大量の偽物が流通しているという事まで教えられてしまっては、なぜ、どのような手順で「相場が決」ったのか分からない。ただ、よいものはよいのだ、と断言してしまわなければならないという事だけが、納得させられる風である。

だが、小林は、断言に止まる訳ではない。鐔の最初期の装飾としての透《すかし》の技法に言及した後に、伊那谷を訪れた体験を書いている。

先日、伊那にゐる知人から、高遠城址の櫻を見に來ないかと誘はれた。實は、この原稿を書き始めると約束の日が來て了つたので出掛けたのである。高遠には、茅野から杖突峠を越えて行く道がある。峠の下に諏訪神社の上社がある。雪を殘した八ヶ嶽の方から、冷たい強い風が吹いて、神社は森閑としてゐた。境内の滿開の櫻も見る人はなかつた。私は、高遠の櫻の事や、あそこでは信玄の子供が討死したから、信玄の事など考へてゐたが、ふと神殿の後の森を見上げた。若芽を點々と出した大木の梢が、青空に網目のやうに擴つてゐた。その上を、白い鳥の群れが舞つてゐたが、枝には、近附いて見れば大壺ほどもあるかと思はれる鳥の巣が、幾つも幾つもあるのに氣附いた。なるほど、これは櫻より餘程見事だ、と見上げてゐたが、私には何の鳥やらわからない。社務所に、巫女姿の娘さんが顔を出したので、聞いてみたら、白鷺と五位鷺だと答へた。樹は何の樹だと訊ねたら、あれはたゞの樹だ、と言つて大笑ひした。私は飽かず眺めた。そのうちに、白鷺だか五位鷺だか知らないが、一羽が、かなり低く下りて來て、頭上を舞つた。兩翼は強く張られて、風を捕へ、黒い二本の脚は、身體に吸はれたやうに、整然と折れてゐる。嘴は延びて、硬い空氣の層を割る。私は鶴丸透の發生に立會ふ想ひがした。

（「鐔」）

典型的な小林秀雄の批評文である。

来歴を語り、説明などを繰り返して、対象の匂いや手触りなどを喚起しながら、よいものはよいのだ、という判断の断崖に読者を追いつめておいて、その断崖から見える視野とその崖の高さを語って見せた後に、突然一つの情景を描きだす。その情景は、読者を批評家の価値観や判断について説得するためではなく、その価値自体を、あるいは価値の発見を体験させる文章として造形される。

近代文芸批評をその劈頭から繙いて行く試みをした者は、『小説神髄』、『めさまし草』から半世紀を経て、漸く小林秀雄に至り、批評の先史時代が終わる光景に立ち会う。その場面は、批評家というよりも批評自体の目覚め、長い啓蒙からの覚醒という一景である。いかに小説は書かれるべきか、どのような戯曲が書かれなければならないのか、文学者はいかにあるべきなのか、文学は何のために存在するのか、といった世間に凭《もた》れた問いからの自立。

昭和四年、二十七歳の小林秀雄が、『様々なる意匠』で「あらゆる世にあらゆる場所に通ずる眞實を語らうと希つたのではない、たゞ個々の眞實を出來るだけ誠實に出來るだけ完全に語らうと希つただけである」と記した時に、「ため」と「べき」が繰り出す有用性の眠りから日本の批評は醒めた。あらゆる思想、流派、イデオロギィを、取り換え可能な「意匠」にすぎないと見た批評の自意識は、必然的に「文芸はいかにあるべきか、どのような小説が書かれるべきか」という問いからの離脱を促す、舫《もや》いへの一撃だった。この離別を、或いは剝離を批評の自立として語る事も可能であろうが、それはまた「べき」という社会全般に共有されている甘やかな了解による緩衝を経ずに批評が対象自体と向かい合う事、つまりは批評が対象と鼻を突き合わせ息も匂いもすべて共有するような隙間のない、もうどこにも行けない岸畔に躙《にじ》り出したという事でもある。

人は、文芸は、こう在らねばならないという、「万人」に通じる教義を追求する演技が終った時、否応なく、「かくあるべき」という広く高い視界はかき消え、「こうでしかあり得ない」、あるいは「あってしまった」という額を擦り傷で焼く感触と区別出来ないような認識だけが残る。

方向を轉換させよう。人は様々な可能性を抱いてこの世に生れて來る。彼は科學者にもなれたらう、軍人にもなれたらう、小説家にもなれたらう、然し彼は彼以外のものにはなれなかつた。これは驚く可き事實である。この事實を換言すれば、人は種々な眞實を發見する事は出來るが、發見した眞實をすべて所有する事は出來ない、或る人の大脳皮質には種々の眞實が觀念として棲息するであらうが、彼の全身を血球と共に循る眞實は唯一つあるのみだといふ事である。（『様々なる意匠』）

「唯一つ」の「眞實」を見る事は、心楽しいものではない。「様々」な「眞實」を弄び、ああも在り得る、こうも在り得る、あの様にあるべきだ、この様にあるべきだと考える事は、人を可能性の多数に、つまりは「様々」な未来へと希望へと開かれているように感じさせるのに、「眞實」はそれを禁じるからだ。にも拘わらず、人はいずれ、あるいは自ずと「事實」に直面する、しているのだとすれば、やはり示さねばならない。もしくはこのように云う事も出来る。その「事實」を敢えて、あるいは殊更に示さざるを得ない者が、批評家と呼ばれるのであると。そのような者が、一人立ち上がった姿には、実用一辺倒の鉄片にすぎなかった刀の鐔が、初めて無骨な装飾を纏った時を思わせる鮮やかな感触がある。

批判的態度への自意識として働く批評のあり方によってしか「事實」が見いだし得ないという事の意味を今一度考えて見る必要がある。それは、思想、イデオロギィ、方法論が作りだしている人と人生、主体と対象との間の緩衝と媒介を乗り越えられるのは、それらを「意匠」として眺める批評の自意識にほかならないという事を突きつけたのではないか。
ここで注意を喚起しておきたいのは、小林が示した「唯一つ」の「眞實」とは絶対的な、唯一の真実という意ではない、云い替えればいかなる場所でも、時代でも通じるような「眞實」ではないと云う事だ。

映畫などを漠然と見物してゐる時、つまらない樹の佇ひだとか、ほんの人間の表情だとかが、過去の經驗と結びついて、驚く程深い感動を受ける事がある。さういふ時自分が今こんな具合な氣持ちで畫面を眺めてゐる事は誰も知らぬと思ふ。途端にこの薄暗い小屋に詰つた幾百の頭が、それぞれ他人にはわからぬ自身の過去の祕密を聯想して深く感動してゐるに相違ないといふ氣がして來る、さういふ時私は鑑賞の世界の無氣味さがまざまざと目に浮ぶ、奇怪な想ひでゐたゝまれない氣持ちになる。（「批評について」）

映画の画面に突然現れる樹木の影に胸を衝かれる私の感動は、如何なる分析によっても、把えられ一般化されることはない。しかしそれは、私にとってはまぎれもない「眞實」であり、しかもその感動は、誰とも共有出来ないという事において「唯一つ」の自分だけの真実なのである。自己の真実に直面した者は、同時に、他の人々がまたそれぞれの「樹の影」を見いだし、吐息をつき、腋に汗を滲ませている事を認めざるをえない。認識の多数性という、けして解消しえない「眞實」の無気味さ。

云うなれば、批評とは全体的、一般的、普遍的に事物を語るのではなく、自分という存在にとってどうしても否定できない「眞實」を、他者があまたもつ「眞實」の多数性と、その「眞實」の間での通分不可能性に脅かされながら、認識し、猶語ろうと試みる事である。

小林はこの「眞實」のあり方を「宿命」と呼んだ。「血球と共に循る一眞實とはその人の宿命の異名である」(『様々なる意匠』)。この事は、批評という営為が、偶然で無意味な「眞實」への直面を意識化し、一般化も説明もできないものを、自らに固有であり、動かしえないものとして、「宿命」として引き受けるという事をも示している。批評家とは、「君の地位や職や思想ではなく、君が何の意味もなく想起する風の匂いや光の移ろいへの感銘、その無益な心の動きが、君が君である事なのだ、君が固有の存在であるという事なのだ」と語る者なのだ。

小林の「宿命」を、江藤淳氏は「私情」と云い、柄谷行人氏は「単独性」と呼び替えた。呼称が変わり、その色合いは変わっても、自分にとって「唯一つ」の「眞實」に直面した時に覚えざるを得ない驚きは同一のものであり、その驚きの一貫性の中にしか、批評は存在しえない。

「或云《あるひといはく》、比叡の御社に、いつはりてかんなぎのまねしたるなま女房の、十禪師の御前にて、夜うち深け、人しづまりて後、ていとうていとうと、つゞみをうちて、心すましたる聲にて、とてもかくても候、なうなうとうたひけり。其心を人にしひ問はれて云《いはく》、生死《しやうじ》無常の有様を思ふに、此世のことはとてもかくても候。なう後世《ごせ》をたすけ給へと申すなり。云々」

これは、一言芳談抄のなかにある文で、讀んだ時、いゝ文章だと心に殘つたのであるが、先日、比叡山に行き、山王權現の邊りの青葉やら石垣やらを眺めて、ぼんやりとうろついてゐると、突然、この短文が、當時の繪巻物の殘缺でも見る樣な風に心に浮び、文の節々が、まるで古びた繪の細勁な描線を辿る樣に心に滲みわたつた。そんな經驗は、はじめてなので、ひどく心が動き、坂本で蕎麥を喰つてゐる間も、あやしい思ひがしつゞけた。あの時、自分は何を感じ、何を考へてゐたのだらうか、今になつてそれがしきりに氣にかゝる。

(『無常といふ事』)

昭和十七年、四十歳の時に書かれた『無常といふ事』の前後に、小林秀雄の批評文は完成を迎えた。だが、批評文にとって完成とは如何なる事態だろう。小林において完成は、明らかに独自でしかありえない相貌をもった、つまり「宿命」の認識を一つの場面として造型する、ある種の創作としてなされた。創作といっても物語としてではなく、認識を提示するための道具立てとして、ある個別の状況における、自分や知己の行為が描かれる。『無常といふ事』を、「山王權現の邊り」をうろつく自分の姿を描く事から始めなければならないのは、偶然とも何ともつかない、自分でも訝しい『一言芳談抄』の一節が「心に浮び」、「心に滲みわたつた」という個別的で固有の、一回きりの経験を反芻する位置から、「無常」という概念化され擦り減らされた言葉を今一度口にするためである。

批評文が、作品化され、創作化されることが必然的であると思われるのは、批評家が対象を扱う時に、思想や価値観によって切り取るのではなく、特定された状況における認識においてのみ生起する、一般的な状況に還元しえないものとしてしか示せない独立した認識であり、伝達も、理解も不可能な認識であるからである。小林における批評の完成とは、「べき」、「ため」を逃れた主観を、つまりは「宿命」の姿を、場面として造形する事によって、伝えられる物へと転換せしめたという事であった。映画館で見た樹影の戦慄を上演して見せる道具立てとしての批評文。

『無常といふ事』から『モオツァルト』までの小林の批評文が、この、創作としての、作品としての批評文として、固有の認識を実現した事、さらにそこにおいて小説、詩、音楽、古美術、歴史といった、いかに多様な対象を批評してきたかについて、贅言する必要がないだろう。私がここで問いたいのは、「その後」の小林秀雄である。

戦後の一時期に、小林はこの「完成」したスタイルから離れる。白洲正子氏によるならば、『本居宣長』の「冗長」に辟易した白洲が小林に、昔の『無常といふ事』のスタイルでまた書いて欲しいと云うと、それは俺にはもう易しすぎるのだ、と答えたと云う(白洲正子『遊鬼』)。

だが一体小林は、いかなる「困難」に立ち向かっていたのか。

∴

「困難」との格闘が、いつの時点から始まったのかを特定する事は、少なくともこの稿においては余り意味があるとは思えない。さしあたって、『モオツァルト』後の作として昭和二十九年から「新潮」で連載がはじまった『近代繪畫』を見てみる。『近代繪畫』においてて小林は、ドラクロワからピカソに至る、十九世紀中葉から二十世紀初頭までのフランスの画家たちを個別に取り上げながら、絵画に起こった変化と、その結果を語っている。ここで小林が、見つめた変化が美術史的に意味のある事かどうかはどうでもいい事だ。確かに今日の美術史の満艦飾的な、つまりフランス近代美術を考えるにもフランスにとどまることなくヨーロッパ全土を視野に収め、社会情勢はもちろんのことパトロンの問題からジャーナリズムまでを吟味する研究手法からみれば、小林のそれがきわめて素朴であるだけでなく、薄っぺらに見えるのは、当然だろう。だが、小林はその変化を、小林自身の目で、数葉の絵において見たのであり、その事だけが重要なのである。小林が見るという事の前に、全ヨーロッパ絵画がかき消えてしまっても構わないのではないか。

冒頭、ピカソに言及しながら、絵画における肖像画の消滅について、小林は云う。

今日、ピカソに肖像畫を註文する人はないだらう。先方の勝手でどんな顔を描かれても文句が言へないといふ事では、話しにならない。本物といふものは、畫家にとつて、なくてはかなはぬものであつた。何も眼前にある事物でなくてもよい、歴史上の事實でも、宗教上の物語でもいゝわけだから、本物といふより、畫家の扱ふ對象だとか主題だとか言つた方がいゝであらうが、さういふ對象なり主題なりを、畫家に提供したのは、その時代の常識や教養といふものであつた。

（「ボードレール」『近代絵画』）

絵画から「本物」、つまり画家がその技量のすべてをかけて再現してみせる、あるいは再現したと信じさせることが出来ると信じていた「本物」が消滅してしまったと語りながら、小林は、「本物」の消滅の背後にある「常識や教養」の失調に言及している。「本物」たるべき「主題」が見いだせなくなったという事は、「常識や教養」が機能不全に陥った、それら暗黙の了解が画家を抑制し、導くことが出来なくなったということに他ならない。

小林は、近代絵画の出発点に立ち返って、レンブラントの「夜警」が引き起こしたスキャンダルにふれながら、「常識や教養」に立ち向かっていく画家たちの基本的なモチベーションを示す。

近代繪畫の運動とは、根本のところから言へば、畫家が、扱ふ主題の權威或は、强制から逃れて、いかにして繪畫の自主性或は獨立性を創り出さうかといふ烈しい工夫の歴史を言ふのである。

（「ボードレール」『近代絵画』）

アムステルダムの夜警団に依頼された、集団的肖像画において、メンバーそれぞれの容貌を克明に描くという、それまでの画家には当然とされていた職業的責務を逸脱して、画面全体のボリュームと陰影を優先し、つまりは画家としての表現の追究のために、名誉あるいは記念のために絵画を発注するという公衆の常識を踏み躙ったレンブラントのエピソードに、小林は、画家の表現的エゴの拡大とともに、社会的な了解や、その背景となっている教養から、画家が画それ自体を逸脱させていく端緒を見、そして画面が画面として、「本物」なしに描かれざるをえなくなっていく過程を想定する。

「本物」なしに、絵を描くとは、教養も常識もなく絵を描くとは如何なる事か。

それは、どの様な参照もなしに、描くという事だ。

では参照をする事なしに描くとはどういう事だろうか。

それは、如何なる対象も見ないという事なのか。

いや、彼は見るだろう、少なくとも彼は、今描きつつある、描かねばならない、その画面だけは見なければなるまい。

しかし、画面を見つめる彼が、本当に覗き込んでいるものは、何なのか。

例へば、ユーゴーの詩には、歴史もあれば傳說もあり、哲學的思想もある。從つて、ボードレールのやつた事は、詩から詩でないものを出來るだけ排除しようとする事、つまり、詩には本來、詩に固有な純粹な魅力といふものがある筈で、この定義し難い魅力を成立させる爲の言葉の諸條件を極めるといふ事だ。詩は、何かを、或る對象を或る主題を詩的に表現するといふ樣なものではない、詩は單に詩であれば足りるのである、さういふ考へである。

（「ボードレール」『近代繪畫』）

詩は詩であればよい、という明晰さは、しかしながらけして健康なものでも健全なものでもなく、その断言の終わらない裡に、詩でしかない詩を求めるという純粋かつ絶対への報いなき追求へと、つまりはS・マラルメが見いださざるをえなかった、きわめて虚無的な言葉の錬金術へと詩作を限定していく先細りの螺旋運動がはじまる。この運動の中で肝要なのは、コレスポンダンスとか、見者の美学といった形で語られているような、新しい言葉の形而上学ではない。勿論、人は常に新奇な形而上学を作らざるをえないのだが、重要なのは、ユーゴーまでの詩人たちが、あるいは文学が、山ほど湛えてきた、言葉、言い回し、比喩、構文の中に積み込み、詰め込みしてきた「歴史」「的説」「哲學的思想」の総てを放棄してしまった時に、詩人が何を見たのかということである。ここで小林の問いが、「批評について」の地平から一歩進んでいる事を弁えておく必要があるだろう。小林は、宿命についての認識を一歩進めて、固有かつ偶然の認識から、表現の発展において必然的な問題へと、つまりは常識の崩壊と表現の相関に於いて宿命を考えている。表現において常識や教養が無効になる事と、表現がある物の宿命自体に化していくという事を結びつけて考える事は、必ずしも認識のあり様を、歴史的な文脈と結びつける事ではない。それはむしろ、小林が、画家たちの認識が、画面との間に「本物」と「対象」すら、そしてそれらの形作る求心性や夾雑物としての教養を介在させない、直なものとして考察しようと試みたという事だ。多少先回りするが、それは最早、表現と認識が区別できないような地点での宿命の発見である。

ここで、カントを想起するのは不当かもしれない。しかし、既に出来上って居座っている様々な媒介物を、あるいはあらかじめ作られている認識の枠組みを越えて、あるいは忘れて、対象ですらない物自体を認識しうるとする、有り体に云えば裸の物と人はついに直面せざるをえないと観る小林は、明らかにカント的な図式を意識しつつなお、けして辿りつきえぬものとしての（故に人間に対して、絶えることなく働きかける）「物自体」と直面しうる、直面せざるをえないと考えていたに違いない。

いずれにしろ、小林にとっての美学とは、カントと枠組みを同じくするような、つまり、それと指し示す事も近づく事も出来ないが、実在をしている何物かとの応答として把握されるE・バークなどの伝統概念や、そこから派生した解釈学的な文脈の介在を峻拒するものであった。

セザンヌの繪が啓示する自然といふものを考へてゐると、自分は嘗て自然の前にじつと坐つた事さへ、一度もないといふ氣がして來る、とリルケは言ふ。成る程、自然を歌ふ詩を、いくつも作つたが、自然はたゞ自分の詩作の機縁に過ぎなかつた。自然といふ樂器を、氣まゝに掻きならしてゐたに過ぎぬ。或は、自分の見てゐた自然は、無限に大きい誇張された存在で、私は、これに當てもなく引摺り廻されてゐた樣である。そのやうなものは、決して眞實な自然ではない。自然の差し出す顏の一つ一つに自分は引つかゝつてゐたのだ、いや寧ろそれは自分自身の樣々な表情だつたのであらう。さういふ事を、セザンヌの繪のきびしい潔白な客觀性或は卽物性が教へてくれた。

（「セザンヌ」『近代繪畫』）

「主題」がなくなり、参照すべき「本物」がなくなった後に、画家が持たざるを得ない「潔白な客觀性或は卽物性」は、如何なる外的な支えもなく、自己だけで、何らかの完結を求めなければならないがゆえに、無限に続く問いの、不吉な連鎖へと行きつく。

その結末を、最も生々しく示しているのが「青の時代」、初期ピカソの代表作『貧しき人々』だと小林は云う。

ピカソの「貧しき人々」のテーマは、貧窮ではない。社會の惡でも個人の墮落でもない。たゞ生活の上の或は思想上の特權から確實に離脱出來た人間の姿の樣に見える。外にはもはや信じられるものがないから、彼等の眼は、內を向いてゐる。內を向いてゐるが、其處には未知なものしかない。そんな風に思はれる。確かに、ピカソが觸れてゐるのは、彼等が內心に祕めた、解く事を得ない生きる理由なのだが、彼等の裸の姿から、ピカソが、屢々「母と子」といふ生存の基本的なテーマに誘はれてゐるのは、當然な事である。だが、こゝでも、母性愛といふ神聖な或は因襲的なテーマは、言はば見掛けである。

（「ピカソ」『近代繪畫』）

小林は、「貧しき人々」の描く処は「貧窮」や「社會の惡」や「個人の墮落」では無いとする。一般的な文脈に還元されえない事柄への執着は、小林秀雄にとって、ごく初期から一貫するものだが、『無常といふ事』以降の小林において本質的であるのは、ピカソやセザンヌの「画面」を導入する事で、社会的、あるいは歴史決定論的視点からはみ出てしまった意識が見ざるをえない光景を、小林が自ら描くのを止めた事である。自ら描いて見せる事を止めた時にこそ、小林が見ざるをえないものがそこに現れた。この停止には、おそらく二つの側面がある。一つには小林が、自らが文として、つまりは場面として作りだすイメージの表現としての限界を感じて、セザンヌなどの「画面」を導入したという事。さらに今一つ、より本質的には、小林が、文章によって表現するといった手つきのもとに、自分の認識を、つまりは認識したイメージを扱えなくなってしまったという事である。いずれにしろ興味深い事は、通常の批評家が、あるイメージについて語りだす事から始めて、批評の完成に至ろうとするのに対して、小林は全く逆に完結した批評から、イメージについて語る事に向かったという事である。その事はこのような見方を要請する、小林が、イメージについて語っているのではなく、寧ろイメージを導入する事によって、批評の完結性自体を壊したのだ、というような。

私は、この期のピカソの作品を見て、もしドストエフスキイの「地下室の手記」に色が現れたら、こんな色であらうか、とよく思ふ事がある。冥府の色のうちに現れるのは、やはり「貧しき人々」や「虐げられし人々」なのであるが、ドストエフスキイの娼婦がゾラの娼婦と違ふ、殆ど同じ様な意味合ひで、ピカソの洗濯女はドガの洗濯女と違ふ。ドストエフスキイもピカソも、彼等の扱ふ人達が、社會の最下層階級にある事では承知せず、彼等を地下に、冥府に押しやる。もはや彼等は、社會の犠牲者でもない。彼等に應ずるものは、作者の怒りでも同情でもない様である。（「ピカソ」『近代繪畫』）

「怒り」でも、「同情」でもないものとは一体何だろうか。

それは名指されざる物であり、道徳も意味もない物に他なるまい。

しかし、なぜそれを名指す事ができないのか。ゾラがしたように、あるいはヘーゲルがマルクスが、互いに異なる方法によりながらも認識の枠組みを築こうとしてきたのに対して、ドストエフスキィは、眼前にいる人々に、何の距離も遠近法もなしに、素手で、鼻をこすりつけるようにして直面する。彼は、彼自身と、ぴったりくっついてしまった。だから、彼は、人々との距離も、時代への視界も、失ってしまった。彼は、彼をいかなる「同情」も「共感」もなしに、見詰める。そこに何物もはさむ事が出来ないのは、けして認識の精確さや純粋さのためではなくて、ただ単に、同情が滑り込むには、介在するには、そこが狭すぎるためにすぎない。彼は、心ならずも素面で自分と対面せざるをえない、すべての緩衝材を排した地平において。

恐らく、ピカソの仕事場は、ドストエフスキイの「地下室」の様にたゞ貧しく、裸で、沈默してゐる。冥府の色から現れる「貧しき人々」も亦たゞ在るが儘にさうなのであつて、これに社會的な或は道徳的な意味を附與する事は出來ない。それは餘計な戲れである。ピカソやドストエフスキイが見たものは、もつと恐ろしいものだ。これに名前や意味を附與して安心出來る樣なものではない。何故かといふと、彼等の姿は、彼等を書き、彼等を描いた作者達自身の姿に他ならず、二人が、これを扱ふのに地下室や冥府の色を必要とした、といふのも、二人とも名附けやうもない自分自身に出會つた一種の恐怖に由來すると言つてもいゝからである。

（「ピカソ」『近代繪畫』）

解釈の助けもなく、意味も道徳もない小路の行き止りで自分自身と出会った者が、自分を「名附けやうもない」のはごく当然のことだろう。しかし、そのようにして自分自身に出会う事が、「一種の恐怖」にほかならないのはなぜなのか。自分が、自分などではない事を、思い知らされるからか。それは、自分が自分でしかないと云う事と同じである。自分が自分から引き離せない、わかつ事ができないとは、何と恐ろしい事だろう。其処はおそらく、人間にとって「地獄」にほかならない。というより、「地獄」とは、そのような場所としてしか存在しないのである。バルセロナ時代での経験に触れつつ小林は、ピカソの「青」を「地獄の色」だと云う。

併し、彼が、自分の裡に隠れてゐる地獄の色に氣附いた時、これを惡とも頽廢とも感じなかつたのは確かな樣に思はれる。それは、凡そ解釋を越えた絕對的な色彩として、彼に迫り、彼には、これを避ける理由など何處にも見附からなかつたであらう。青について語る彼の言葉は、祈りに似てゐたといふサバルテスの觀察は正しいであらう。

（「ピカソ」『近代繪畫』）

なぜ、ピカソは、「青」という色彩を語る時に祈らねばならないのか。あるいは云い方をかえれば、その「青」が「絕對的」なものでなければならないのか。云うまでもなく、ピカソの、あるいは小林がピカソに見てとった処の「地獄」が、何処にも行けない、どんづまりの、如何なる別なる地平も余所も考えられない場所だからである。身動きが最早取れないと悟った時に把んだ色だからである。どこにも行けないのだから、それは「絕對的」でしかありえない。身動きが出来ないから、祈る事しか出来ないのだ。しかし、誰に対して、何を、彼は祈るのだろうか。此処とは別の何処かに向かってか、あるいは此処で、ぴったりと対面している自分自身に対してか。

銘記すべきなのは、このような何処にも行けない場所、つまり宿命は、そこに捕らわれた人間にとつて、いかなる意味においても、偶然に落ちた場、陥穽にすぎないということである。

ピカソは、「仕事は物から始る」と言ふ。彼が「見つける」ギターは、たゞ眼前に在るから在るのであり、偶然に與へられてゐるから、見附けるのである。ギターの存在は、理性に合つてもゐないし、反してもゐない、まさしくさういふ意味で非合理的な物から、仕事は始ると、ピカソは言ひたいのである。科學者には偶然といふものがない。と言ふより、言はば、偶然の影、偶然といふ言葉しかない。偶然とは、確率計算の條件であり、事後になつて判明した因果關係であり、將來にその解答を保留する問題である。併し、實際には、偶然の雨は、科學者の上にも、絶えず降つてゐるのであつて、彼には、自分は傘をさしてゐるとは言へるだらうが、雨が降つてゐないとは言へない筈である。セザンヌの「感覺《サンサシオン》」と呼ぶもの、或はピカソが「注意力《アタンシオン》」と呼ぶものは、絶對的な偶然性しか對象に出來やしない。少くとも、さういふ風に、絶對的に知覺する樣に、眼を行使しようと努めるのである。だから、セザンヌは感覺の强度に堪へねばならぬと言ふ。ピカソの言ふ注意力も、普通の意味とは逆だ。純粹な知覺が普通の意味での注意に轉落しない爲の注意力である。

(「ピカソ」『近代繪畫』)

小林は逆説を重ねている。逆説を重ねる道筋だけを辿れるものとして認めて、つまり「非合理」からしか「仕事」は始まらないと云い、いずれにしろ科学者にとって偶然とは言葉に過ぎぬと云い、偶然を認めぬ科学者の上にも偶然の雨は降ると云い、セザンヌも、ピカソも、その意識の集中点において対象と出来るのは、偶然だけだと云い、さらにピカソの注意力は、知覚が「注意」に転落しないために緊張している注意である等と云う。教養の体系が崩れ、というよりも無用のものになり、総ての対象が無償になった時に、もしも画家が目を見開いていたならば、彼が凝視できるのは、「偶然」だけに決まっているではないか。このような画家と対象との関係が、逆説としてしか記述しえないとしたら、それは画家ではなく、通常の対象と認識の論理が誤っている、もしくは狂っているのである。

先日ピカソの展覽會を見てゐて、私の眼も人並みにこの異常な畫家の眼の樂しみを追つたが、私の心は、考へるといふ事から感ずるといふ事に直進するとは、まさにかくの如きものであるのか、と絶えず自問してゐた。何故かといふと、その前日、私は原子核分裂に關する解説書を讀了し、感ずる事から考へる事に向ふ道が、どんな處に行き着いたかに呆れてゐたからである。すると、現代繪畫に感動するには理性があり過ぎ、現代科學を理解するには感情があり過ぎる私の様な凡庸人の位置が一種奇妙なものに思はれて來た。困つた事である。

（「セザンヌの自畫像」）

「考へるといふ事」から「感ずるといふ事」に直進するのは、そこに最早如何なる夾雑物も存在しないからである。直接に「考へ」と「感ずる」が接する様が、現代絵画と物理学において並行することについては、一先ず措こう。ただ肝要なのは、このような直接さを自覚した時に、いかなるドラマが、思想や表現よりも、むしろ人に起きるのかという事である。

小林について問うならば、この直結の力が、直接性への偏執が、小林に、完成した様式を捨てさせたのであった。あるいは、この直接性について考えるために、小林は、「創作」としての批評文を捨て、つまりイメージを作る事を断念して、イメージ自体を、ゴッホの、セザンヌの、ピカソの絵を批評に導入したのである。

∴

「直接」という事を考えるに当たってひと先ず、文学に立ち戻り、小林のドストエフスキィ観について見てみたい。

小林は、一貫してドストエフスキィの小説の特質を、「性格」の不在として規定している。

彼は言ふ、「僕は藝術に於いて極端に寫實主義を愛する、言はば空想にまで達した寫實主義を愛する」と。彼の作品の異様に空想的な姿は、ミハイロフスキイの所謂「殘忍な天才」と何等矛盾するものではない。彼の作中人間の心理や情熱の解剖は驚くべき纖巧に達してゐるが、この纖巧は彼が言ふ「限界のない獸性は纖巧に結びつく」、さういふ纖巧に他ならない、彼の解剖は聰明な計畫によるのではなく、生活の荒々しい衝動によつて限界を越える、越えた處に現實はその尋常の意味を失ひ、自己は性格的規定を失ふのだが、かういふ孤獨にあつて彼が衰弱しなかつたのは、もともと彼の兇暴な解剖が否定的なものとも懷疑的なものとも呼ぶにふさはしくない健康な素朴な力を藏してゐたが爲だ。

（「『白痴』についてI」）

なぜ「性格」が失われるのだろうか。ドストエフスキィの小説の登場人物には本当に性格がないのだろうか。確かに、小林が指摘している様に、作家自身がそのように語っている。

「十九世紀の人間は性格のない個性でなければならぬ」といふ洞見は、ラスコオリニコフに於いて比類なく肉體化されて現れた。彼の性格を解剖する事くらゐ無意味なわざはない。彼の性格は自己解剖によつてこの作の冒頭で既に紛失してゐた筈だ。

（「『罪と罰』について I」）

ここで念頭に置くべきなのは、小林が、ドストエフスキィの小説美学（というようなものが存在し得るとしての話だが）に忠実であるという事ではなく、小林はむしろドストエフスキィの人間観、というよりも、問い方自体に忠実であろうとしているという事である。

性格とは行爲の假面に過ぎず、行爲とは意識の貧困の假面に過ぎぬ、それが彼の確信であるが、何故、この確信は、彼に何んの元氣も勇氣も與へてはくれないのか。彼は、野獸の様な眼附で虛空を睨む。疑はうと思へば、どんなに立派さうなものでも、疑はしく見える。もともと悟性といふものが否定的な力だからか。だが、この取るに足らぬ薄汚い「地下室」や、この不樣な服裝や、この卑屈な唸り聲は、何か肯定的なものを語つてゐないか。凡てのものが崩れ去らうとする危險のうちに、この憐れな男は、少くとも自分だけは掛替へなく生きてゐる事を感じてゾッとする。この感覺は、齒痛の樣に彼を貫く。すべての行爲は愚劣であり、無爲ほどましなものはないと信じたこの男は、ひよんな事から自分でも呆れ返るほどの愚行を演じねばならぬ。生きるといふ事は、さういふ具合なものなのか。

（「『罪と罰』についてII」）

性格も、人格も、思想も捨ててしまった人間が、最後に残った、というよりも、そのような剝落によって否応なく対面せざるをえない自分自身に直面した時に味わう「ゾッとする」感触。その感触によってのみ、つまりは「直接」がもたらす生々しさによって、小説を組み立てようとした処にドストエフスキィの天才はあり、彼もまた直接に自分と鼻を突き合わせ、自分についての、いかなる一般的な、伝達可能なイメージも持つ事も出来ずに自分と対面していた。そして、一夜で伸びた髭の先端で撫でられる位の距離で自分と顔を突き合わせているこの作家は、登場人物の性格だけでなく、小説の筋立てをも投げ捨ててしまう。『白痴』とは、そんな小説である。

殆ど小説のプロットとは言ひ難い。ペテルブルグの患者等は、スイスの療養所の病人達より餘程重症らしく思はれる。ドストエフスキイが常に愛好した、といふより本能的に要求した小説構成上の病理學的なセットは、「白痴」に於いて、最も大膽、最も巧妙に組立てられてゐる。彼の後期の作品のどれにでも言へる事だが特にこの大作のプロットは、プロットといふより寧ろ創造力の兇暴な場と形容した方がいゝ様だ。

（「『白痴』についてI」）

『白痴』の、性格を失い、自らを覗き込んだ戦慄に捕らわれた人物たちの中でも、小林は、レエベジェフに特に注目をする。

彼は、非常に傷つき易い鋭敏な良心を持つた人間なのである。そして彼の言葉によれば、「浮世の辛酸を嘗めて、苦勞して來た」人間なのである。彼の目には、先づ大概の人間が青二才に見えるのみならず、彼の考へによれば優れた人間とか成功した人間とか言はれてゐる連中は、皆、強い、つまり人間の弱さに關して冷淡な鈍感な人間なのだ。かういふ考へこそ、彼が隱し持つてゐる大事な祕密であつて、それは、彼の言葉を借りれば「こゝんところに（と心臟を指してみせる）何もかも收めてをります。が、まあ、何んと言つても卑劣な人間でがす。卑劣の爲に一生を臺無しにして了ひました」と言ふ事は、要するに、一生を臺無しにして了はない樣な人間なぞ、彼に言はせれば、みんな人で無しだ、といふ意味であつて、彼は、さういふ人で無しの前で、平氣で泥棒も働くし、詐欺もやる、そして内心こんな事を言つてゐる樣に見える、勿論、俺がこんな事をやるのは、他にこれといふ才能のない男の生活上の必要からだが、本當の理由は、お前達に對する面當てだ、それが、憚り乍らお前達の樣な紳士面をした下司根性には見抜けまい。俺は卑劣な人間だ、と公言する時の、俺が内心深く押し隱したぞくぞくする樣な喜びの感情が見抜けまい、と。レエベヂェフの裡では、この悲しい祕密がいつも内攻してゐる。この悲しみを救つてくれる程の大きな力が世間にあるとは、彼は信じてゐない。

(「『白痴』についてII」)

レエベジェフの行き過ぎ、過剰としか思えない自己嘲笑を、小林は、『白痴』の登場人物の中で彼が最も自己と自己の距離を、つまりはその距離のなさを明確に意識している事の現れと見、同時に直接性の中で生きざるを得ない者の姿を、徹底した道化として形象したドストエフスキィの、才能というよりも自分自身にたいする容赦のなさ、救いのない「近さ」に驚嘆する。かくも近くに、自分を、あるいは自分が生きている状況を、鼻つき合わせて見た者に出来る事は、ふざける事、自らを欺き、笑う事だけなのだ。この道化ぶりは、ピカソの色彩の秘めた「祈り」と通じている。

実際、ドストエフスキィの小説では、登場人物は、みんなふざけているように見える。彼等は誰一人真剣でも、真面目でもないように見える。その通りだ。どこにも本当などはないのだから、自分が真実を持たぬという事以外は。セザンヌ以降の絵が、「本物」を失くしてしまったように、ドストエフスキィの人物は、真実を、とうの昔に置き忘れてしまった。だとすれば、人は笑うこと以外に何が出来るだろうか。

レエベヂェフとイヴォルギンとの間を、財布が行つたり來たりする。こゝに生ずる笑ひは一種グロテスクなもので、ユウモアとは呼び難い。まるで財布が、俺は一體何んの爲に行つたり來たりしてゐるのか、と口を利いてゐる樣である。作者は、變人が描きたかつたのではない。二人は變人ではない。これらソクラテスならぬ凡庸人は、世間に見離され、一生を臺無しにした、といふ痛い代償を拂つて、めいめいの自己に面接してゐるのである。彼等は、世人の信用を失墜し、止むなく眼を自分の孤獨の內側に向けた、そんな厄介な事を、彼等は、決して進んで欲したのではない。誰もめいめいの裡に持ちながら、誰も見たがらぬ、或は適宜に覗いて濟してゐる、人間の深い特性、汲み盡せぬ意識、限りない內面性の前に、彼等は、追ひ詰められ、引据ゑられたと言つてい〻。彼等は混亂して、もう自分を信ずる事が出來ない。イヴォルギンの空想は、徒らに、彼の英雄や怪物を發明し、レエベヂェフの分析は、噓と本當とはけじめの附かぬものだといふ發見に衝突するだけである。イヴォルギンは、小說家の樣に噓を付き、レエベヂェフは、俳優の樣に假面を被る。だが、何故、小說家の樣にであり、俳優の樣にであつて、彼等は小說家でも俳優でもないのかと質問してみる事も興味ある事だらう。諸君は、彼等に不足してゐるのは才能ではない、讀者と見物とである事に氣附くであらう。

（「『白痴』についてII」）

ユーモアでもなく、イロニィでもない、自分の「孤獨」と間合いなく対面している者の笑い。その直接な近さは、まさしく絶体絶命の、いかなる救いも無い場所だ。彼らはふざけ散らし、己と他人を欺き尽くした後に、その種も尽きて、彼等の虚偽と罪すらも消えた時に、つまり彼等が晴れて潔白となった時に、もっとも深く罰せられている自らを発見せざるをえない。

将軍は白状したのだし、レエベヂェフは、毎日白状してゐるのだし、この二人の嘘付きは、良心に照らして、もう何にも白状するものがない。而も、それ故に、彼等は「啞の樣に聾の樣に苦しむのである」。

（「『白痴』について II」）

総てを語り贖罪の時が訪れるはずの時に、最も深く自らの救い難さを認識せざるをえない人物。その認識の地点において、彼等は、あるいは彼等を眺めている読者は、ある認識の底に、コツリとぶつかるのである。

主觀的な獨白がその無私の故に、その極限に於いて、客觀的事實に觸れ合はねばならぬ。

（「『罪と罰』について I」）

「無私」という、強いられた放縦の果てに、地下室の住人が「ゾッと」したのと同じ地点で、小説はより深い客観性を達成する。

諸君は、既に納得されたであらう、これが、ドストエフスキイが一人稱小説の形式を捨てた場所である事を。人間とは何かといふ問ひは、自分とは何かといふ問ひと離す事が出來ない。何故かといふと、人間を一應は、事物の様に對象化して觀察してみる事が出來るとしても、それは、人間に、あまり遠方から質問する事になるからである。人間は何かである事を絶えず拒絶して、何かにならうとしてゐる。さういふ人間に問ひを掛けるには、もつと人間に近付かねばならぬ、近付き過ぎるほど近付いて問はねばならぬ。僕に一番近付き過ぎてゐる人間は、僕自身に他ならない。自己に烈しく問ふ者が、何等の明答も得られない様を、僕等は「地下室の手記」に見る。彼は疑ひの煉獄から出る事が出來ず、出ようともしない様も、まさに僕等の讀む通りである。彼は、ゴリアドキンの様に狂つてはゐない。だが、小説自體は狂つてゐる。始めもなければ終りもなく、筋もない、骨組もない。主人公は確かにゐるのだらうか。本當はゐないのかも知れぬ。

(「『罪と罰』についてII」)

なぜ、小説が狂わなければならなかったのか。

小説の叙述自体が、自問に巻きこまれ、からめ取られてしまっているからだ。ここにおいてドストエフスキィは三人称の小説へ、つまりは『罪と罰』以降の大小説群へと足を踏み入れていくのだが、それはけして自意識の迷路に整然としたパースペクティブが与えられるという事ではなかった。

「罪と罰」の覺え書の中に、この作を告白體で書いたものがある處を見ると、作者は、この新しい世界へ這入るのに、餘程逡巡したらしいが、彼は遂に踏み込んだ。「私」は消えた。といふ事は、作者の自己の疑はしさが、そのまゝ世界の疑はしさとして現れたといふ事であつて、今更、公正な觀察者なぞが代理人として、作者のうちに現れる餘地はなかつたといふ意味である。人と環境或は性格と行爲との間の因果關係に固執する、所謂自然主義小説の世界は、もつと深い定かならぬ生成の運動に呑まれ、人間の限定された諸屬性が消えて、その本質の不安定や非決定が現れ、信仰や絶望の矛盾や循環が渦巻く。こゝに現れた近代小説に於ける世界像の變革は、恰も近代物理學に於ける實體的な「物」を基礎とした從來の世界像が、電磁的な「場」の發見によつて覆つたにも比すべき變革であつた。

(「『罪と罰』についてII」)

小林は、ドストエフスキィの、後期三人称小説を、性格をもった個人がさまざまな行為を通じて自己を発現する近代小説とは根本的に異質な作品として把える。そこには、もとより性格もなく、ドラマもない。あらゆる人物が不決定であり、対立の文脈は読み解く事はできない。読者は、登場人物の決断や行為に同一化したり反発したりといった受容の仕方から放逐されて、小説内の様々な人々が展開していく不定形の渦巻きに巻き込まれ、己もまた確固とした個人などではないことに気づかされ、呆気にとられ、気がつくと渦巻きの中で、浮き、沈みながら回っている。

ドストエフスキィの後期大小説を読む事は、意味だとか、意義だとか、人生だとかに分割できない、罪でもなければ罰でもない、善でもなければ悪でもない、わかちえぬものに否応なく直面させられるという事である。わかちえないものが、ただわかちえないものとして、様々な混乱や錯綜、悪ふざけと祈りを引き連れて、人がその人自身と、つまりは物と直接に出会う場所にあらわれる。人が人と分離できない、性格や人生をわかつことができない、行為を意味や意義として分析できないが如く、総てが一体であり、分別もなければ分割もない、いかなる見通しもできず、そこでは認識と表現にまったく何の差異もないような、わかちえぬものこそが、宿命と呼ばれるものの全体像を余す所なく示すのだ。

∴

昭和三十三年五月、『近代絵画』の完結を受けて、「新潮」誌上で「感想」の連載が始まる。

「感想」を、『モオツァルト』以降の小林の批評を考える上で、もっとも重要な鍵をなす作品であると考えざるをえない理由は、いくつも挙げる事が出来る。「感想」という、それまで長短の様々な文章で小林が使ってきた、その批評文の本質を示唆している表題を名乗っている事からして象徴的だ。さらにその作品としての、際立った、というか、耳目を集めざるをえない特徴は、「感想」が、批評家小林秀雄にとって、随一の、呪われた作品である事だ。

呪われたというのは、昭和三十三年五月から三十八年六月まで五十六回に亘って連載されながら、結局小林は「感想」を完成させる事が出来ず中断する形で連載を終えてしまったからである。その後も小林は「感想」に手を入れる事がなく、公刊されないまま（連載第一回だけは随筆集に収められた）今日まで実質的に日の目を見ていない。さらに「感想」は、小林自身によって、「失敗」の烙印が押されている。「書きましたが、失敗しました。力尽きて、やめてしまった。無学を乗りきることが出来なかったからです。大体の見当はついたのですが、見当がついただけでは物は書けません」（「人間の建設」）。

だが、果たして小林の言葉を額面通りに受け取ってしまっていいのだろうか。小林は、自らについて語る時に、いつも、照れというような言葉では説明しきれないような性急さを示すのが常だが、それに倍して、この「無学」という言葉に、相手に先んじて会話を、了解を打ち切ってしまおうとする、強い意志を感じざるを得ない。この言葉から人が理解できる事があるとすれば、小林が「力尽きて、やめてしまった」と云う事ではなくて、小林は最早、誰とも「感想」について話をしたくない、あるいは余人と「感想」について語るべき事は、つまり人に通じるような形で示すべき事は何もないという事である。失敗であろうと、何であろうと、小林にとって「感想」を書き続けたということはそのような体験であった。

さらに「感想」という作品自体が極めて異様な姿をしている。「感想」は、他の「感想」という表題作品と区別するために「ベルグソン論」と呼ばれる事が多い。実際第一回から、最終回となった第五十六回に至るまで、ベルグソンに言及されていない回は一回もなく、話柄もほとんど全てが、ベルグソンの哲学に拘わるものだ。にも拘わらず私は、「感想」を「ベルグソン論」と呼ぶ事に強い違和感を覚える。

というのも「感想」では、ベルグソンなど、少しも論じられてはいないからだ。確かに延々と五十六回に亘って、ベルグソン自身が、その概念が、論文が、論理構成が話題になっているし、小林もさまざまな形でそれらについて語り、分析し、あるいは纏めようとしている。にもかかわらず、それは「論」と呼べるような代物ではない。

「論」でないというのは、その構成が、明確な見通しをもっていないからである。話題自体は、『創造的進化』『物質と記憶』『笑い』『意識に直接与えられたものに関する試論』などのベルグソンの著書にふれながら、自由や直観、イマージュなどが提示されるが、そこには進行に従っての問題の発展や深化、整理、あるいは変化というものすらなく、同じ、極めて狭い軌跡を何重にも回っているにすぎない。

「彼（ベルグソン）の言ふ直觀とは、認識の一種といふよりむしろ、前に引用した『ラヴエソン論』の中にもある樣に、哲學者に要求された視覺《ヴィジョン》の一種なのである。」（「第五回」）

「感性を殺し、悟性を働かした人間の注意力が、對象のどんな特殊な點に向けられた時に、笑ひは發するか、これを凝視したところに、をかしさといふテーマが鳴るのを聞いた、其處に、ベルグソンの天才は現れる。」（「第九回」）

「純粹に視覺的とも言へず、純粹に運動的とも言へず、同時に兩者であるやうなもの、踊りの繼續的な運動間の、特に時間的な性質を帶びた、關係のデッサンの如きもの、さういふものを心に浮べる時、その種の、特に關係が描かれる表象が、今まで言つて來た圖式といふものに酷似するのである。」（「第十四回」）

「變化は實在する、凡ての物は變化する、變化は物の法則だ、さういふ事を繰返し誰も言ふが、皆、言葉に過ぎないのである。」（「第十五回」）

「ベルグソンの考へでは、この直接な意識經驗の二元性は、根柢的な事實なのであり、人間として生き、動き、在るが爲の絶對的な條件なのである。」（「第十七回」）

「しかし、少くとも、ベルグソンが、『與へられたもの』といふ言葉に附した重要な意味、『構成されたもの』とは全く反對な『與へられたもの』から出發せよ、と彼が當時の心理學に警告した理由、これをフロイトほど、身を以て知つた心理學者は、恐らくなかつただらうと思はれる。」（「第二十七回」）

「成る程、ベルグソンは、科學者と反對な道を行つたのだが、對象に直面してゐてでなければ、決して理論を發展させない、といふ誓言は、いつも守られてゐるのであつて、その事が大事だ。」（「第四回」）

「從つて、ベルグソンは、純粹な知覺は、物的實在であつて心的實在ではないと斷ずる。」（「第四十回」）

極めて恣意的に、「感想」の中の一節をいくつかより出してみたのだが、これだけでもその紛糾ぶりが窺えるだろう。勿論、小林なりの整理が行われており、確かにそれは世にあまたいるベルグソン哲学の専門家の指摘などよりも数倍興味深いことがしばしばであるから、微視的には「構成」なるものを再構成して見せることは可能に違いない。だが、小林自身がこのように語っている時に、そのような試みに意義はあるだろうか。「哲學的思想の發展とは、取りも直さず、このやうな出發と復歸、自分を失つたり見出したりする、限りない訂正を指すのではあるまいか」（第三十四回）。

さらに「感想」において読む者を惑わすのは、小林がベルグソンについて整理をしたり、要約をしたりする事を放棄しているがために、その記述が一見して祖述にすぎないのではないか、という印象を受けるということである。

そして、この純粋記憶の根本的な無力といふものが、まさしく純粋記憶が、どうして潛在的狀態で保存されるかといふ事を理解する鍵になる、とベルグソンは考へる。こゝで、彼は、無意識といふ問題の根本にふれるのだが、精神分析學が普及した今日でも、この事は、はつきり考へられてはゐまい。何故かといふと、ベルグソンのやうに、意識の職能といふものを徹底的に究明しない限り、無意識の事實性或は自立性に關し、いろいろ異論の餘地が殘ると思はれるからである。ベルグソンは、先づ、人々が存在といふ言葉につまづいてゐる事を指摘する。誰も心理狀態の本質的な特性は意識にあるといふ考へから、容易に離れられない。從つて、心理的狀態が、意識されないやうになるには、心理的狀態が存在しなくならなければならぬと考へる。無意識と心理の非存在とを同義に扱ひながら、無意識の心理の意味するところを納得する事は難かしい。だが、もし、意識とは現在の特徴的な刻印である事、卽ち現實に生きられてゐるもの、つまり、活動してゐるものに他ならぬとすれば、活動しないものがもはや意識に屬さぬからと言つて、それを必ずしも、もはや存在しないものとなす道理はないではないか。（「第二十四回」）

肝心なのはこのような記述の仕方が、まさに小林が選んだものだという事なのである。「感想」は小林が意識的に祖述として書いたものであり、その点についてはまったく迷いがなかった。「ベルグソンの分析を辿り始めたら、行くところまで辿つてみなければならない。要約不可能な彼の思想が、分析の仕方そのもののうちに現れて來るからである」（「第三十回」）。要約不可能と云うから、そのまま投げ出したに違いないのだ。

堂々巡りを繰り返すその展開や、祖述と見まがうスタイルを、小林が意識的に選んだものであるとした処で、「感想」の異様さが了解しうるものに変ずる訳ではない。むしろ、その不気味さは、より深刻なものになる。何故にこのような形態を小林は選んだのか、と。「感想」が厄介なのは、それを前にした人間に、一体何のために、この作品が書かれたのか、という自問を強いるからだ。何のために、小林は、ベルグソンを取り上げ、何のためにこのようなスタイルで六年にも亘って書き続け、中断したまま放棄してしまったのか。

このような疑問の厄介さは、小林自身がその答えを秘めているからではなくて、それを問う事をしない、というよりも問う事をあらかじめ放棄、断念した処から書き始めている事から発しているように思われる。

實は、雑誌から求められて、何を書かうといふはつきりした當てもなく、感想文を始めたのだが、話がベルグソンの哲學を説くに及ばうとは、自分でも豫期しなかつたところであつた。これは少し困つた事になつたと思つてゐるが、及んだから仕方がない。心に浮ぶがまゝの考へをまとめて進む事にするが、私の感想文が、ベルグソンを讀んだ事のない讀者に、ベルグソンを讀んでみようといふ氣を起させないで終つたら、これは殆ど意味のないものだらう、といふ想ひが切である。（「第三回」）

「感想」は、小林のダイモンを最も率直に露呈させている作品であるといっていいだろう。ダイモンは、云う迄もなく、古代ギリシャでの死者の魂や悪霊などへの働きかけを指し、そこから偶然の背後にある必然をつかさどる力と解されるものだが、『最後の弁明』をはじめとするプラトンのソクラテス対話篇の中でしばしば、ソクラテスの思考を律し、導いていく力として言及されている。

小林は、「感想」において、ベルグソンの「直観」を、しばしば「ダイモン」と重ね合わせる形で論じている。

ベルグソンは、直観といふ言葉を重んじたのではない。外的實在の經驗を、視覺とか觸覺とかと諸君が呼ぶなら、これとは全く性質の違つた内的實在の經驗を、直觀と呼んでみたらどうかと言つたに過ぎない。といふ事は、實は、讀者は、まことに厄介な相談を持ちかけられたといふ事なのだ。ベルグソンは、物は相談だが、と讀者に言ふ。諸君も、諸君のダイモンを捜してはどうか。（「第三十四回」）

その点で「感想」とは、小林秀雄が、自らのダイモンに耳を傾け、忠実にその声に従った著作だと云えるかもしれない。というよりも、このような「論」にならない、論理も展開も放棄した叙述を書き続ける反復から、小林は自らのダイモンを塊りとして探り出そうとした。

『モオツァルト』以降の小林秀雄の最も顕著な特徴を作品化の否定、もしくは破綻として考えた時、「感想」は破綻のもっとも激しく極端な姿を示し、そして破壊を促した力、つまり小林自身の「ダイモン」が鮮明に、露われているものだ。おそらく小林にとっては、彼のダイモンを明らかにすることに比べれば、ベルグソンも、直観も、どうでもよかったのではないか。

「感想」ば、小林秀雄の『地下室の手記』であると云い得るかもしれない。その姿は、まさしく小林自身が、『手記』について語ったことと重なってしまっている。「だが、小説自體は狂つてゐる。始めもなければ終りもなく、筋もない、骨組もない。主人公は確かにゐるのだらうか。本當はゐないのかも知れぬ」（「『罪と罰』についてⅡ」）。

∴

だがまた、「感想」がダイモンの書だと云っても何の意味もない。それはまた別の整理にすぎないからだ。

ダイモンとは何かと問う事が出来ない事は、小林自身が繰り返し示している処である。むしろ、それが語り得ないからこそ、小林は『無常といふ事』に結実するような形での、批評の創作化を進めたのではなかったか。

ずっとベルグソンについて議論してきた「感想」は、四十二回位から、堂々巡りが続き、議論の混迷が深くなった末に、四十九回にいたって、突然物理学に話題が転じる。

「非物質的な作用は物質化し、物質的な原子は觀念化し、兩者は、互に、その共通の限界に向つて結合しようとして來るだらう」（「第四十九回」）というベルグソンの物理論を、ベルグソン自身が失敗と認めたアインシュタイン批判を再び取り上げる形で追及する。

内省によつて經驗されてゐる精神の持續と類似した一種の持續が、物質にも在るといふベルグソンの考へは、發表當時は、理解し難い異様なものと思はれたが、今日の物理學が到達した場所から、これを顧みるなら、大變興味ある考へになる。（「第五十四回」）

小林が、ベルグソンの物理学に対する直観を再び取り上げたのは、直接にはハイゼンベルクの、不確定性原理について知ったことにあるようだ。

「こゝに、量子力學の意味する統計の、觀察に關しての直接性と必然性とがある。現代物理學に導入されたこの新しい思想は、どんな哲學からも導かれたものではないが、自ら、哲學に近接した思想と考へられる點で、極めて重要である。」（「第五十回」）

「彼（ハイゼンベルク）の原理は、物質粒子の位置と運動量とを同時に正確に測定するいかなる方法もない、言はば、自然は、それを、人間に禁止してゐるといふ事を、はつきり表現した。」（「第五十一回」）

「それなら、ハイゼンベルクが衝突したのは、あの古いゼノンの、ベルグソンが、そのソフィスムに、哲學の深い動機が存する事を、飽く事なく、執拗に主張したゼノンのパラドックスだつたと言つて差支へない。」（「第五十三回」）

「ゼノンのパラドックスは、或る理論でも、或る主張でもない、考へる人間の自然に對する全く率直な質問である、といふ事を看破したところに、ベルグソンの獨創性があつた。」（「第五十三回」）

「物質の原子狀態の研究は、物理學を、認識論と存在論とが離す事の出來ぬ領域、卽ち自然のうちに生きてゐる私達の現實の狀態に連れ戻したと言へる。」（「第五十四回」）

通常、「感想」の中断の理由を、終りにさしかかっての物理学への転回の失敗に求める事が多い。先に引いた「無学」という小林自身の発言に根拠を求める形で、精神と物質の一致という極論を現代物理学の成果に則って論証する試みに、小林が知識不足や誤解から失敗したのだ、というようなものである。

実際にそうなのだろうか。小林は「失敗」をしたのだろうか。あるいは、小林は何らかの論証なり、証明を試みたのだろうか。

そもそも、「感想」は中断しているのだろうか。

最終回となった五十六回を見ると、「恐らくベルグソンの眞意は次のやうになると言つてゐゝ。自分にとつては二元論とは言葉ではない。二元論で、實際に事が巧く運ぶのを見れば、二元論の惹起する理論的困難は、二元論といふ言葉に由來するに過ぎぬ事を、諸君は合點するであらう、と」（「第五十六回」）といったように、冒頭二回から六回位で取り上げていた言葉と哲学の問題に再び帰っていることが見て取れる。ここでまた循環が始まろうとしていたのかもしれないが、また最初に戻る事で漸く議論を纏めようとしている、と見えなくもない。

だが、より本質的に、「感想」が「中断」したのか、と問われなければならないのは、それが小林にとっての挫折であったのか、放棄であったのかという事が問われなければならないからである。果たして、小林は、長く続いた迷走の果てに、気息奄々として行き倒れたのか。

むしろ逃れたのは、小林ではなくてベルグソンだったのではないか。

四十九回目以降で小林が展開しているハイゼンベルクに拘わる議論は、ベルグソン説の正しさを証明するというよりも、無論その発想がベルグソンに由来するものであるとしても、観察しようとする者と対象の相互作用にあった。以前に引いた部分だが、もう一度引用する。

光を使用せず電子を測定する事は出來ないが、電子を見るとは、光の光子を電子に衝突させ、これによつて電子の位置も運動量も變へて了ふ事に他ならない。物理學者が、否でも承認せざるを得なかつた事は、對象をいよいよ間近に見れば、眼と對象との間に行はれるエネルギー交換の作用が明るみに出て來るといふ事實であつた。だが、これは考へてみれば、極めて當然な事である。感覺を度外視して、いかなる觀測も考へられないし、感覺は感覺器官なしに働きはしない。從つて、觀測の行はれるところ、外界と觀察者の身體との間の、エネルギーの交換は必至である。嚴密に言へば、天空の星も、望遠鏡で覗かれゝばその運動を變ずる筈である。（「第五十一回」）

ここで小林は、自らが六年に亘って注視してきたベルグソンに対して自らが働きかけている事、ベルグソン自身が変容しつつある事を認めたのではないだろうか。

小林はベルグソンを直かに眺める事によって、ベルグソンを動かしてしまった。小林が、ベルグソンを論じる事もせず、論を構成することもなく循環に任せ、祖述に徹する道筋において、小林はただ、心に浮かんだベルグソンにつき従えというダイモンの声のみに従った。「感想」において、反復はけして停滞でも、循環でもない。むしろ、何の意義もなく、発展もない反復が、重要なのだ。小林は、ベルグソンに、あらゆる合理的顧慮を捨てて、推参したのであり、その路程において小林は、ベルグソンに対して論理構成に必要な距離を取る事をせず、極めて近く、つまりは量子論的なまでに近い直接的な距離において、ベルグソンを眺め続けた。その長い時間の後に、ふと小林の目から、ベルグソンがかき消えたのである。

強調しておかなければならないのは、退いたのはベルグソンであって、小林がベルグソンを通じて新しい視界を獲得した、などという事ではない、という事である。小林の注視がベルグソンを動かしたのであり、この事を取り違えると、後期の小林のモチベーションを見失ってしまう。つまり、小林は、彼が、ドストエフスキイに、あるいはピカソの作品において見つけた絶体絶命の近さからの視線をベルグソンに、というより、自らの心に浮かんだベルグソンに対して注いだのだ。「感想」の忌まわしいとすら思われるような姿は、そのまま「わかちえぬもの」の姿そのものであろう。「感想」はまさしく、ドストエフスキィの登場人物やピカソの色彩の如き姿を呈している。それは宿命をイメージとして提示した完結した手法からまったく離れた、異質な、自分を覗き込む自分の姿をさらに画面として眺める自分の、救いなき連鎖が作り出す、反復の、生々しい分割も分析もしようがない在り様全体として、読む者に対面を強いる。

ベルグソンが、彼の視界から退いた時に、小林は一体何を見たのだろうか。

昭和三十八年六月に「感想」が中断してからほぼ二年後、昭和四十年六月から小林は、『本居宣長』を、「新潮」に連載し始めた。

「感想」の倍近い、十二年という期間に渉って連載された『本居宣長』は、単行本として刊行された時には、批評作品としては異例な事にベストセラーとなり、また世評も高く、小林のライフ・ワーク、代表作として位置づけられている。踵を接して書かれながら、公刊すらされていない「感想」とは、字義通り対極の位置にある。

だが、このような評価の違いが示しているほど、「感想」と『本居宣長』は異質な作品なのだろうか。

確かにベルグソン哲学を、引用を抑制して祖述する事に徹した「感想」と、『無常といふ事』的な創作的アプローチと、長い引用を取り混ぜて進行していく『本居宣長』とは、文章のあり方自体がきわめて異なっている。『本居宣長』には、小林的な美しいパッセージが処々にちりばめられており、それは読む者にとって大きな魅力だ。

「櫻との契りが忘れられなかつたのは、彼の遺言書が語る通りであるが、寛政十二年の夏(七十一歳)、彼は、遺言書を認めると、その秋の半ばから、冬の初めにかけて、櫻の歌ばかり、三百首も詠んでゐる。この前年にも、吉野山に旅し、櫻を多く詠み込んだ『吉野百首詠』が成つたが、今度の歌集は、吉野山ではなく『まくらの山』であり、彼の寝覺めの床の枕の山の上に、時ならぬ櫻の花が、毎晩、幾つも幾つも開くのである。歌のよしあしなぞ言つて何にならうか」。

構成については、『本居宣長』も、連載時には循環に陥った箇所が何回かあり、それが単行本化された時に整理された事を考えると、単純に比較できないが、それでも『本居宣長』の方が格段に読み易いのは事実だろう。特に哲学史的な議論を極力排しているベルグソンに対して、江戸儒学から国学に至る学問の見取り図を、丁寧に書いている事で、読者には全体の構図が把み易くなっている。

そして何よりも、ベルグソン哲学にたいして、本居という文芸にかかわる人物を扱う事で、抽象的な議論を読者に提示する必要が退いた。

だが、簡単に見て取れる差異にもかかわらず、「感想」と『本居宣長』は異質な作品であるとも云い難い。何よりもまず、モティーフの同一性は、ごく容易に指摘できるものだ。それをごく粗雑な形で示せば、両者ともに、機械的客観性、実証主義からの離脱という点において一致している。合理主義批判を、物理学において展開した「感想」と、文献学において展開した『本居宣長』のどちらが説得力があるのか、という事は、簡単に判断できるものではないだろう。

さらに、方法論も極めて近似したものである。

村岡氏は、決して傍観的研究者ではなく、その研究は、宣長への敬愛の念で貫かれてゐるのだが、それでもやはり、宣長の思想構造といふ抽象的怪物との悪闘の跡は著しいのである。私は、研究方法の上で、自負するところなど、何もあるわけではない。たゞ、宣長自身にとつて、自分の思想の一貫性は、自明の事だつたに相違なかつたし、私にしても、それを信ずる事は、彼について書きたいといふ希ひと、どうやら區別し難いのであり、その事を、私は、藝もなく、繰り返し思つてみてゐるに過ぎない。（『本居宣長』）

村岡典嗣《つねつぐ》の宣長研究に言及しながら、宣長を信じ、書きたいという「ダイモン」について語る小林の口吻は、「感想」のそれとさして隔たってはいない。

その点からするならば、小林は、同じ課題を同じ方法で、多少の戦略的な配置換えによって遂行し、成功したのだろうか。

簡単にそう考える訳にもいかないのは、両者の間には、同質性というよりも、むしろ一貫性があるからだ。つまり『本居宣長』は「感想」の再戦であると云うよりも、戦い続けられている同一の戦争の二つの局面であるとも考える事が出来る。「感想」と『本居宣長』に一貫しているのは言葉への問いである、と語ると多分反発を受けるだろう。確かに「言葉」に拘わる思考に終始しているかに見える『本居宣長』に対して、「感想」で小林は度々言葉が二次的な存在であり、思考にとってはむしろ、障害物と見なすべきものであるという事を語っている。

「哲學上の大問題が、言葉の亡靈に過ぎぬ事が判明したなら、哲學は『經驗そのもの』になる筈だ、とベルグソンは考へた。(中略) 哲學といふ仕事は、外觀がどんなに複雑に見えようとも、一つの單純な行爲でなければならぬ。」(「第二回」)

「彼(ベルグソン)が『持續』と呼んだ内的經驗が、哲學の眞の方法の開眼をもたらした事を書き、『それは、私が、言葉による解決を投げ棄てた日であつた』と附言してゐる。(中略) 直觀とは、彼に言はせれば、精神が精神を見る働き、精神による精神の直接な視覺 (vision) だ。内的生活の不可分な、實體的な持續の直接な意識なのである。」(「第二回」)

「類に向ふ強い傾向を持つ言葉の帳《とば》りを破つて、個性ある事物を直かに見る事、日常行動の補助手段としての知覺から離れて、純粹に知覺を行使する事は容易ではない。」（「第十三回」）

「文明語にせよ、原始語にせよ、言葉は、現してゐるものよりも遙かに多くのものを、私達の默解にゆだねてゐる。（中略）語とは、思想の運動の主要な段階を示す爲の、間隙を置いて立てられた標識に過ぎない。」（「第二十三回」）

言葉の問題を飛び越えて、あるいは迂回して、「直接」に「直觀」へと赴こうとした事が、「感想」の失敗の主因ではないか、と私も以前は考えていた。だが小林は、ベルグソンを扱う時に果たして言葉について忘れていたのだろうか。

「正確に考へる爲には、日常言語で足りるといふデカルト的決斷、先づその決斷に現れる。次に、實在の絕對性は、萬人の意識に直接に與へられてゐる、その永遠の運動は、現に私達が内觀により、直覺によつて摑んでゐる、といふ信念の强さに現れる。こゝから彼の思想の建築が始まる、思想といふ一種の物を創る仕事が。『意識の直接與件』といふ對象は、大理石の如く明らかに在る。在るといふ事は解り切つてゐる。が沈默してゐる。鑿を振り上げる外にどう仕樣があるか。さういふ行爲が彼の思想である。最もよく切れる鑿は、科學の成果が齎した正確な諸觀念に違ひなからうが、それはあんまり切れ過ぎるかも知れぬ、切れ過ぎるとはまるで切れない事かも知れぬ。要するに、あらゆる種類の言葉といふ道具の性質に精通しなければならぬ、彫刻家が鑿といふ道具に精通する樣に。こゝに言葉といふものに對する態度の上で、藝術家ベルグソンが現れる。」

（「私の人生觀」）

「詩人は、人に歌つてもらへばよいが、哲學者は歌ふとは何かを教へねばならぬ。二人は、一應は別の事をする筈なのだが、私がベルグソンの哲學に惹かれるのは、澤山の事を教へられたから、といふより寧ろ彼の教へ方が全く詩人のものだといふところにある。」

（「私の人生觀」）

ベルグソンに、まぎれもない詩人の相貌、それもマラルメ的な自らの詩語を自らの手で作らなければいられない詩人を認めていた小林は、「感想」において言葉を看過していた訳ではなく、寧ろ言葉を鋳直す時に哲学者が用いざるをえない思考の原質——詩における言葉に先立つ情調としてのポエジィ——の如きものに向かっていた。その点において、「感想」は、言葉の根源について問うていると云ってもいい。この言葉を象る原基ともなるわかちえないものを、ベルグソンはイマージュと呼ぶ。

話が少々外れるが、私は若いころから、ベルグソンの影響を大変受けて来た。大体言葉というものの問題に初めて目を開かれたのもベルグソンなのです。それから後、いろいろな言語に関する本は読みましたけれども、最初はベルグソンだったのです。あの人の「物質と記憶」という著作は、あの人の本で一番大事で、一番読まれていない本だと言っていいが、その序文の中で、こういう事が言われている。自分の説くところは、徹底した二元論である。実在論も観念論も学問としては行き過ぎだ、と自分は思う。その点では、自分の哲学は常識の立場に立つと言っていい。常識は、実在論にも観念論にも偏しない、中間の道を歩いている。常識人は、哲学者の論争など知りはしない。観念論や実在論が、存在と現象とを分離する以前の事物を見ているのだ。常識にとっては、対象は対象自体で存在し、而も私達に見えるがままの生き生きとした姿を自身備えている。これは「image《イマージュ》」だが、それ自体で存在するイマージュだとベルグソンは言うのです。この常識人の見方は哲学的にも全く正しいと自分は考えるのだが、哲学者が存在と現象とを分離してしまって以来、この正しさを知識人に説く事が非常に難かしい事になった。この困難を避けなかったところに自分の哲学の難解が現れて来る。また世人の誤解も生ずる事になる、と彼は言うのです。

ところで、この「イマージュ」という言葉を「映像」と現代語に訳しても、どうもしっくりしないのだな。宣長も使っている「かたち」という古い言葉の方が、余程しっくりとするのだな。
「古事記伝」になると、訳はもっと正確になります。性質情状と書いて、「アルカタチ」とかなを振ってある。「物」に「性質情状《アルカタチ》」です。これが「イマージュ」の正訳です。大分前に、ははァ、これだと思った事がある。ベルグソンは、「イマージュ」という言葉で、主観的でもなければ、客観的でもない純粋直接な知覚経験を考えていたのです。更にこの知覚の拡大とか深化とか言っていいものが、現実に行われている事を、芸術家の表現の上に見ていた。宣長が見た神話の世界も、まさしくそういう「かたち」の知覚の、今日の人々には思いも及ばぬほど深化された体験だったのだ。

(「『本居宣長』をめぐって」)

江藤淳氏との対話の中で小林は、イマージュという領域の理解について、本居宣長とベルグソンが、通底したのではないか、という見解を示している。そうであるとすれば言葉についても、根底においては一貫していたことになり、「感想」と『本居宣長』の間で変ったのは、一体何であったのかという疑問が湧く。
それは簡単に云えば「感想」において小林が、イマージュをダイモンの、詰まりは直観の直接的な反映として把えていたのに対して、「従つてイマージュは、ダイモンから受けついだ禁止、否定の力を持つてゐるわけで、この力によつて姿を現すと言つてよい」(「第三十四回」)、『本居宣長』においては、ダイモンとイマージュの係わりが、一つの機構として設けられ、思考されている。その係わり方の定式を、本居宣長は、「物のあはれ」と呼んだ。

人生が生きられ、味はゝれる私達の經驗の世界が、即ち在るがまゝの人生として語られる物語の世界でもあるのだ。宣長は、「源氏」を、さう讀んだ。誰にとつても、生きるとは、物事を正確に知る事ではないだらう。そんな格別な事を行ふより先きに、物事が生きられるといふ極く普通な事が行はれてゐるだらう。そして極く普通の意味で、見たり、感じたりしてゐる、私達の直接經驗の世界に現れて來る物は、皆私達の喜怒哀樂の情に染められてゐて、其處には、無色の物が這入つて來る餘地などないであらう。それは、悲しいとか樂しいとか、まるで人間の表情をしてゐるやうな物にしか出會へぬ世界だ、と言つても過言ではあるまい。(中略)さうすると、「物のあはれ」は、この世に生きる經驗の、本來の「ありやう」のうちに現れると言ふ事になりはしないか。宣長は、この有るがまゝの世界を深く信じた。この「實《マコト》」の、「自然の」「おのづからなる」などといろいろに呼ばれてゐる「事」の世界は、又「言《コト》」の世界でもあつたのである。

(『本居宣長』)

ダイモンとイマージュの係わりとしての「物のあはれ」は、云うまでも無く、この上なく直接なものであると同時に無私の、つまりさかしらな「漢意《カラゴコロ》」に捕らわれた理性や論理に把えられない、人の心を動かす、精霊、悪霊、森羅万象に開かれた情けが形として成されていく在り様に外ならない。

してみると、彼の開眼とは、「源氏」が、人の心を「くもりなき鏡にうつして、むかひたらむ」が如くに見えたといふ、その事だつたと言つてよささうだ。その感動のうちに、彼の終生變らぬ人間觀が定著した——「おほかた人のまことの情といふ物は、女童のごとく、みれんに、おろかなる物也、男らしく、きつとして、かしこきは、實の情にはあらず、それはうはべをつくろひ、かざりたる物也、實の心のそこを、さぐりてみれば、いかほどかしこき人も、みな女童にかはる事なし、それをはぢて、つゝむとつゝまぬとのたがひめ計也」（『紫文要領』、巻下）。（『本居宣長』）

同時に留意しなければならないのは、小林が『本居宣長』において「物のあはれ」を一種の歴史的な概念、つまりは固有名詞として扱っているという事だ。貫之、俊成、定家らの歌論を経巡りながら、小林は宣長が「物のあはれ」という言葉を一般名詞としてではなく、いかに歴史的な意味を帯びた、知識階級の概念操作に捕らわれない、広い日本人の言語意識の背後にある詩情全般を反映した言葉にしたかと云う事を示し、「物のあはれ」を固有名詞として考察する。

貫之にとつて、「もののあはれ」といふ言葉は、歌人の言葉であつて、楫とりの言葉ではなかつた。宣長の場合は違ふ。言つてみれば、宣長は、楫とりから、「もののあはれ」とは何かと問はれ、その正直な素朴な問ひ方から、問題の深さを悟つて考へ始めたのである。彼は、「古今集」眞名序の言ふ「幽玄」などといふ言葉には眼もくれず、假名序の言ふ「心」を、「物のあはれを知る心」と斷ずれば足りるとした。この歌學の基本觀念が、俊成の「幽玄」定家の「有心」といふ風に、歌の風體論の枠内で、いよいよ纖細に分化し、歌人の特權意識のうちに、急速に、衰弱する歴史が見えてゐたが爲である。それも、元はと言へば、自分は楫とりに問はれてゐるので、歌人から問はれてゐるのではないといふ確信に基く。「あはれ」といふ歌語を洗煉するのとは逆に、この言葉を歌語の枠から外し、たゞ「あはれ」といふ平語に向つて放つといふ道を、宣長は行つたと言へる。貫之は「土佐日記」で、「楫とり、もののあはれも知らで」と書いたが、一方、楫とり達の取り交はす生活上の平語のリズムから、歌が、おのづから生れて來る有樣が、鮮やかに觀察されてゐる。だが、貫之は、この問題の深さに、特に注目しなかつた。

(『本居宣長』)

「物のあはれ」が固有名詞であるというのは、それがけして一般的な概念ではなく、日本人の、日本の詩と言葉、ダイモンとイマージュの関係において、偶発的かつ必然的に起きた事件であった、いわば日本人と日本語に囁きつづける、けして取り替えのきかないダイモンの発声のあり様にほかならないからである。それは、言葉を掘っていって、結局言葉の過去の堆積に至るというような事ではなかった。それは、瞬時の衝突のようにして獲得されるものなのだ。

カントの大先輩にはソクラテスがあり、ニイチェは、ソクラテス的道徳を、攻撃して止まなかつたのは周知の事だが、恐らく彼は、これ亦殆ど同じ理由から、ソクラテス自身の前では立ち停まらなければならなかつたであらう。ソクラテスは、デルフィの神託を受けたと言ふ。そこには「汝自身を知れ」と書かれてゐたと言ふ。彼のアイロニイの力は、そこから發したのであつて、そこに達したのではない。この決して書かなかつた聖者の魂は、プラトンが「ファイドン」に書き遺して置いた様なものだつたに相違なく、徳の實踐は、徳の認識に歸するといふ彼の教説は、その見取圖に過ぎず、その限り、それは、人々の合理的思惟しか救ひはしなかつた。重要なのは、如何に生くべきかといふ問題を、彼が自己とは何かといふ奇怪な問題の中心に置いたといふ事であり、彼の自己には「デモン」が棲んでゐた事であり、又、若し見ようと努めるなら、僕等は、めいめいの自己の裡に、彼の「デモン」の破片を見附けるといふ事である。

何故彼の教説が古くなり、彼の魂が新しくなるといふ不思議な事が起るのか。恐らく、僕等の現在は、僕等の未來と過去とが出會ふ單なる地點ではない。僕等はたゞ、誰も彼もを一様に押し流す歴史の流れに身を任せてゐるのではないのである。ヘエゲル風に考へるにせよ、マルクス風に考へるにせよ、一元論的歴史主義といふものの裡には、如何に生くべきかといふ問題は、本當には決して現れ得ない様に思はれる。何故かといふと、この問ひは、自分自身の歴史的社會的存在さへ、外から與へられた物件の様なよそよそしい姿と映ずる、さういふ意識の深處から發する他はない様に思はれるからである。言はば、歴史の流れの方向に垂直に下りて來て、僕等を宇宙線の様に貫く運動に、僕等は常に曝されてゐるのであり、この運動が、僕等の内部で「デモン」の破片として檢證されるのには、僕等の意識の裡に日常は隱されてゐる極めて鋭敏な計器による他はない様に見える。

(「『罪と罰』についてII」)

「いかに生きるべきか」と云う問いを、「自己とは何か」という問題の中心に置かなければならないのは、何故なのか。自己を自己と向き合わせるダイモンの強制が、つまりは地獄に人を把え込むダイモンが、取りもなおさず唯一の魂のあり所であり、故に人は魂としか出会う事ができない、あるいは出会うとすれば魂だけであり、その底の底だけが、天空から一直線に降りて来る宇宙線の戦慄を私たちに感じとらせるからだ。合理的思考を払いのけてしまい、自分の歴史的存在すらも、外から来た物として退けた人間が突き当たらざるをえない、直接的な、わかちえない、この煮ても焼いても食えない代物を、宇宙線が貫いている。

「物のあはれ」と云う言葉を、小林は、宇宙線に貫かれた言葉と見る。「感想」においては、この宇宙線のような垂直線の裡にベルグソンを、その直観を見る事、つまり「何故彼の教説が古くなり、彼の魂が新しくなるといふ不思議な事が起るのか」という慨嘆の裡に、ベルグソンの哲学ではなく、ベルグソンという偶然の個人を、つまりはその魂とダイモンを、「極めて鋭敏な計器」によって感知しながらも、述べる事をしなかった。『本居宣長』が備えている視界の如きものは、遠近法的な開きではなく、宇宙線の刺し貫きなのだ。故に、「感想」と『本居宣長』の間に大きな差異があるとすれば、それは『本居宣長』が、言葉を対象としているという事ではなく、固有名詞を問うという事だったのである。というよりも、小林にとって、具体的な言語、つまり、民族語としてしか存在し得ない個別の言語の本質は固有名詞なのであった。このような見方が通常の言語学の把え方と全く逆である事は留意されていいだろう。そしてその固有名詞は、ダイモンの力で充満している言葉なのだ。小林は、宣長の『古事記傳』の本質を、宣長が古事記を、神々の名前という固有名詞の羅列に始まる日本人のイマージュの祖型と見た事にあるとする。

さういふ次第で、宣長は、「古事記」を考へる上で、稗田阿禮の「誦習《ヨミナラヒ》」を、非常に大切な事と見た。「もし語にかゝはらずて、たゞに義理《コトワリ》をのみ旨《ムネ》とせむには、記録を作らしめむとして、先ッ人の口に誦習《ヨミナラ》はし賜はむは、無用《イタヅラ》ごとならずや」と彼は強い言葉で言ふ。こゝで言はれてゐる「義理《コトワリ》」とは、何が記されてゐるかといふ記録の内容の意味で、この内容を旨とする仕事なら、「日本書紀」の場合のやうに、古記録の編纂で事は足りた筈だが、同じ時期に行はれた「古事記」といふ修史の仕事では、その旨とするところが、内容よりも表現にあつたのであり、その爲に、阿禮の起用が、どうしても必要になつた。

（中略）

「古事記傳」の「訓法《ヨミザマ》の事」のなかには、本文中にある助字の種類が悉くあげられ、くはしく說かれてゐるが、漢文風の文體《カキザマ》のうちに埋沒した助字を、どう訓むかは、古言の世界に入る鍵であつた。それにつけても、助辭を考へて得た、この「あやしき言靈のさだまり」が、文字を知らぬ上代の人々の口頭によつて、口頭によつてのみ、傳へられた事についての宣長の關心には、まことに深いものがあつた。『歴朝詔詞解』から引かうか、――「そも〳〵これらのみは、漢文にはしるさで、然ヵ語のまゝにしるしける故は、歌はさらにもいはず、祝詞も、神に申し、宣命も、百官天ノ下ノ公民に、宣聞《ノリキカ》しむる物にしあれば、神又人の聞て、心にしめて感《カマ》くべく、其詞に文《アヤ》をなして、美麗《ウルハシ》く作れるものにして、一もじも、讀ミたがへては有ルべからざるが故に、尋常《ヨノツネ》の事のごとく、漢文ざまには書キがたければ也」——文字を知らぬ昔の人々が、唱へ言葉や語り言葉のうちに、どのやうな情操を、長い時をかけ、細心にはぐくんで來たか。さういふ事について、文字に馴れ切つて了つた教養人達は、どうして、かうも鈍感に無關心なのであらうか。宣長は、この感情を隱してはゐないのである。

（『本居宣長』）

故に、小林の宣長をして、日本語に対する扱い方、特にその文字導入以前の日本語の姿への拘りをもって、音声中心主義とか、ショービニズム等とする批判、指摘は、浅薄に過ぎるものだろう。ここで小林が取り出しているのは、言葉が或る固有の言語、民族語として立ち上がって行く時に必然的に現れる、つまりはある種の事故として、偶然にさし貫かれた形が連なりをなしていく上での、抵抗と感触をもった「形」の身もだえにほかならず、そのイマージュのあり様を、記録なり理性なりによって整頓せずにありのままに見るという態度が、「物のあはれ」であり、さらに云えば古事記の編纂態度であった。

知識人は、自國の口頭言語の傳統から、意識して一應離れてはみたのだが、傳統の方で、彼を離さなかつたといふわけである。日本語を書くのに、漢字を使つてみるといふ一種の實驗が行はれた、と簡單にも言へない。何故なら、文字と言へば、漢字の他に考へられなかつた日本人にとつては、恐らくこれは、漢字によつてわが身が實驗されるといふ事でもあつたからだ。從つて、實驗を重ね、漢字の扱ひに熟練するといふその事が、漢字は日本語を書く爲に作られた文字ではない、といふ意識を磨ぐ事でもあつた。口誦のうちに生きてゐた古語が、漢字で捕へられて、漢文の格《サマ》に書かれると、變質して死んで了ふといふ、苦しい意識が目覺める。どうしたらよいか。

　この日本語に關する、日本人の最初の反省が「古事記」を書かせた。日本の歴史は、外國文明の模倣によつて始まつたのではない、模倣の意味を問ひ、その答へを見附けたところに始まつた、「古事記」はそれを證してゐる、言つてみれば、宣長は、さう見てゐた。從つて、序で語られてゐる天武天皇の「古事記」撰錄の理由、「帝紀及本辭、既《ビ》ニ違《ヒ》ニ正實《ニ》一、多《ク》加《フト》ニ虚僞《ヲ》一、當《テ》ニ今之時《ニ》一、不《バ》レ改《メ》ニ其失《ヲ》一、未《ダ》レ經ニ幾《バクノ》年《ヲ》一、其ノ旨欲《モ》レ滅《ビムトス》」にしても、天皇の意は「古語」の問題にあつた。「古語」が失はれゝば、それと一緒に「古の實のありさま」も失はれるといふ問題にあつた。宣長は、さう直ちに見て取つた。彼の見解は正しいのである。たゞ、正しいと言ひ切るのを、現代人はためらふだけであらう。「ふるごと」とは、「古事」でもあるし、「古言」でもある、といふ宣長の眞つ正直な考へが、何となく子供じみて映るのも、事實を重んじ、言語を輕んずる現代風の通念から眺めるからである。だが、この通念が養はれたのも、客観的な歴史事實といふやうな、愼重に巧まれた現代語の力を信用すればこそだ、と氣附いてゐる人は極めて少い。(『本居宣長』)

『本居宣長』において、宇宙線に貫かれたわかちえぬものとしての固有名詞、つまりは、個別の言語、母国語、民族語の問題から、小林は、言葉の底にあるダイモンと、見ることの底にあるダイモンの同一に、つまりは「二元論」に辿りついたのである。それ故に、『本居宣長』の、きわめて柔軟で、かつての小林秀雄には見られなかった穏やかで教え諭すような口調は、けして宣伝や教化のために獲得されたものでもないし、あるいは遺言などという収まりのよいものと考えるべきでもない。『本居宣長』の持つ強い説得力は、これが思想でもなく、イデオロギィでもなく、まさに言葉の固有性、日本語という偶然で単独的な言葉のダイモンに耳を傾けている処にある。

母親から教へられた片言といふ種子から育つた母國語の組織だけが、私達が重ねて來た過去の經驗の、自分等に親しい意味合や味はひを、貯へて置いてくれるのである。私達は、安心して、過去の保存を、これに託し、過去が失はれず、現在のうちに生きかへるのを、期待してゐるわけだが、この安心や期待は、あまり大きく深いと言はうか、當り前過ぎると言はうか、安心しながら、期待しながら、さうとは氣附かぬ程のものである。

（『本居宣長』）

このような一節の、何とも滑らかな「母國語」への信頼を目の当たりにした事への反発から、『本居宣長』を退屈な日本回帰の書と見做したり、「感想」の失敗の反動と考える事には何の意味もないばかりか、『本居宣長』がもっている深い魅力を、そのダイモンを取り逃がし、読み間違える事になるだろう。『本居宣長』において、我々を誘うのは、言霊の力でも、ナショナリズムでもなく、まぎれもなく個別性の魔としてのダイモンそのものとしての批評にほかならないからである。

古學の目指すところは、宣長に言はせれば、「古言を得ること」、あたかも「物の味を、みづからなめて、しれるがごと」き親しい關係を、古言との間に取り結ぶことであつた。それは、結ばうと思へば、誰にでも出來る、私達と古言の間の、尋常な健全な關係なのである。古言は、私達にとつて、外物でも死物でもないといふ考へが、宣長には、大變強いから、古言の根元を掘つて行けば、その語根が見附かり、その本義が定まるといふ學者達のやり方が、氣に入らない。言つてみれば、さういふ考古學的な方法は、古學には向かない事を、彼ははつきり感じ取つてゐた。

（『本居宣長』）

ベルグソンと本居宣長に、共通する常識としての「二元論」を見いだした小林は、しかしながら、いかなる哲学的、あるいは文献学的、国学的立場をとったのでも、そこに辿りついたのでもなかった。

『本居宣長』において小林は、宇宙線に貫かれたわかちえぬものとその直接性の真ん中に立っている。それは何よりも、小林自身が、自らのダイモンとなる事にほかならなかった。故に小林の批評は、ダイモンとして語ることにほかならなくなったのである。ダイモンとは何かという問いに答えることは出来ないとしても、小林は自身をダイモンとして指し示す事が出来る。あるいは、ダイモンは、直接という事自体であると認めた。

物はあった。カントの云うのと異なって、批評は物そのものと対面した。だが、対面した彼の野面を粗く撫でたのは、彼自身に、つまりはダイモンに、魂にほかならなかった。ただその魂は、わかちえぬものとして、あらゆる事象、事物と区別ができず、連なり、作用しあっているだけだ。宇宙線に貫かれている者は、地獄から天空の配置を動かしうるというのは、大言壮語ではない。直接に物と在る世界において、総てが働きあい、反応しあっている。行動と表現と認識が一体となっている場所では、見る事がすなわち動かすことであり、作る事である。批評家とは大地を叩いてダイモンたちの憤怒を呼び起こし、天空に破壊の槌を振り上げた、呪われたタイタン族の末裔なのだ。

批評を「創作」する事により、偶然的なものの固有性を描くという『無常といふ事』のスタイルと、自らを固有なダイモンと化す『本居宣長』のどちらがスタイルとして興味深いのか、等という事を考えても、何の意味もないだろう。ただ肝心な事は、小林が自らの様式を捨てて、直接をきわめざるを得なかったという事であり、そして「批評」とは私たちにとって、小林の、偶発的な、宇宙線に刺し貫かれた固有の営みから発してしか考えられない営みだ、という事だ。

∴

多少物を考えるようになってから、ずっと考えていた事がある。というよりも、僕が初めて物というものを考え、そして未だに考え続けている、たった一つのことが。

ローリング・ストーンズの初期の録音は、すべて、リズム・アンド・ブルースのカバーである。彼らは、ビートルズが自作曲で大成功を収め、大儲けをするのを眼の当たりにする迄、自分たちが楽曲を作るなどという事に思いもよらず、ただただアメリカの黒人たちが作りだした、多彩で濃くて楽観的で厭世的な曲を、苦労して集めた南部のいい加減なレーベルのレコードに耳を傾けながら、音を拾い、和音を探り、そのままに演奏していた。

今でも僕は、オリジナル曲など演奏しなかった頃のストーンズが一番好きだし、ストーンズは本質的にコピー・バンドだと考えている。

しかし、何よりも神秘的であり、驚異に思われたのは、ストーンズが、演奏すると、それが既にロックの音になっているという事だった。

チャック・ベリィの「Come on」を、ストーンズが演奏する。曲の構成は勿論、テンポやギター・ソロに至るまで、多少もたついたりする所を別にすれば、ストーンズは、ベリィの曲を、まったく、そのままに演奏している。

しかし、まったく違うのだ。

そこには絶対的な差がある。

ギターの音色や、スネア・ドラムの張りに至るまで、丁寧に似せられているのに、その肌合いが違う。

それは無論、ストーンズが、チャック・ベリィに及ばないとか、ニセ物だというような事ではない。

まったく同じ事をやっているのに、チャック・ベリィの「Come on」は、黒人音楽の一潮流としてのリズム・アンド・ブルースであり、ローリング・ストーンズは、ロックなのだ。

リズム・アンド・ブルースとロックの間にある違いを、何かというのは難しい。

しかし、聞く者には、如何なる疑いもなく現れてくる。何といったらいいのだろう、バンド全体が立ち上がり、今すぐ駆け出そうとするような躍動感と、どこにも行く事は出来ないという焦燥が一体になった感触。

そのロックにしかないものを、仮に僕は、ビートと呼んでみる。

リズムではない、ビートは一体何から、生じるのだろうか。

おそらく、ビートは、作る事からは生まれない。

ビートは、見る事、最も近くで一心に見つめ尽くす事からしか生まれないものだ。

もっとも近く、鼻も額も擦り切れるような近さで見る事からしか生じない何か。

見る事とは、対象をどうしようもなく変えてしまう事だ。

対象を動かし、彼方へと、ここより遠い何処かへと、予測もつかない形で動かし、流してしまうという事だ。

目玉を近づける、それが、ビートだ。叩く事、壊す事だ。

批評の目玉は、見つめる対象を、叩き、壊し、そして流す、量子と宇宙を、見る物との近さにおいて貫く一撃である。

あとがき

本書は、「新潮」に六回に亘って掲載された。連載とは名ばかりで、六回を書くのに、三年余りを費やしてしまった。その三年間余は、私にとって、『日本人の目玉』のための日々だった。私はあらゆる力を『目玉』に注いだが、私には『目玉』に全生活を集中して、他のすべてを放棄するという贅沢が、あるいは貧しさが、許されなかった。私は、その間以前に倍して精力的に生活し、本を何冊も出版し、内外を歩き回り、総てを『目玉』に注ぎ込んだ。その間、本書は私の仕事の中で、もっとも注意をひかないものであり続けた。

三年余という時間は、ごく短いものと思われるかもしれないが、私のような多作の物書きにとってはけして短くはない。本書のために蕩尽された、書籍、資料、骨董、そして酒はかなりの量になる。その殆どが、文章に片鱗さえ残さず消えてしまったが、注意深い読者は、多少ともその痕跡を、つまり私の愚かさと厄介さを、感じとって下さる事と思う。

∴

批評の本を書こうと思った。

近代日本の批評についての。

文芸批評家たちを語って日本人の批評を論じきれるとは到底思えなかった。それは、余りにも批評的ではない。

私にとって批評とは、もっと致命的な、人がその選びえない対象の中で何を取り、何を捨てるかという全存在をかけた判断のように思われた。それはもとより、いわゆる批評家の仕事よりも、大きく広大なものである。

そのために私は、近代日本人のなした、判断の間を彷徨う事になった。

虚子と放哉の間で理論を、西田と九鬼の間で思考を、青山と洲之内の間で美を、安吾と三島の間で構成を、川端において散文について問い、そして小林秀雄にたどりついた。

その点では、本書は、小林秀雄に至る旅であると云うことが出来る。

あるいは、私には、小林秀雄を語るには、これだけの構えが必要だったということだろうか。それはけして敬虔さのためではないが。

∴

本書は、批評を文芸として、つまりは創作として書くという私の身上の、一つの極点として試みられた。論理でもなく、感情でもないものによる思考と認識の場である批評は、絶対に意識的に虚構されなければならない、と私は考える。その作品としての批評の、今の私が可能と思える限界を極めたつもりであり、その点については満足している。川端についての章などは、かなり型破りなものになってしまったが、それでいいと思う。あとの判断は読者の皆様に委ねる。

∴

このような試みを嘉納したばかりでなく、間遠な掲載を待ち、さまざまな助力、支援を下さった「新潮」前編集長坂本忠雄氏と、共にもがき苦しんでくれた同誌中瀬ゆかり氏に感謝を捧げたい。

上梓するにあたっては、出版部の木村達哉氏の手をわずらわせた。

そして何よりも、私のような不埒な批評家の存在を可能にして下さっている、読者の皆様に、御礼を申し上げる。

平成十年四月二十四日

福田和也

参考文献

『近代文人にみる書の素顔』　疋田寛吉　二玄社　一九九五年
『定本　正岡子規全集』　講談社　一九七六年
『山々の雨―歌人・岡麓』　秋山加代　文藝春秋　一九九二年
『新興俳句への道』　河東碧梧桐　春秋社　一九二九年
『三千里』上・下　河東碧梧桐　講談社　一九七三年
『子規言行録』　河東碧梧桐　新大洋社　一九三八年
『高濱虚子　河東碧梧桐集』　明治文学全集　筑摩書房　一九六七年
『定本　高浜虚子全集』　毎日新聞社　一九七一年
『高浜虚子集』　朝日新聞社　一九八四年
『定本　高浜虚子』　水原秋桜子　永田書房　一九九〇年
『私の作家評伝』I、II　小島信夫　新潮社　一九七二年
『原石鼎』　小島信夫　河出書房新社　一九九〇年
『自選　乙字俳論集』　紫苑社　一九二五年
『大須賀乙字伝』　村山古郷　俳句研究社　一九六五年
『明治俳壇史』　村山古郷　角川書店　一九七八年
『大正俳壇史』　村山古郷　角川書店　一九八〇年

『尾崎放哉全集』増補改訂版　彌生書房　一九八〇年
『尾崎放哉全句集』　春秋社　一九九三年
『俳人放哉』　志賀白鷹　修文館　一九四二年
『尾崎放哉』　伊澤元美　桜楓社　一九六三年
『一碧樓句抄』　巣枝堂書店　一九四九年
『中塚一碧樓研究』　尾崎驃子　海紅同人句録社　一九七六年
『中塚一碧樓』　瓜生敏一　桜楓社　一九八六年
『地平線の羊たち』　櫻井琢巳　本阿弥書店　一九九二年
『自由律俳句文学史』　西垣卍禅子編　新俳句社　一九六〇年
『自由律俳句とは何か』　上田都史　講談社　一九九二年
『西田幾多郎全集』　岩波書店　一九七八年
『西田幾多郎』　中村雄二郎　岩波書店　一九八三年
『西田幾多郎の脱構築』　中村雄二郎　岩波書店　一九八七年
『西田幾多郎』　竹内良知　東京大学出版会　一九七〇年
『西田幾多郎』　竹田篤司　中央公論社　一九七九年
『西田幾多郎　その哲学体系』Ⅰ、Ⅱ、Ⅲ　末木剛博　春秋社　一九八三、一九八七年
『西田幾多郎との対話』　角田幸彦　北樹出版　一九九四年
『西田哲学の研究』　小坂国継　ミネルヴァ書房　一九九一年
『九鬼周造全集』　岩波書店　一九八〇年

『九鬼周造』　田中久文　ぺりかん社　一九九二年
『近世日本哲学史』　麻生義輝　宗高書房　一九七四年
「ライデンにおける西周と津田真道—フィッセリングとの往復書簡を通して—」　沼田次郎　東洋大学大学院紀要十九集
『西周に於ける哲学の成立』　蓮沼啓介　有斐閣　一九九三年
『西周と欧米思想との出会い』　小泉仰　三嶺書房　一九八九年
『西周全集』全四巻　宗高書房　一九六六年
『中江兆民集』　筑摩書房　一九七四年
『三宅雪嶺集』　筑摩書房　一九七五年
『岡倉天心　その内なる敵』　松本清張　新潮社　一九八四年
『絵のなかの散歩』　洲之内徹　新潮社　一九七三年
『気まぐれ美術館』　洲之内徹　新潮社　一九七八年
『セザンヌの塗り残し—気まぐれ美術館—』　洲之内徹　新潮社　一九八三年
『さらば気まぐれ美術館』　洲之内徹　新潮社　一九八八年
『洲之内徹小説全集』　東京白川書院　一九八三年
『彼もまた神の愛でし子か』　大原富枝　講談社　一九九〇年
『小林秀雄全集』　新潮社　一九六九年
『青山二郎文集』増補改訂版　小沢書店　一九九五年
『いまなぜ青山二郎なのか』　白洲正子　新潮社　一九九一年

『現代畸人伝』 白崎秀雄 新潮社 一九八五年
『岸田劉生全集』 岩波書店 一九七二年
『謡曲集』 全三冊 新潮社 一九七六年
『勝海舟全集』 講談社 一九七六年
『クーデターの技術』 C・マラパルテ 海原峻・真崎隆治訳 東邦出版社 一九七二年
『三島由紀夫全集』 新潮社 一九七三年
『坂口安吾全集』 筑摩書房 一九八九〜九一年
『夢窓』 柳田聖山 講談社 一九九四年
『庭――日本美の創造』 吉村貞司 六興出版 一九八一年
『黄金の塔』 吉村貞司 思索社 一九七七年
『太平記』二 新潮社 一九八〇年
『クラクラ日記』 坂口三千代 筑摩書房 一九八二年
『川端康成全集』 新潮社 一九八〇年
『異域からの旅人』 橘正典 河出書房新社 一九八一年
「文藝春秋」 一九七二年六月号
『芸十夜』 坂東三津五郎、武智鉄二 駸々堂出版 一九七二年
「新潮臨時増刊 川端康成特集」 一九七二年
『新訂 小林秀雄全集』 新潮社 一九七八年

初出誌

放哉の道、虚子の道と道	「新潮」平成七年一月号
西田の虚、九鬼の空	〃　平成七年七月号
見えない洲之内、見るだけの青山	〃　平成七年十二月号
三島の一、安吾のいくつか	〃　平成八年七月号
いつでもいく娼婦、または川端康成の散文について	〃　平成九年四月号
小林秀雄／わかちえぬものと直接性、もしくは、流れろ、叩け、見ろ、壊せ！	〃　平成九年十一月号

ふたつの目玉

柳 美里

先日、松本修さんの『城』(カフカ)を観に行った。

観劇後、アジア無国籍料理の店で安ワインの盃を重ねているうちに、互いの近況に話が及んだ。

「あの、福田和也って評論家とはどうなってるの? なんか不思議な関係だよね。一時期、駄目だったでしょう? 最近はなんか雑誌をいっしょにやってるみたいじゃない」

「……仲違いして仲直りしたっていうのとは違うんですよ。『en-taxi』の編集同人として名を連ねてはいるけど、年に数回逢うだけだし、ある種の緊張が常にあるというか……でも、それは性格が合うとか合わないとかのレベルじゃなくて、もっと本質的な緊張で……緊張を距離といい換えてもいいと思うんだけど、福田さんとわたしの距離は、十二年前に出逢ったときから変わってないんですよ」

わたしは、わたしにとっての福田和也さんの存在を説明しようと試みたが、うまくいかなかった。

「ふぅん、そっかぁ……」

かつて『魚の祭』を引っ提げて、北海道、東京、名古屋、大阪をまわり、稽古期間を含めると半年に渡って同じ釜の飯を食った演出家は、不満そうな顔でパッケージが新しくなっていたマルボロライトに火をつけた。

役者たちが近くの居酒屋で待っているというので、松本さんとは店の前で別れ、タクシーで雨あがりの甲州街道を走った。

――あのとき、わたしは伴侶である東由多加を亡くし、生後三カ月の息子を町田康・敦子夫妻に預け、生き死にを迷っていた。ある夜、東の遺骨とともに昼夜の区別がつかない日々を過ごしていたわたしの精神状態を案じた新潮社の担当編集者の（『日本人の目玉』の担当でもある）中瀬ゆかりさんと小学館の担当編集者の飯田昌宏さんが訪ねてきて、呑みに行こうと誘ってくれた。東をひとりきりにして外出するのは気が引けたが、「たまには息抜きしないと、おかしくなっちゃうよ」と中瀬さんがいうので、三人で西麻布に向かった。

なにを話したのかは憶えていない。席について、呑む酒を決めて、メニューから顔をあげた途端、焼場の待合室でもこのふたりがとなりに座っていたことを思い出した。すると、背後の闇に残してきた遺骨が、生き生きとした死となって目前に迫ってきた。

「……福田さん、最近どうしてる？　話してみたいな……」

自分のつぶやきが胸に落ちた。

当時、福田和也さんとは、『ゴールドラッシュ』をめぐって齟齬をきたし、一年間に亘って音信不通だった。

福田さんとの対話は、互いの書いたものに踏み込みながら、互いの生そのものに指を伸ばすような言葉のやりとりである。

わたしはきっと、福田さんと対話することで、書くことに向き直りたかったのだと思う。

わたしの言葉が中瀬さん経由で通じたのかどうかはわからないが、数カ月後にＰＨＰの丸山孝さんから福田さんとの対談の依頼があった。

ちょうど『8月の果て』の取材をしている最中だった。

わたしは書いた後より書く前に、福田さんと対話したいと思う。出来あがった小説について話をするよりも、なにを書くか、あらすじはおろか輪郭すら浮かんでいないときに、福田さんと対話することによって視界がひらけ、石で塞がれたトンネルのような物語の入口を見つけることができる気がするのだ。むろん、出口は暗闇のなかを一歩一歩進んで、手探りで見つけるしかないのだが――。

わたしは福田さんとの対話によって『8月の果て』のスタートラインに立つ覚悟ができた。つまり、「けして行きつくことのない故郷への帰還」（『日本の家郷』）を試みるしかなく、目指す方向は祖父と母の生まれ故郷である〈密陽〉ではなく〈空無〉だということを――。
残念ながら、『8月の果て』はわたしの小説のなかで最も売れなかった（初版止まりだった）し、一部で高い評価を得たものの、文学賞のようなものとは無縁だったが、福田和也さんが評価してくださった――、わたしの死後、ほかの小説については自信がないが、『8月の果て』は柳美里の代表作として細々とでも読み継がれるのではないかと信じている。

福田和也さんとわたしは、近くも遠くもない一定の――もっとも互いの姿が見える――距離を常に保っている。そして、見る、見られるだけではなく、見たいと思ったことのない絵画でも、知りたいと思ったことのない人物でも、読みたいと思ったことのない小説や詩歌や評論でも、福田さんの作品を読むと、いま、わたしにとって、いちばん重要なことは、それらの作品や人物に出逢うことなのではないかと、目の前に突きつけられる。

その絵には、一面にたんぽぽの葉が飛んでいる。
水の影から現れた丘のようなシルエットの手前に、それらの赤、青、黄の葉が、小さい鬼のように、あるいは陽気な魂のように、水色の闇の中を、身を捩り、屈するように、また跳ねるように仰《の》け反《ぞ》らせながら、乱舞している。

鮮やかな白い滲みが、青い闇のなかに、綿毛のように、ぽつぽつと、浮かんでいる。

（中略）

はじめは、跳梁する小鬼たちや、行き場のない樹木の霊魂たちの脅しのように思われていた不吉さが、画面を凝視している私の身体の底で、その恐怖が透明な凶々《まがまが》しさに変わる。変わる音がする。

画面には、ところどころに、白い空白がある。ごく小さい、柑橘類の一粒のような、堅く鮮やかな白さ。それは、尖った刃につけられた傷のようにも見え、また凍えた何物かの痕跡のようにも見え、あるいは広がっていく滄《さむ》さの、あるいは恐ろしさの種子のようにも感じられる。（中略）

「みよしさん」の絵に、ありありと感じる洲之内の眼は、開いている眼ではなく、むしろ閉じられている。私が生き生きと感じるのは、洲之内の光る眼球ではなく、むしろ深くふさがれた瞼なのだ。

塞がれたその瞼の中で、じかに、洲之内は「みよしさん」の絵を見つめている。見ない、という事の酷さが「みよしさん」を駆り立てている。

わたしはこの文章を読んで衝撃を受けた。打ちひしがれ、敗北感を味わったといっても過言ではない。何度読み返しても、はじめて読んだときの衝撃がいささかも減じることなく迫ってくる。ここだけではなく、『日本人の目玉』は最初の一行から最後の一行まで、現存する（わたしを含めた）小説家のほとんどが適わないのではないかと思うほど、ただごとではない美しさを湛えて香気さえ放ち、対象を評価し論ずることによって対象に依拠する自称文芸評論家どもとは決定的に異なり、対象と競り合うというよりもっと際疾い、刺し違える一瞬のうちに、刺す者と、刺される者が、自分の目玉に映る相手の目玉を認めるしかないような文芸評論だったからだ。

そして、「壊れてしまった」みよしさんの目玉、「復員しなかった」洲之内徹の目玉、「『何者でもない者』でありつづけた」青山二郎の目玉、「『生』を写すという意味での『写生』」をつづけた正岡子規の目玉、「『栄えるのも結構である。亡びるのも結構である』と自らの滅びを眺め」た高浜虚子の目玉、「救いを希求しつつ、救われない末路へと邁進して」いった尾崎放哉の目玉、「語るに忍びない」光景を含めて、「すべてが美しい」と肯定した九鬼周造の目玉、「思考の一瞬、一瞬、書きつける一字一字が、彼方に外ならなかった」西田幾多郎の目玉、「自らが劇をなし得るという、確信」を持っていた三島由紀夫の目玉、「自らの意志で理性を失い」「みずからを天来の無縫者として示」した坂口安吾の目玉、「主体と客体、自分と他者、現在と過去、原因と結果というあらゆるけじめを押し流」した川端康成の目玉、「『べき』、『ため』を逃れた主観を、つまりは『宿命』の姿を、場面として造形する事によって、伝えられる物へと転換」した小林秀雄の目玉が、福田和也の目玉に集約して、わたしの内に深く食い込んでくる。それは、視線や眼差しのような逃れる余地があるものではなく、「見つめる対象を、叩き、壊し、そして流す、量子と宇宙を、見る物との近さにおいて貫く一撃」なのである。

わたしは、町田夫妻のもとから息子を引き取って、東由多加の遺骨とともに暮らしはじめたころのことを思い出す。

わたしと息子は同じマットレスの上で寝起きしていた。朝、目覚めるとまず、上体を起こして、首も座らない赤ん坊だった息子が生きていることを確かめる。息子はかならずといっていいほど既に目覚めていて、部屋のなかにいるたったひとりの生きものであるわたしを見る。これを見たい、これを見なければならない、という欲望や思考や意志とは無関係に、見る。その目玉の対象になってしまったことの恐怖——、その目玉に見られることによって、自分の顔に嵌まっているふたつの目玉を異物として意識してしまうことの恐怖——、それは白布にくるまれた骨壺のなかからわたしを凝視しつづける東の眼差しにも匹敵するほどの恐怖だった。

ただ私が示してみたいのは、歴史的な文脈や、あるいは海外の思潮との影響関係、理論構成のパターンといった物事と離れた、それらの意匠を引き入れ、活用し、変形してみせる以前の、発想や視線に先立つ、呼吸や視線そのもの、より明確にいえば、見る事以前に在ってしまう、現れてしまう目玉にかかわる何事か、である。

福田和也さんとわたしは、生きているあいだは、いまある距離を縮めることも広げることもしないだろう。わたしは、福田さんの言葉を借りれば、福田さんの「致命的な他者」として存在し、「否応無く自らを踏み越え、月並として取り残す革新を要請する」作品を書きつづけたい。

そして、死んでからは、ふたつの目玉として、干渉（interference ふたつの波動が同一点に会したとき、同位相では互いに強め合う）し合えれば、と願っている。

ちくま学芸文庫

日本人《にほんじん》の目玉《めだま》

二〇〇五年六月　十　日　第一刷発行
二〇二四年十月二十五日　第二刷発行

著　者　福田和也（ふくだ・かずや）
発行者　増田健史
発行所　株式会社　筑摩書房
東京都台東区蔵前二―五―三　〒一一一―八七五五
電話番号　〇三―五六八七―二六〇一（代表）
装幀者　安野光雅
印刷所　信毎書籍印刷株式会社
製本所　株式会社積信堂

ISBN978-4-480-08921-2 C0190